ワケあり騎士団長は末っ子王女を手放さない

鬼頭香月

プランタン出版

-Contents-

※本作品の内容はすべてフィクションです。

序　章

凍てついた冬の空気がようやく温み、花々が咲き綻び始めた早春の頃だった。心地よい風が吹き抜ける昼下がり、王宮にある自室の窓辺で本を読んでいたビルケ王国第三王女——アンネマリーは、不意に訪れた姉姫からの報せに目を瞠った。

「……戦？」

ハーフアップにした癖のある金色の髪が風に揺れ、窓から射した光をまばゆく弾く。

今年十六歳になって成人した彼女の面差しは、姉たちに比べ、まだあどけなかった。しかし淡い桃色のドレスが包む肢体は成熟し、女性としてほのかな色香を漂わせ始めている。

彼女の目の前に立つ姉——今年十九歳になる第一王女のイーリスは、見事なシルバーブロンドのストレートヘアに、長い睫で彩られた紫の瞳を持つ。多くの貴族令息を虜にし続けている姉姫の美しい顔は、いつになく緊張していた。

「そうよ。ロートス王国との戦が決まったわ。アルフォンスお兄様が総指揮官となり、私たちの国は十日後、ロートス王国側への侵攻を開始する」

「……侵攻？　防衛ではなくて？」

二日前、国内で大きく軍隊を移動させ、不穏な動きを見せていた隣国ロートス王国が、突如宣戦布告した。四方を他国に囲われたビルケ王国は、その南に位置するロートス王国とは友好条約こそ結んでいなかったが、国交のある間柄。全く予兆のなかった戦始めの宣告に誰もが驚き、父王はなんとか回避しようと先方と連絡を取っていた。

けれど今日になって多くの者が王宮内を慌ただしく行き来し、アンネマリーはよくない事態なのだと察した。だが彼女が想定していたのは、国境線で隣国の侵入を阻む、防衛戦だ。隣国侵略など、今まで一度も政策に上がっていなかった。

突然、なぜ――と怪訝そうにする妹に、議会を終えた兄から今し方話を聞いたらしいイーリスは、俯き、細く息を吐く。その吐息が微かに震えていて、アンネマリーは目を瞬いた。常に落ち着きある振る舞いをする姉姫は、珍しく動揺しているようだった。

「……侵攻で間違いないわ。アルフォンスお兄様が、そう望まれたの。……防衛したところで、隣国は内紛を繰り返している。今後も同様の憂いが起きるのはわかりきっているから、一気に全てを収めてしまうお考えなのだと……」

姉の返答で、アンネマリーは兄の考えを理解した。

ロートス王国は、治世僅か百五十年の、常に情勢が安定していない国だった。ロートス王国国王はかねてより政に興味を示さず、妃やその末裔らは身分にあかして遊興に国費を費やすばかりと有名。王室に対する民の不満は募り、数ヶ月前から現政権に不信を訴える内紛が起こっていた。

今回、やにわに出されたビルケ王国への宣戦布告は、領土を占拠し、その資源を手にするためだとされている。

五百年もの治世を誇るビルケ王国は、多くの鉱山を抱える上、土壌と水に恵まれ、農工業も盛んだ。他国が手に入れたいと望むのもわかる、理想的な土地だった。

一方――ロートス王国は資源に乏しく、農工業のみを主力にする。

戦を起こす目的には納得いくが、隣国は経済力のみならず、戦力もビルケ王国に遙かに劣った。それにもかかわらず強行するのは、戦の真の目的が民意の操作にあるのだと考えられた。王家に向けられた民の怒りを他国へ逸らし、問題をうやむやにするためだ。

しかし一時的に争点を見失おうと、戦が終われば民はまた王室に不満を抱く。戦により負担を強いられた民の生活は一層貧しくなり、まして敗戦すれば、民意は確実に離れる。内紛は内戦となり、国内が荒れれば経済は更に悪化。職をなくし行き場を失った難民は隣接国へ流れ、ビルケ王国への流入も想像に難くなかった。ビルケ王国は難民を拒まぬだろうが、負担は大きい。ならばいっそ、隣国を侵略し、全てを背負い統治する。

おそらくアルフォンスはこう考え、防衛から侵略に方針を変更したのだ。

しかし姉姫は同意しかねるのか、たおやかな手で顔を覆い隠す。

「なぜ、お兄様はお急ぎになるのかしら……。隣国を平定すれば、我が国の安寧はより強固になるわ。けれど戦となれば、誰もが無事に帰れる保証はない。何より、ギルバート様を先陣に置く布陣になさる予定だなんて……」

「――え……？」

聞き慣れた名が挙がり、アンネマリーは頬を強ばらせた。

イーリスはさっと顔を上げ、気遣わしい表情でアンネマリーの肩に手を添える。

「……マリー。私が貴女に一番に知らせに来たのは、ギルバート様もご出陣なさると聞いたからよ。此度の戦で、あの方は先陣を切られるそうなの。ギルバート様はお強いわ。きっとお戻りになるでしょう。けれど、出兵なさる前に必ずお会いしておきなさい」

愛称で呼ばれたアンネマリーは、姉の話を咄嗟にのみ込めなかった。

ギルバートは、父王の友人であるアッシャー侯爵の跡継ぎだ。王家の子供たちとも親交が深い。特にアンネマリーにとっては、年上ながら幼なじみのような人だった。

彼が十六歳でアッシャー侯爵家に養子に入った時、アンネマリーは六歳。

色々と悩みを抱えるアンネマリーが唯一、本音を話せるよき理解者である。優しい彼に甘え、生意気な態度も多々取ってきた自覚がある。

つい三日ほど前だって、くだらない意地を張って、可愛げのない振る舞いをした。

『マリーの髪は、美しいね』

遠征から戻ったギルバートは、出迎えたアンネマリーの髪が風に揺れる様を見て、何気なく褒めてくれた。とても嬉しかった。お礼の言葉が喉元まで込み上げたが、ふと姉姫たちと自分を比べる周囲の声が思い出され、アンネマリーはそっぽを向いてしまった。

『……ギル、無理に私を褒めようとしないで。美しくないのは知ってる』

アンネマリーは、幼少期から美しい姉姫たちと比べられて育った。

〝何においても姉姫たちには劣る末姫〟。

そんな陰口を叩かれ続け、劣等感を抱えて生きてきた。周囲の心ない声は彼女を強情にさせ、ついぞ彼の賛辞を素直に受け取らせたためしがない。

それでも彼は、いつも笑って許してくれた。だから二人の関係は変わらぬままで、アンネマリーは彼を失う可能性など考えてもこなかった。

さあっと青ざめると、それを見たイーリスは、自分の方が苦しそうに顔を歪める。

「……マリー、貴女はギルバート様によく懐いていたものね……。いつものように、口げんかなんてしてはダメよ。何が起こっても後悔のないよう、素直になるの。王女として、我が国のために命をかける皆の無事を祈り、感謝の気持ちを伝えていらっしゃい」

アンネマリーは頭が真っ白になり、諭す姉を見返すしかできなかった。

一章

木々の葉擦れの音が響き渡る、奥宮近くの庭園の片隅で、アンネマリーは蹲(うずくま)り、声を殺して泣いていた。王の居室近くにあるその庭園は、警邏(けいら)の者と、王の許しを得た限られた者しか出入りできない。誰にも涙を見せたくなかった彼女は、人目を避けるため、その庭園に逃げ込んだ。

八歳になったばかりのアンネマリーは、自らの居室がある東塔近くを散策していて、陰口を耳にしたのである。

『姉姫様たちはあんなにお美しく優秀でいらっしゃるのに、末姫様はお顔も知性も劣っているわよねえ。私の主人じゃなくて、本当によかった』

『〝出来損ないの末姫〟様に仕えたって、なんの自慢にもならないものね』

エアスト大陸の南西にあるビルケ王国の国王夫妻には、嫡男となる王太子一人と三人の姫がいる。アンネマリーはその兄妹の末っ子として生まれた。

両親をはじめ兄や姉たちは皆優しく、愛情深い。そんな人々に囲まれて育った末姫は、この世に自らを悪く言う者も存在するのだとは知らなかった。その上、初めて目の当たりにした自らを悪く言って嘲笑っていた人々は、イーリスの侍女。会えば必ず優しく微笑み「可愛らしくていらっしゃる」とアンネマリーを褒めてくれていた人たちだったのだ。

八歳にして人の二面性までをも知り、アンネマリーは衝撃と心に消えぬ傷を負った。笑顔の裏で他人を罵れる感覚を、幼い彼女は理解できなかった。

気づかれぬよう足音を消してその場から逃げ出し、庭園の隅に埋まってどれほどの時が経ったろうか。がさっと近くで芝を踏む足音がした。

悪口を言っていた侍女が、今度は直接罵りに来たのではと、アンネマリーは怯え、肩を揺らした。間を置かず何者かに顔を覗き込まれ、アンネマリーは目を瞠る。

「……どうした？　どこか痛いのかな？」

目の前に屈み込み、心配そうに声をかけたのは、二年ほど前に父王の友人——アッシャー侯爵の跡継ぎとして養子に入った、ギルバートという青年だった。

養子に入ると同時に騎士団に入団した彼は、この時十八歳。国王軍第三騎士団に所属し、王宮内を警邏する職務に当たっていた。

兄とは友人関係にある見知った青年の姿に、アンネマリーの気は緩んだ。彼も自分の悪口を言っているかもしれないと恐ろしく思いながらも、優しい気配に我慢できず、一気に心情を吐露した。

「わ……っ、悪口を、聞いてしまったの。皆、私が一番劣ってるって言ってた……っ。でも、私だってわざとこんな顔に生まれてきたわけじゃないわ。勉強だって頑張ってるけれど……お姉様たちみたいにはどうしてもできないの。講義のあとや休日に一人で勉強しても、追いつけない。ギルも、出来損ないの私は嫌い？　お願い、嫌いにならないで……っ」

言葉を吐くごとに悲しさが胸を覆い尽くしていき、ボロボロと涙が零れ落ちた。

アンネマリーは、誰に言われずとも自らが姉たちに劣っていると自覚し、なんとか追いつきたいと一人で努力していたのだ。けれど結果に結びつかず、もがいていた。その努力の最中に陰口を聞き、心はこれ以上ないほどズタズタに引き裂かれた。

アンネマリーの訴えは、状況を見ていない彼には理解しにくかったろう。だがギルバートは真剣な顔つきで話を聞き、アンネマリーが口を閉じると、眉尻を下げて微笑んだ。

「……そっか。……おかしな話だね。その悪口は、別の誰かの話だったんじゃないかな？　俺が知ってるマリーは、全然誰にも劣ってやしないけどな」

そんなはずはない。あれは、自分自身について語られていた。嗚咽で声が出ず、眼差しだけでそう答えると、彼は苦笑し、アンネマリーを両腕で抱き締めてくれる。

「……大丈夫だよ、マリー。君が頑張り屋のいい子だってことは、俺も君の家族もよく知ってる。人を陰で悪く言う者になど、心を割く必要はないよ。君は君を大切にしてくれる人だけを気にかけていれば、それで十分だ」

家族以外の人に抱き竦められたのは初めてで、アンネマリーは最初、びくっと肩を揺らした。しかしすぐに彼の体温に安堵し、ほおっと息を吐く。

「でも……私は王女だもの。皆の言葉に耳を傾けないといけないって、お父様もお母様もおっしゃってた……」

しゃくり上げながら言うと、ギルバートは苦笑し、彼女を軽々と抱き上げる。

「そうか、王女様は大変だな。……じゃあ、言い方を変えよう。一つの悪口が全てじゃないよ。君を悪く言う人よりずっとたくさんの人が、君がいい子だってわかってる。だから怖がらなくていいよ、マリー。俺も君の家族も、皆君を愛してる。悪意に惑わされるな」

優しい声で諭され、アンネマリーの冷え切った心にじわりと体温が戻った。零れ続けていた涙もゆっくりととまり、呼吸が落ち着くと、彼は笑いかける。

「君は可愛いよ、マリー。笑顔なんて、特にね」

顔を寄せて可愛いと言われ、彼女はなぜだかぽっと頬を染めた。

ギルバートの瞳にかかる栗色の髪が、光を弾いて金色に輝き、美しかった。切れ長の青の瞳はどこまでも優しさに満ちていて、鼓動がドキドキと逸(はや)る。

背は高く、幼いアンネマリーを片腕で抱き上げる彼の肢体は筋肉質。胸板も腹筋も見事に鍛えられているのが、布越しに伝わった。

十歳も年上の青年は、力強く、また頼もしく感じられた。

彼の傍は嫌じゃない。そう感じるのに、どうしてか、心はそわそわとして、抱き上げられているのも落ち着かない。

アンネマリーは自分の感情がよくわからず、気恥ずかしさを覚えて俯いた。そして不意に冷静になる。

幼くとも、一国の王女が人前で泣くなど、みっともない振る舞いだ。

「あ、あのね、ギル。今日私が泣いたこと、誰にも内緒にしてくれる……？」

慌ててお願いすると、ギルバートはなぜ？　と言いたげに首を傾げた。だがすぐに合点がいった表情になり、眉尻を下げて頷いた。

「そうか、マリーは王女様だもんな。……いいよ、二人だけの秘密にしよう」

すぐ承諾してもらえて、アンネマリーは胸を撫で下ろす。お礼を言うと、彼は周りに誰もいないのに、内緒話をするみたいにこそっと耳元で囁いた。

「俺でよければ、これからも聞くよ、マリー。悲しいことも苦しいことも、誰かに話すとすっきりするだろう？　溜め込むと辛くなる一方だ。秘密は誰にも言わないと約束する。どうかな？　ああ、楽しい出来事があれば、それも聞かせてくれると嬉しいよ」

アンネマリーは、ぱっと表情を明るくする。秘密を共有するなんて、悪戯をしているみたいだった。先程とは違う、期待に胸を躍らせ、アンネマリーは元気いっぱいに「うん！」と応じていた。

それからアンネマリーは、ギルバートにだけはなんでも話している。

大好きなのに、兄や姉が妬ましくなること。彼らが残した成績を追い越せない自分への苛立ち。気に入りのお菓子や、家族みんなで出かけたお忍び外遊の話も。

ギルバートと夢中になって過ごしているうちに、悪口を言っていた侍女たちは職を辞していて、アンネマリーの気分は更に幾分か楽になった。

もしかして彼が何かしたのかなと思ったが、「一身上の都合で辞めたのよ」と姉に教えてもらい、約束通り秘密は守ってくれているようだった。

ギルバートはいい人だ。アンネマリーは、彼にとても感謝している。話を聞いてもらっている間だけは心が軽くなり、問題など何もないという気分になるから。

だが現実では、アンネマリーが十六歳になって成人してもなお、揶揄する者は消えなかった。

春先にアンネマリーが社交界デビューすると、世間は残酷な現実を突きつけた。

「見ろ『月影の聖女』だ。隣国へなど嫁がず、永遠にこの国にいらっしゃればいいのに」

「『白百合の君』の、次のダンスのお相手になれるだろうか」

宴に参加するたび、アンネマリーは姉姫たちに目を奪われる多くの令息たちを見た。貴婦人主催の茶会では、婚約するまでの姉姫たちがいかに人気があったかも聞かされた。

今年十九歳になる第一王女イーリスは、月光を彷彿とさせるシルバーブロンドの髪と淑やかな立ち居振る舞いから『月影の聖女』と呼ばれ、恋仲になりたいと望む令息はごまんといたそうだ。

すらりとした体形と凛とした佇まいから『白百合の君』と呼ばれる、齢十八になる第二王女のリーフェも同様で、定期的に国王軍の兵らに得意なピアノで楽曲を贈っていたことから、特に軍人らの人気が高かったとか。

イーリスは二年前に隣国のリンデン帝国皇子との婚約が決まり、リーフェは昨年、軍部の者と婚約した。それでもなお、夜会などで多くの令息らが彼女たちに群がり、人気は衰えをみせない。

一方、今年社交界デビューした第三王女のアンネマリーはといえば、姉姫たちにはつきものであった、恋人の座を狙って集う青年の姿もなければ、美しい二つ名もない。

見事なストレートヘアの姉二人に対し、アンネマリーのそれは父親譲りの波打つくせ毛。背は低く、それなのに胸だけは成人女性らしく成長していて、体つきもアンバランス。

母親譲りの青い瞳だけは大きくて愛らしいも、姉二人の美貌に比肩するほどではない。世の人々は、姉姫たちに劣るアンネマリーに、さしたる興味を抱かなかったのだ。

おまけにこの三姫の上にいる今年二十七歳になるアルフォンス王太子が、文武両道を地で行く美丈夫。政における采配は的確であり、馬術、剣術においても十二分な技量を持ち合わせているときている。

こんな規格外の兄姉を持ったがために、アンネマリーに対する周囲の評価はずっと変わらなかった。

——何においても劣る、〝出来損ないの末姫〟。

どう揶揄されようと、アンネマリーは努力を怠りはしなかったが、結果は伴わず、コンプレックスは募った。変えようのない外見に、どんなにあがいても、姉たちが残した優秀な成績を超えられない知性。

秀でたところのない自分は不甲斐なく、しかし家族は皆、無条件に愛情を注いでくれ、嫌いにもなれない。

彼らに憤懣をぶつけるわけにもいかず、アンネマリーは鬱屈した内心を抑え込み、皆の前ではいつも明るくいい子な末姫を演じた。そして幼い頃に秘密を守る約束をしてくれたギルバートの前でだけ、その繕った仮面を外した。

二つ名のないアンネマリーを、気まぐれに『妖精姫』と呼ぶ彼は、いつでも愚痴を聞き、時に冗談を言って笑わせてくれた。だけど聞かされ続けた陰口からアンネマリーは悪癖を作り、時折二人の間で口げんかが起こった。

アンネマリーは、いつの間にか、家族以外からの賛辞をどれ一つ素直に受け取れなくなっていたのだ。

そもそも、絶世の美女である二人の姉姫を知る人は、決してアンネマリーを褒めない。それなのに、ギルバートだけはアンネマリーを褒めた。細く形よい指や大きな瞳。長い睫に明るい笑顔。

褒められれば嬉しい。だが聡い彼女は、ギルバートが自らに自信を持たせるため、敢えて賛辞を口にしていると気づいていた。だから褒められるたびに、苛立った。

――無理に褒めなくたって、話を聞いてくれるだけで、私は十分嬉しいのに。

そんな複雑な気持ちで、毎度可愛くない態度を取り、口げんかをしてしまうのだ。

ついこの間だって、そうだった。二十六歳になった彼が、遠征から戻った日のことだ。

現在第二騎士団の団長である彼は、王宮警護だけでなく、王都警護や遠征も任される。

彼の予定を知っていたアンネマリーは、もしかしたら会えるかもしれないと思って、騎士団が使う厩舎への通り道に向かっていた。すると、王宮の正門の方向から騎士団の制服を纏った一団が移動してきていて、彼女は駆け出した。

「お帰りなさい、ギルバート！」

後方に十数名の部下を引き連れていたギルバートは、満面の笑みで駆け寄る第三王女の姿を目にし、柔らかく笑う。

「ただ今戻りました、アンネマリー姫」

近くで馬を下りた彼は、膝を折って畏まった騎士の挨拶をした。

彼は、人前では身分を弁えた態度になる。友人関係にある兄に対しても同様で、どんなに気安くとも、公では決してその姿勢を崩さない。

そんな彼の振る舞いに、アンネマリーはいつも胸が騒いだ。普段は敬語も使わない気安い間柄で、まるで別人のように感じるからだろうか。第二騎士団の紋章が胸に入る制服姿の時は、特に外見も様になっていて、ドキドキと緊張した。

後方にいた部下たちも馬を下り、春色のドレスを着たアンネマリーに、笑顔で挨拶した。

「ご機嫌麗しく、アンネマリー姫。ギルバート閣下のお帰りを待ちわびていらっしゃったのですか？」

「まるで交際したての男女のようですね」

「——え？」

全く意識になかった〝交際〟という単語に、アンネマリーはきょとんとする。

ギルバートが立ち上がり、彼女をからかおうとする部下たちを面倒くさそうに窘めた。

「……俺との仲を疑うなど、王女殿下に対し非礼だろう。控えろ。皆、先に行け」

ぴしゃりと叱られ、部下たちは背筋を伸ばし、敬礼する。

「失礼致しました、閣下、アンネマリー姫」

「それでは、我々は先に厩舎へ」

一人がギルバートの馬も一緒に戻すと言って引き受け、皆下がっていく。しばらく進んだ頃、彼らはため息交じりにぼやき合った。

「あーあ。やっぱりどんなに腕があろうと、よほどの功績でもなければ、王女殿下とは許されないよな」

「王女殿下ほど高貴な方といかずとも、誰か一人くらい閣下のところに嫁いでくれたっていいだろうになあ」

「いや、そもそもギルバート閣下は結婚を望んでらっしゃるのか？」

任務を終えて気が抜けた彼らの声は大きく、二人に筒抜けだった。

言われてみれば、ギルバートはもう二十六歳。由緒正しき侯爵家の跡継ぎならば、そろそろ誰かと婚約してもおかしくない。

姉姫たちによれば、彼は見目よく話し上手なため、多くの令嬢に人気があるという。しかし結婚になると話は別で、最終的には皆、生粋の貴族令息のもとに嫁ぐとか。

十六歳の折に養子として迎え入れられたギルバートは、一般階級出身で、その出自がネックになっているのだ。

アッシャー侯爵夫人は元々体が弱く、結婚以前から子は望めぬ体だった。周囲は結婚そのものに反対したが、アッシャー侯爵は養子を迎えるとして、結婚を強行。親戚縁者は養子についても反対するも、二十年かけて説得し、アッシャー侯爵が四十六歳になってやっとギルバートを迎え入れるに至った。それからしばらく、アッシャー侯爵夫人は三人家族で穏やかに過ごしたが、ギルバートを迎えて四年後、風邪をこじらせて他界した。

そして迎えられたギルバートといえば、住まい以外の場では辛い立場になっていた。法の上では、彼が家を継ぐことになんら問題はない。しかし血縁のない――それも貴族の血を継がぬ者が後継など、とよい顔をしない貴族も少なくなかったのだ。

軍部の中でもそれは同じで、兄によると、彼が十六歳で入隊してしばらく、多くが軽んじる態度を取っていたそうだった。数年して頭角を現し、二十歳で国王軍第二騎士団の団長に任命されたあたりから、認識が変わり始めたらしい。

現在では中将職を手にするに至っているが、あまりの躍進ぶりに、今度はやっかむ者が続出。彼がどこの誰の子か調べる輩がおり、そこから何か後ろ暗い過去のある者の子なのではと、変な噂が広まっていた。

一般階級から貴族階級へと養子入りするのは、異例。養護施設なり出自がわかって当然なのに、彼は生みの親や出身地など、過去の情報の一切が不明だったというのだ。

二十年も反対した親戚縁者が急に頷くのもおかしな話だとして、彼の出生を怪しむ者は常にいた。

──出自がどうであれ、ギルが真面目に取り組んでいるからこその成果なのに。

彼を知るアンネマリーは、変な噂など欠片も気にならない。父王の友人であるアッシャー侯爵は元軍人。気難しい性格で有名だ。詮索を嫌ってアッシャー侯爵が過去の一切を調べられぬよう手を回したか、調べた者の情報収集能力が低かっただけだろう。

とはいえ、出自のせいで嫁ぎ先として選ばれないなら不憫だなと、彼女は気まずくギルバートを見上げた。

「……お嫁さん、誰も来てくれないの……？」

尋ねてから、アンネマリーは口を押さえる。いくらなんでも、無粋な質問だった。答えなくていいと続けようとした彼女を、ギルバートは薄く笑って見下ろす。

「……さあ、どうかな。マリーはどう？　好きな男の一人くらいできたかい？」

周囲に人がいなくなり、彼の口調は普段通りに戻った。

気安い雰囲気にほっとした彼女は、今度はむくれた。美しい姉姫たちで目の肥えた貴族令息たちが、アンネマリーを望むわけがない。

「聞くまでもない質問をするなんて、ギルは物事を見定める能力に乏しいようね。それで団員を指揮する長が務まるのかしら」

嫌みを返すとギルバートは瞬き、にこっと笑みを深めた。

「ああ、ごめん。よく考えたら、マリーは社交界デビューしてまだ一ヶ月だったね。色恋なんて随分先の話だ。じっくりいい男を選ぶんだよ」

優しく取りなし、いい子いい子とでも言いたげに頭を撫でられる。

成人してもまだ子供扱いされ、アンネマリーは半目になった。

「ギルったら、全然わかってないのね。私が選んじゃったら、相手は断れないじゃない。私はこれでも、王女だもの。無理強いなんてしたくないから、誰も選んだりしないわ」

王女があの人と結婚したいと指名すれば、たとえ嫌だと思っていても、断れる貴族家はない。アンネマリーは素敵な恋愛に憧れていたが、自分を望む人などいないだろうし、誰とも恋はできないのだと諦めの境地だった。

ギルバートは首を傾げる。

「……無理強い？　誰も君に恋をしないという意味かな？　君は魅力的な女の子だよ、マリー。必ず口説く男が現れる。油断していたら悪い男に捕まってしまうから、気をつけないとダメだよ」

さらっと褒めるだけでなく心配までされ、アンネマリーは頬を染めた。幼い頃から見守ってきたせいか、彼はアンネマリーに対し、過保護すぎるきらいがある。

「そんな人いるわけないじゃない。変に気を使わないで、ギル。私に言い寄るのは、王家との縁を結び、政治的な権力を望む人くらいよ。きっとそういう人のどなたかと結婚するのでしょうけれど、お父様たちの足枷にならぬよう見極めるつもりだから、大丈夫」

第一王女のイーリスこそ政略のため隣国皇子との結婚が決まっているが、ビルケ王国では貴族も恋愛結婚が一般的だった。

今のところ他国との政略結婚の予定がないアンネマリーは、当面は恋愛結婚をするとみなして放任される。そして嫁き遅れの年齢になったら、適当な人が見繕われるのだ。

達観しすぎた彼女の見解に、ギルバートは顔をしかめた。

「マリー……」

「なあに？」

お説教が始まりそうな予感に、アンネマリーは口を尖らせる。

――だって仕方ないじゃない。恋愛はできそうにないし、王女が未婚のままでいるのだって、周りが黙っていないのだもの。

心の中で反論した時、二人の間を風が通り抜けた。

癖のあるアンネマリーの髪がふわっと靡き、午後の光を浴びてまばゆく黄金に煌めく。

ギルバートの視線はその光に吸い寄せられ、何気なく手が伸ばされた。

ウェーブがかった彼女の髪は、絡まっていそうなのに、指を通すと清流が如く滑り落ちていく。同時に薄く塗り込められていた香油が上品な甘い香りを放ち、彼は呟いた。

「……マリーの髪は、美しいね」

アンネマリーは、少し驚く。その賛辞は、いつもと違った。自信を持たせようとした意

図は見当たらず、思わず零しただけの称賛に聞こえたのだ。

鼓動がトクトクと速まり、アンネマリーはとても嬉しくなった。

——本当？　ありがとう、ギル。

喉元までお礼の言葉が込み上げるも、脳裏にふと、社交場で聞いた、姉姫の髪と比較する貴婦人の声が蘇る。

〝姉姫様方と違って、うねったあの髪も残念よねえ。見栄えしないばかりか、手間までかかるなんて、ご不憫だわ〟

アンネマリーは表情を曇らせた。本音に聞こえたけれど、きっとこれも彼の気遣いだったのだろう。

「……ギル、無理に私を褒めようとしないで。お姉様のようなストレートへアじゃないもの。美しくないのは知ってる」

否定すると、ギルバートは眉を顰めた。

「……君の姉上たちは、関係ないだろう。それにこれまでだって、一度も無理に君を褒めた覚えはないよ」

その言葉も上っ面ではなく、本音だとわかった。怒られているのに嬉しくて、でもこれまで聞かされ続けてきた陰口が頭の中で鮮明に繰り返される。

——〝第三王女様はお美しくないわ〟〝知性も上のご兄姉に比べて、一つ劣るの〟〝末姫様は、姉姫様方の引き立て役として生まれたようなお方だから〟〝『月影の聖女』も『白百合の君』も嫁ぎ先が決まって、残るは『はずれ姫』だけか〟

アンネマリーに二つ名はない。だけど陰口にだけ使われる名はある。

──『はずれ姫』

幼少期から刻まれ続けた劣等感は心を縛りつけ、アンネマリーはこの日も素直に彼の言葉を受け取れなかった。

「か、関係あるもの……っ。皆、こんな癖のある髪を美しいとは言わないわ……！」

そっぽを向く彼女に、ギルバートは不機嫌そうな顔になる。

「マリー、今君と話しているのは誰だ？　皆じゃない。──俺だ」

ギルバートは、ずいっと額が触れそうな距離まで顔を寄せ、まっすぐ目を見て最後のセリフを強調した。

焦点も合うかどうかの距離に彼が近づき、アンネマリーの鼓動が大きく跳ねた。

彼の睫は案外に長く、空色の瞳は間近で見ても美しい色をしている。唇は形よく、だけど鼻が高いから、キスをするなら顔を傾けないと重ねられそうにない。

そんな考えが過り、アンネマリーはかあっと耳まで赤くした。

──やだ。どうしてキスの仕方なんて考えるの？　私とギルがそんなことするはずないのに……っ。

熟れた林檎そのものの状態で硬直してしまい、ギルバートは戸惑う。

「……ん？　ごめん、ちょっと近づきすぎた？」

身を引き、前髪を掻き上げながら尋ねる彼の方は、いつもと変わりなかった。照れも焦りもなく、物慣れた雰囲気だ。

アンネマリーは、自分ばかり動揺しているのだと感じ、恥ずかしくなる。だけど髪を掻き上げる彼の仕草にもドキッとしてしまい、鼓動は乱れる一方。

伏せた睫や髪を上げる筋張った無骨な掌が、妙に色っぽく見えた。

結婚はできなくとも人気はあるそうだから、ギルバートは経験豊富なのかもしれない。

これまで考えもしなかった彼の恋愛事情を想像しかけて、アンネマリーは眉根を寄せた。どうしてだか、胸がモヤモヤとして、苦しくなった。

「マリー？　……大丈夫？」

普段と違う雰囲気に、ギルバートはまた顔を覗き込もうとした。

頭の中では彼が他の女性とデートしている姿が形作られ、ますます嫌な気分になる。喉奥が詰まり、泣いてしまいそうだ。

あまりにめまぐるしく気持ちが揺れ動き、アンネマリーは混乱した。

「……っなんでもない！　私はもう下がるわ。お役目ご苦労様でした。ゆっくりお休みになって」

「マリー？」

これ以上彼の前にいたら、心がおかしくなってしまいそう。

アンネマリーは理由の知れない不安を覚え、呼びとめる彼の声も聞かず、走り去った。

おしゃべりしたくて会いに行ったのに、結局、口論をして強引に終わらせてしまった。

——今度会ったら、謝らなくちゃ。

アンネマリーはそう思いながら過ごし、そして三日後——姉姫から開戦と彼の出陣を知らされた。

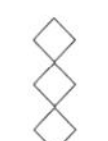

イーリスから開戦の報せを受けて三日後——アンネマリーは心の中に疑問を抱きながら、ふらふらと騎士団の常駐所へ向かっていた。
——なぜ、ギルバートが先陣を切る必要があるの……？
国王軍第二騎士団の団長を任されているギルバートは、その技量を認められ、二十三歳の折に中将に据えられた。疑似戦闘訓練では、無駄のない戦略を打ち出すことで有名で、誰もが信頼を置く冷静沈着な武人。彼が先陣を切れば、多くの者は頼もしく感じ、士気も上がるだろう。

しかし戦における人員配置とは、技量だけでは決まらない。あらゆるしがらみを考慮して組まれる。

武器提供に軍事資金等、戦に必要な援助を立てた家の息子や身分ある家の嫡男は、憂いが残らぬよう比較的安全な陣営に置かれるのが世の常だった。その分、武功を挙げた者には身分を問わず望外の褒賞が与えられる。

そういうものなのだと、アンネマリーは多くの歴史から学び、のみ込んでいた。

だからこそ、本来ならば、アッシャー侯爵家の跡継ぎであるギルバートが先陣を切るなどあり得ない。

しかし開戦を知らせたイーリスから、ギルバートが先陣を切ることになった状況を教えられ、彼女は世の苛烈さを知った。

〝ギルバートは軍部代表の一人として、侵攻の方針が定まった議会に出席していた。アッシャー侯爵は議員として同席しており、そこで『先陣を切り、最小の犠牲でもって勝ちを挙げろ』と彼に命じた〟

端的な説明一つで、アンネマリーは全てを理解した。

貴族の血を継がぬ、一般階級から招き入れた子。

ギルバートは、貴族の血を宿さぬ者と差別の目に晒されながらも、穏やかな表情を崩さず努力してきた。今や中将となり、軍部では認めぬ者はいない存在だ。

――だがアッシャー侯爵は、それだけでは不十分だと判じたのだ。

彼に嫁ごうとする令嬢がいないのは、ギルバートが社交界ではいまだ貴族の一員として認められていない証拠。

だからアッシャー侯爵は、全ての貴族に認められるため――命をかけ、武勇を挙げてこいと命じたのだ。

前衛は、死傷率が高い。武勇のため、自ら志願する者は必ずあるが、大多数の者は望まない。故にその望みは、戦略上問題がなければ、ほぼ叶えられると言っていい。

ギルバートほどの実力者なら、道を切り開く要として好都合ですらあるだろう。

残る将軍らが後方から押し進め、高い勝機は圧倒的な勝利へと導かれる。

軍人であれば、誰も再考せよとは言わない布陣であり、彼を取り巻く事情は重々理解できた。けれどアンネマリーは、やはり納得がいかない。

――……どうしてアッシャー侯爵は、ギルバートを失うかもしれないのに、躊躇わないの？　どうして親友なのに、お兄様はギルバートをとめないの？　どうして誰も彼も、ギルバートに厳しくするの？

この三日間、彼女はギルバートを失うかもしれない恐怖に苛まれ、気を抜けばすぐに泣いてしまいそうだった。彼に縋(すが)りつき、戦になんて行かないでと訴えたくてたまらなかった。だが必死にその衝動を抑え、冷静な顔を取り繕い続けた。

通常通り講義を受け、出兵する者たちのため、各部隊宛てに王女として感謝の意を伝える手紙を書いた。夜になると戦略について書かれた歴史書を読み、途中で恐ろしくなっては、ブランケットを被ってベッドに蹲った。

戦が定まったなら、誰かが先陣を切らねばならない。それが知り合いだったから嫌だなどと思うのは、エゴだ。

アンネマリーは己の愚かさを自覚していた。本音はひた隠し、命をとす皆を鼓舞し、無事を祈る正しき王女の姿を保った。

——この気持ちは、誰にも伝えてはいけない。

戦の報せを受けてからずっと、彼女はそう、己に言い聞かせ続けた。そしてギルバートを前にしても自制心を保つ覚悟ができた今日、彼のもとへ向かったのだ。

王宮の東にある騎士団の常駐所は、慌ただしく人が出入りしていた。一週間後に迫った戦争へ向け、皆が急いで準備している。

常駐所の手前には複数の騎士が集い、何か指示を受けていた。その中央に立つ青年の姿に、アンネマリーはどきりとして、足をとめる。

目が合えば空色の瞳をやんわりと細め、優しく微笑むギルバートの横顔は、普段と全く違った。厳(いか)めしく、部下に注ぐ真剣な眼差しは鋭くすらある。少し離れた場所からでもその殺気立った気配が伝わり、アンネマリーはぞくりとして身を強ばらせた。

風が吹き、彼女の纏った紺色のドレスが揺れる。部下と話していた彼は、僅かな気配も逃さず、さっと視線を向けた。

整然とした石畳の常駐所前に、一人ぽつんと立つアンネマリーを見たギルバートは、一瞬目を瞠った。

一拍遅れて振り返った部下たちは、アンネマリーを見るや、微かに眉尻を下げ、すぐにギルバートに頭を垂れる。

「それでは、我々はエンテ州へ送る武具の手配に」

「――ああ。火薬の扱いに気をつけろ」

ギルバートが応じると、部下たちはアンネマリーに目礼して、その場を下がっていった。

一人残ったギルバートは、すうっと息を吸い、殊更（ことさら）柔らかな声をかける。

「マリー、なんて顔をしているんだい。忘れたのかな？　君は笑顔が一番可愛い女の子だよ」

そう言われてやっと、アンネマリーは自分の表情を意識する。ギルバートがまるで見知らぬ他人のように見え、彼女は不安に瞳を揺らしていた。

王女は兵の士気を高め、気持ちを明るくできるよう、微笑んで応援するものだ。

己の役目を全うするため、アンネマリーは強ばった頬を強引に緩める。湖の底を思わせる深い青の瞳を細め、無理にも笑みを作った。

ギルバートは優しく笑い返す。

「うん。君はとても可愛いよ、マリー」

ギルバートは、アンネマリーの笑顔を見るたび、同じ言葉を吐いた。

——君は可愛いよ、マリー。

いつものセリフを聞いた瞬間、アンネマリーの中で何かがぷつりと切れた。

もう、彼の笑顔は見られなくなるかもしれない。穏やかな声も、頭を撫でる温かな掌も、失ってしまうかもしれない。

考えないようにしていた最悪の結末が頭の中を走り抜け、瞳は一気に涙の膜で覆われた。

ギルバートがぎくりとし、その動作にはっとした拍子に、透明な滴が頬を伝い落ちた。

「あ……っ」

泣くつもりのなかった彼女は、己の失態に驚き、慌てて涙を拭おうとする。同時に常駐所の中から人が出てくる足音が聞こえ、ギルバートは大股で彼女に歩み寄った。

「……マリー、場所を変えよう」

低い声で囁くと、彼はアンネマリーの手を引き、誰とすれ違うよりも早く、常駐所の脇を通り抜けていく。後方から、表に出てきた騎士たちの雑談が聞こえた。

「……今回の戦、本当にロートス王国だけの独断なのか……？　あそこの王は暗君だが、国力の差がわからぬほどだったろうか」

「ああ……。アルフォンス殿下も怪しんでおられるのか、エッシェ王国の動向を気にされているようだ」

「ただでさえ準備も間に合うかどうかなのに、エッシェ王国などに出てこられては……」

不穏な内容に、アンネマリーはギルバートを見る。彼は表情を険しくし、先へ急いだ。

アンネマリーは、彼の足の速さに内心驚く。彼と王宮の庭園を散策する時、アンネマリーは歩幅の違いなど意識せず、自然と歩けていた。けれど今日は、彼に追いつくため、小走りにならなくてはいけない。

普段はアンネマリーに合わせてくれていたのだと、今更小さな配慮に気づき、胸が苦しくなった。

細道を通り抜けていった彼は、開けた庭園に出て振り返り、目を丸くする。

「……あっと……、ごめん。速く歩きすぎたかな。苦しい？」

アンネマリーは、息を切らしていた。ギルバートはアンネマリーの顔を覗き込み、気遣わしく指の背で滲んだ涙を拭う。

彼が連れて来たそこは、二人が内緒話をする時に使う、東園の花園だった。

小さな泉があり、その傍らには簡素なガゼボがある。騎士団の施設が近くにあるため、たまに人が通るが、王女と完全な二人きりにならないよう、彼が敢えて選んだ場所だった。

涙を拭われたアンネマリーは、泣いてしまった己が不甲斐なく、首を振る。

「……いいえ……ごめんなさい。泣くつもりはなかったの。貴方の気分を悪くしていたら、申し訳ないわ」

これから出陣する兵に涙は禁物だ。気落ちさせ、士気を下げる。

ギルバートに申し訳なく、アンネマリーは深く息を吸って、涙をすぐにとめた。

気を張る彼女に、ギルバートは笑みを浮かべる。

「……マリー、俺の前では泣いてもいいよ。君が泣いたことも、どんな弱音も、全部秘密にするって約束しただろう？」

悪戯っぽく瞳を輝かせた彼を見上げ、アンネマリーは眉尻を下げる。

幼い日の約束をいまだに守ってくれる優しさが、とても嬉しかった。でも甘やかされるとまた泣いてしまいそうで、そっぽを向く。

「……もう、そんな言い方しないで。王女は人前で泣いちゃダメなものなの。ギルはわかってないわ」

民の敬愛を得るため、王族は常に強く、冷静でなければならない。昔からそう教育されてきた彼女は、八歳の時に一度は涙を見せたが、以降はずっと彼の前でも泣いていなかった。

ギルバートははっと笑い、大きな掌で頭を撫でてくる。

「そうだね。君は弱音を吐いて悲しい顔をするくせに、泣くのだけはなんとしても堪える、意地っ張りな子だった」

思い出話をする口調に、アンネマリーの鼓動が跳ねた。

まるでもう会えないかのような空気を感じ、彼女はギルバートの瞳を覗き、真意を探る。視線が絡むと、彼の顔から笑みが消え、キンと心臓が冷えた。

「……ギル……？」

真顔の彼は、何を考えているのかわからなかった。今し方常駐所で聞いた、噂話が脳裏を巡る。

『ただでさえ準備も間に合うかどうかなのに、エッシェ王国などに出てこられては……』

エッシェ王国は、ビルケ王国の東、ロートス王国の北東にある大国だ。人口、経済力共にビルケ王国の遙か上をいき、イーリスの嫁ぎ先――北にあるリンデン帝国に並ぶ軍事力を持つ。

ロートス王国だけなら、ビルケ王国の武力が勝る。しかしもしもこの戦にエッシェ王国が絡んでいたとしたら、勝利の行方はわからない。

不安が腹の底から這い上がり、アンネマリーは微かに震える指先を握り込んで尋ねた。

「……この戦は、エッシェ王国が関わっているかもしれないの……？」

アンネマリーが騎士たちの噂する声を聞いたと気づいていたのだろう。ギルバートは前髪を掻き上げて、ため息交じりに答えた。

「……わからない。だがエッシェ王国製の武器がロートス王国に流れているのは、確かなようだよ」

エッシェ王国製の武器は、どこよりも精度が高いと有名だ。そんな武器を敵国が揃えていたら、苦戦を強いられる可能性が高い。ましてエッシェ王国が全面的にロートス王国を支援し、自国の軍兵までこの戦に投じたら――。

恐ろしい未来が想像され、アンネマリーは揺れる瞳で彼を見つめる。

「か……帰ってくるよね……?」

そんな質問、答えられるはずがないのはわかっていた。けれど聞かずにはおれず、アンネマリーは黙り込む彼の返事を待つ。

このまま彼を失ってしまったら、どうしたらいいのだろう。悔しいこと、悲しいこと、嬉しかったことも全部――これから誰に話したらいいの?

彼女の心の声が聞こえたかのように、彼は眉尻を下げ、目を細めた。

「……大丈夫だよ。仕事を終えたら、戻ってくる。今回の仕事は少し長くて疲れるだろうから、マリーが楽しかった話をたくさん聞かせてくれると嬉しいかな」

まるでいつもの仕事に行くような物言いで、彼は笑った。アンネマリーを不安にさせないように、敢えてそう話しているのだ。

いつもより覇気がなく、どこか上滑りしている彼のセリフに違和感を覚えながらも、アンネマリーは無理に笑って頷いた。

「……う、うん。たくさん楽しかったお話をするから、ちゃんと帰ってきてね」

唇は震え、瞳は動揺で揺らいだ情けない彼女の笑みに、ギルバートは苦笑する。視線を足元に落とし、穏やかに言った。

「……でも……これはいい機会なのかもしれないな。……俺がいない間に、君が信頼して話せる、気のいい奴が見つかったら——」

「——そんな人、ギルバート以外に現れるわけない……！」

アンネマリーは、彼が最後まで言う前に、大きな声で遮っていた。

——ずるい。こんなのは、卑怯だ。

アンネマリーはにわかに怒りを覚え、ギルバートを睨みつけた。彼は戻ると言いながら、約束を果たせなかった場合の布石を残そうとしている。

ギルバートは顔を上げ、怒りを隠そうとしない彼女に薄く微笑んだ。

「マリー、周りを見てみるんだ。どのみち俺の役目は、遠からず終わる時期だった。君はもう幼い末姫じゃない。成人し、立派な淑女になった」

論そうとする彼は酷く優しい気配を纏っていたが、アンネマリーはこれ以上ないほどズタズタに心を傷つけられた心地だった。

瞳にまた涙が込み上げ、泣いてはならない自分の心を揺さぶる彼が、とても憎らしかった。爪が食い込むほど強く拳を握り、涙を堪えて叫ぶ。

「戻ってくるって、今、お約束したわ……っ。そんな、変な逃げ道を作ろうとしないで！　役目が終わるって、どういう意味？　幼い末姫じゃなくなったら、貴方はもう、私とお話ししてくれないの？」

ギルバートは口を閉ざし、無言で是と応じる。胸に鋭い痛みが走り、アンネマリーは息を震わせた。幼い頃から続いた幸福な日々の終わりが見え、その原因に矛先を向ける。

「――どうして……？　どうして貴方のお父様は、こんな布陣を望まれるの……？　失っても構わないの？　血が繋がっていなくたって、貴方は大切な息子でしょう……!?」

ギルバートは平静な声で応じる。

「……エッシェ王国の介入が疑われては、こうするしかないんだよ、マリー。俺は恩義ある陛下へ忠義を示し、アッシャー侯爵の息子としてこの国にあるために、行かなくてはいけない」

アンネマリーは目を瞬かせる。なぜエッシェ王国の介入が疑われたら彼が行かねばならないのか、理由がわからなかった。

「ど……どういう意味？　どうしてエッシェ王国が介入していたら、貴方が……」

「――どちらにせよ、俺が出兵する未来は変わらないよ、マリー。そして戻らぬ可能性が高いことも、事実だ」

彼は説明を避け、残酷な現実を突きつけた。

——『戻らぬ可能性が高い』。

聞きたくなかった言葉に心を貫かれ、アンネマリーの瞳に涙の膜が張った。絶対に命が保証される戦なんてない。言われなくてもわかっていた。だけど——。

「そんなの……っ、理解したくない……！」

「マリー……駄々をこねているよ。君はもう大人だろう？」

落ち着き払った彼の表情は悟り切っていて、これ以上何を言っても、彼はアンネマリーの望む答えは返してくれないのだと感じた。しかし承服できず、彼女は震える声で我が儘を言う。

「ちゃんと戻ってきて……っ」

一度は戻ると約束した彼は、息を吐いて笑う。

「マリー、君は怒った顔も可愛いよ。……いい男と出会えるよう、祈ってる」

甘い言葉を残して、背を向ける。アンネマリーは現実を受け入れられず、なけなしの矜持でもって、声を大きくした。

「——ギルバート！　王女として命じます。必ず戦で勝利し、生きて戻りなさい！」

ギルバートの肩がぴくりと揺れ、足がとまる。振り返らない大きな背に向かって、アンネマリーは叫んだ。

「――敗戦も、殉職も許さない！　ギルバート・アッシャーは、中将として戦を勝ち抜き、生きてここに戻るのよ……！」

懸命に堪えていた涙が零れ落ち、その気配を感じたかのように、ギルバートが振り返る。

虚勢を張って眉をつり上げていても、彼を失う恐怖は隠しようがなく、心は怯え、体は震えていた。アンネマリーの姿にギルバートは眉尻を下げ、ゆっくりと歩み寄る。そして目の前に立つと、足元に膝を折った。

「……ギル……？」

なぜ騎士の礼を取るのかと、アンネマリーは凍えた声で彼を呼ぶ。

ギルバートは静かに頭を垂れ、応じた。

「――ご下命、承った」

アンネマリーは、咄嗟に何を言われたのか理解できなかった。ギルバートは立ち上がり、アンネマリーの腕を引く。

「……泣くな、マリー」

鍛え上げた腕に強く抱き締められて、やっとわかった。ギルバートは、騎士として誓約してくれたのだ。

アンネマリーは嗚咽をのみ込み、彼の胸に額を押しつける。この温かさを忘れたくない。そんな風に思わなければならない現実が辛すぎて、涙を零しながらギルバートを見上げた。

自分一人を映す空色の瞳を見つめ、彼女はずっと口にしてはならないと自制していた本心を、か細く吐露した。

「……戦になんて行かないで……ギル……」

「……っ」

ギルバートは苦しげに呻き、これ以上何も言うなとでも言いたげに、唇を重ねた。

「……んっ」

アンネマリーは、目を丸くする。焦点も合わない距離に彼の顔があり、柔らかく唇が吸われた。ギルバートはアンネマリーを熱く見つめ、また唇を重ねる。アンネマリーは驚き、されるがまま、それを受け入れた。

何度も唇を吸われ、次第にアンネマリーの体から力が抜けていく。とろりと彼を見つめ、口から吐息を零すと、ギルバートの瞳の奥に情欲が揺らいだ。同時に口内に彼の舌が忍び込み、アンネマリーはびくりと背を震わせる。

「……んぅ……っ……ん、ん……っ」

初めての感覚に、体が再び緊張した。それを解すように、彼は大きな掌で背を撫で下ろす。腰に手が添えられると、鼓動がドキドキと乱れた。ギルバートのキスはとても巧みで、アンネマリーはあっという間に翻弄され、思考が霞んでいく。

「ん……っ、は……っ、ギル……っ」

「……マリー……っ」

ギルバートの目は、愛らしい子供を見守る大人のそれではなく、一人の女性を見る男の色に染まっていた。

獰猛な獣に狙い定められた小動物になった心地がして、ぞくぞくと背筋が震える。けれど不快ではなく、胸は最高にときめいた。

アンネマリーを、ずっと慈しんでくれてきたギルバート。話を始めるといつもとまらず、彼が笑えばアンネマリーも嬉しくなった。一緒にいる間、時間が経つのを忘れて過ごせる、大好きな幼なじみ。

そんな彼がアンネマリーを落ち着かなくさせるのは、顔を覗き込む時。彼と距離が近づくと、どうしてだかいつも胸がドキッと跳ねた。別の女性と一緒にいる姿を想像すると胸がざわめき、嫌な気持ちにさせられた。

これまで自分の感情をまともに把握していなかった彼女は、この時ようやく自覚した。

――私、小さい頃からずっと、ギルバートに恋をしていたのだわ……。

彼に対する気持ちは、家族への愛情と一緒だと思い込んでいた。だが随分前から――そう、庭園の片隅で泣く自分を見つけてくれたあの日から、アンネマリーはギルバートに恋をしていたのだ。

恋心を認識すると、アンネマリーの鼓動は先程より乱れた。好きな人とキスをしている。

それもとびっきり淫らな、大人のキスだ。

彼の方はアンネマリーの変化に気づかず、後頭部に手を添えたまま、更に深く口づける。水音を立てて舌を絡められ、下腹部がずんと重く疼いた。その意味を知らぬアンネマリーは、吐息を乱し、もっと触れてほしいと感じる己に狼狽する。

「ん、ん……待っ……て、ギル、待……ん……っ」

息苦しく、休憩を望んで彼の胸に手を置くと、ギルバートははっと唇を離した。腕の中の彼女を見下ろし、頬を強ばらせる。彼の目の前には、息を乱し、どこかまだあどけない青の瞳を艶やかに濡らした、アンネマリーがいた。

「……すまない、マリー。……大丈夫……？」

心配する声は突き放す色がなく、アンネマリーはほっとする。大きな掌で頬を撫でられると、その温かさに胸が苦しくなり、彼女は眉尻を下げた。

「……ギルバート……必ず帰ってきてね」

願いを口にすると、ギルバートは苦しそうな間を置いたあと、眼差しを強くして応じた。

「……恩義あるビルケ王国のため、最善を尽くし、必ず貴女のもとへ戻るとお約束する――アンネマリー姫」

アンネマリーは切なさをのみ込み、淡く頬を染めて微笑んだ。

ロートス王国との戦は、開戦直後——国境線付近で激戦を強いられた。敵兵は、想定以上の数、エッシェ王国製の武器を揃えていたのだ。

前線から届いた情報に、ビルケ王国の誰もが顔色をなくした。エッシェ王国製の武器の流入は把握していても、それが援助によるものかどうか確証が得られぬ状態での開戦だった。よもやエッシェ王国軍の介入まであるのではと暗雲が垂れ込めて二週間——ビルケ王国軍は前線を突破。以降、ビルケ王国軍の進撃は圧倒的だった。次々と敵兵を制し、僅か二ヶ月でロートス王国王都へと侵略を進めたのである。

不意打ちで戦を仕掛けたロートス王国にとって、ビルケ王国が防衛ではなく侵略へ方針を定めたのは予想外だったらしい。

国境線に布陣された兵だけは十分な装備と数だったが、それより先——王都へと続く各州の配備はお粗末だった。前線の兵以外は全て急場凌ぎで、装備どころか士気も伴わぬ者ばかり。エッシェ王国軍が派遣される様子はなく、ロートス王国軍は刃を交わす前に逃げる兵まで出る有様で、悲惨な様相を呈した。

ビルケ王国軍は逃走する敵兵を追わず、前進を優先。

敵兵を壊滅させない手法は、再度陣営を立て直す機会を与え、危険を伴う。だが総指揮を担うアルフォンスは、今回の侵略の目的を〝内紛の絶えないロートス王国の病巣の排除〟と掲げ、人命は可能な限り奪わぬよう命じていた。

ロートス王国国王は、王都中から集められる限りの兵を王城の守りに配備していた。しかしビルケ王国軍は前後から突撃、突破。ロートス王国国王と妃は捕らえられ『いたずらに戦でもって人心を操ろうとする思想、王の器にあらず』との宣言と共に、首を落とされた。

その後いくつかの領主は州軍を伴って玉座の奪還に動いたが、それらもあっけなく退けられ、残る領主たちは劣勢を悟ってビルケ王国軍に下った。

総指揮をアルフォンスに一任したビルケ王国国王のもとへは、逐一戦況が伝えられ、中でもギルバートの活躍は誰もが驚嘆した。

アルフォンスと共に今回の戦略を考えた彼は、強靱な意志と強さでもって道を切り開いていったのだ。真っ先にロートス王国王城に踏み入ったのも彼の部隊であり、追撃を図った州軍らとの戦いもまた、ギルバートが筆頭に立って薙ぎ払っていったとか。

前進と王都制圧のみに重点を置いた、迅速かつ無駄のない侵攻により、死傷者数は国取りとしては両国共に極めて少数。ギルバートが率いた第一部隊に至っては、最も危険な最前線での配備だったにもかかわらず、死者ゼロの結果となった。

彼は見事〝先陣を切り、最小の犠牲でもって勝ちを挙げろ〟というアッシャー侯爵の要望を叶えたのである。

ギルバートには破格の褒賞が期待され、王宮内は今か今かと、彼らの帰りを待ちわびる空気に満ちていた。

開け放たれた窓から、人々の歓声と華やかな音楽が聞こえてくる。

勝利したビルケ王国軍を祝う凱旋パレードは、街中を通り抜け、王城へと向かっていた。

寝室の脇にある衣装部屋でドレスを着付けられていたアンネマリーは、パレードの音を聞きながら、落ち着かない息を吐く。

「……本当に、お兄様もギルバートもご無事なのかしら……。それに他の皆は、どれくらい戻ってこられているのか……」

鏡の中に映る彼女の顔は、喜びに沸く空気に胸を騒がせながらも、晴れやかではない。

極めて少ないといえども、失われた命は確実にあるのだ。それらを気にもとめず、はしゃぐ気分にはなれなかった。

「……貴女の気持ちもわかるけれど、そんな顔で人前に出てはいけないわよ、マリー」

彼女に声をかけたのは、部屋の一角に置かれた長椅子に腰掛けていた姉姫、リーフェだ。

王家の者は、これから謁見の間で帰還兵たちの代表を出迎え、労を労う帰還式典を行う。

一足先に着付けを終え、アンネマリーの部屋を訪れている彼女は、ストロベリーブロンドの髪をきりりと結い上げ、新緑色の爽やかなドレスを纏っていた。

リーフェの隣には、同じく着付けを終えたイーリスもいる。イーリスは長いシルバーブロンドの髪を片側に寄せて胸元に垂らし、シックな青のドレスに身を包んでいた。

アンネマリーは鏡越しに二人を見やり、すうっと息を吸う。

「ええ、気をつける」

今日は戻った戦士たちを称える日だ。仲間を失った彼らもきっと心を痛めているだろうが、沈んだ心をより暗くしてはいけない。

頷くと、イーリスが腰を上げ、淑やかな仕草でアンネマリーの傍らに立った。鏡の中の妹を見て、優しく微笑みかける。

「今日は皆の帰還を喜び、いつもの明るい笑顔を見せてあげましょうね。貴女の笑顔は心を軽くするもの」

アンネマリーの笑顔を好むのは身内ばかりだが、敢えて否定するのも無粋だと、彼女は微笑み返す。

斜め後ろからその様子を見ていたリーフェが、くすっと笑った。

「本当に、マリーは私たちの前では素直なのに、どうしてギルバート様にはいつも突っかかるのかしらね。可愛げがないと思われていなければいいけれど」

「え……っ？」

アンネマリーは肩を揺らして、リーフェを振り返る。戦の間、アンネマリーは戦況報告で彼の名が挙がるたび、不安で胸がぎゅうっと締めつけられた。けれど終戦して肩の力が抜けたからだろうか。出兵前のキスを思い出してしまい、頬を淡く染めた。

妹を見るような穏やかな表情ばかりだった彼が、あの時だけは雄々しく、取って食われそうな恐怖心すら抱いた。キスの合間に見た艶っぽい眼差しも、物慣れた仕草で腰に添えられた手も、思い出すだけで鼓動が乱れる。

リーフェは清流を彷彿とさせる水色の目を瞬かせ、小首を傾げた。

「……あら、可愛いお顔。いつもすぐけんか腰になっていたのに、嫁ぐとなると気恥ずかしいの？」

直球のセリフに、アンネマリーは狼狽する。

「そそ、そんなこと、ないけれど……っ」

先程以上に顔を赤らめ、慌てて視線を鏡へと戻した。

凱旋パレードのあと、ギルバートはアルフォンスと共に謁見の間に参上する。

通常、戦での功労者への褒賞は、各部隊からの詳細報告を待ってからだ。だが功績が大きかったギルバートには、特別に今日、褒賞の発表がなされる予定だった。

彼には、新たな領地や褒賞金などに加え、王の娘であるアンネマリーが与えられる。

これは、王が彼に贈る最高の栄誉である。

彼は貴族社会で十分に認められるに足る結果を出した。それに加えて王の娘を賜れば、ギルバートの足元は盤石となる。

一般階級出身の養子として軽んじる者は誰一人いなくなり、次期アッシャー侯爵家の当主として、誰もが彼に敬意を払うようになるだろう。

隣にいたイーリスが、鏡の中のマリーに向かってにこっと笑った。

「戦を勝利へ導いた英雄のもとへ嫁げるだなんて、とても光栄なことね、マリー。それに貴女はずっと彼に懐いていたもの。お人柄を知っている分、安心ね」

「……っ」

長女にもまた微笑ましそうに言われ、アンネマリーはどう返せばいいのかわからず、黙り込んだ。

勝利の報せが入った二週間後——ビルケ王国軍が帰還している間にその決定を聞いたアンネマリーは、飛び上がりそうになるほど嬉しかった。自覚は遅くとも、ずっとギルバートに恋をしていたのだ。出兵前には口づけまで交わしている。

彼とならよい夫婦になれるだろうと、胸をときめかせていた。

多くを語らずとも嬉しさが滲む妹の横顔に、リーフェはニヤニヤと笑って頬杖をつく。

「これまではギルバート様なんて欠片も意識してない雰囲気だったのに、急に女の子の顔になってるわよ、マリー。実はギルバート様のことが好きだったのかしら？」

からかわれ、アンネマリーは恥ずかしくて首を振った。

「ち、違うわ……っ。そんなのじゃないもの……！」

未婚の、それも婚約もしていない男女がキスをするのは、本来はしたない振る舞い。故にアンネマリーは、キスをした事実も彼への恋心も誰にも伝えていなかった。

「じゃああれかしら、夫婦になるという意味を考えているの？」

言いながら立ち上がり、リーフェはアンネマリーの背後に回る。意味を判じかね、アンネマリーはきょとんと鏡の中の姉を見返した。

タイミングよく着付けを終えた侍女が髪飾りを取りに傍から離れ、リーフェは含み笑ってアンネマリーの腰に両腕を回す。

「そうよね、ドキドキするわよね。これまでただの幼なじみとして接していた殿方の婚約者になるのだもの。ギルバート様は、どんな風にマリーに触れるのかしらね？」

アンネマリーはしばしぽかんとし、そして一気に首元まで赤くした。

「な……っ、な……っ、そんなの……っ知らないわ……！」

リーフェは男女としての触れ合いを示唆しているようだった。ギルバートとは一度キスしたが、それ以上でも以下でもない彼女は、動揺して目を泳がせる。

背を屈め、アンネマリーの肩口に顎を乗せていたリーフェは、意外そうに口元を曲げた。

「あら、知らないの？　なあんだ、ずっと親密にしているから、実は恋仲なのかしらと疑っていたのだけれど」

アンネマリーはぎょっとし、二人を傍らで眺めていたイーリスは眉を顰める。

「……リーフェ。からかうのはよしなさい。二人を見ていたらわかるでしょう。ギルバート様はマリーが小さな頃からお気を使われ、変な噂が立たぬよう、必ず人目のある場所を選んで一緒に過ごしていらっしゃった紳士よ」

咎められると、リーフェはアンネマリーから身を離し、降参のポーズを取った。

「はーい、ごめんなさいイリスお姉様。ギルバート様は普段からマリーと仲がよかったのに、今後ますます独占するのだと思うと、腹が立って意地悪したくなったの」

「……それならマリーじゃなくて、お相手のギルバート様にするものでしょう」

愛称で呼ばれたイーリスが目を据えると、リーフェは舌を出す。

「だってマリーの方が反応が可愛いのだもの。ギルバート様をからかったって、にっこり笑って窘められて終わりだわ。全然、楽しくない。……というか、場合によっては本気で怒られるから、むしろからかいたくないわ」

ギルバートは、イーリスやリーフェにとっても幼なじみにあたり、二人とも昔から親しくしている。しかしリーフェは見た目にそぐわぬ大の悪戯好きで、たびたびギルバートを困らせていた。彼の本や上着を隠すといった遊びから始まり、時に彼の剣に触れたり、木に繋いでいた馬の手綱を解いたりして慌てさせるのである。

ギルバートは基本的に大らかで優しいが、悪戯が度を超えると笑顔で叱りつけた。

怒った彼を思い出したのか、身震いするリーフェに、アンネマリーは首を傾げる。

「……でも、怒ってもギルはいつも笑っているわ。ちっとも怖くないと思うけれど」

叱る口調も丁寧だし、声も柔らかい。そう言うと、リーフェは半目になり、大仰にため息を吐いた。

「マリー。怒ったギルバート様は、笑っているように見えて、目は笑っていないのよ。あの冷え冷えとした目ときたら、鳥肌が立っちゃうんだから。それに本気で怒ったら最悪よ。完全に笑顔が消えるの！　眼差しは鋭い刃みたいに凍てついているし、一つでも反省以外の言葉を発したら容赦しないぞって顔になるのよ……！」

「……そんなことあった？」

優しいギルバートしか知らないアンネマリーは、怪訝に眉根を寄せる。リーフェは顔をしかめて頷いた。

「二回ほどあったけれど、両方とも貴女はその場にはいなくて、見ていないのよ」

「……どんなことしたの？」

質の悪い真似をしたのだろうなと思いながら聞くと、リーフェは飄々と答えた。

「マリーが十歳の時、風邪で一週間くらい寝込んだことがあったでしょう？　私も心配していたんだけど、貴女の調子がよくなった六日目に、ギルバート様にはマリーは今夜が峠なのって伝えてみたの」

「リリーお姉様……」

アンネマリーはリーフェを愛称で呼び、呆れたため息を零す。十歳の頃、確かにアンネマリーは五日ほど高熱に浮かされた記憶がある。彼は二日目あたりに心配して訪れてくれていたが、考えてみると、熱が引いた六日目に血相を変えて見舞いに来ていた。

リーフェは記憶を辿り、天井を見上げながら続ける。

「あとマリーが十四歳くらいの時に、貴女が盗賊に攫われたって訴えてみたのよね。実際の貴女は木陰ですやすや寝ていただけなんだけど。しばらく彼が慌てる姿を楽しんでから嘘だって教えたら、私が泣くまで真顔で怒られたわ。……怖かった」

両手で頬を覆い、恐ろしかったと言いたげに首を振るも、アンネマリーは同情できなかった。実に性悪な悪戯である。アンネマリーは王女で、ギルバートは王宮警護も担う騎士団の団長。王女が攫われたとなれば即動かねばならないのだから、怒って当然である。

イーリスも珍しく呆れ顔でため息を吐いた。

「リリーは昔からお転婆で、困ったものね。レオンハルト様もご苦労なさっていなければいいけれど」

レオンハルトとは、リーフェの婚約者だ。彼も将軍の一人として今回の戦に動員され、無事帰還する。

戦勝が決まった際、リーフェは顔色悪くレオンハルトの無事を確認していた。彼が出兵する際は毅然としていたけれど、不安だったのだろうと察せられた。

婚約者の名を出されたリーフェは、ぴくっと肩を揺らし、軽く頬を強ばらせる。やや緊張した気配を感じ、アンネマリーはあれ、と振り返った。

「……どうしたの？　……レオンハルト様が戻ってくるの、嬉しいでしょう？」

レオンハルトはギルバートと同じく、今日謁見の間に参上する。嬉しいはずなのに、なぜそうでもなさそうな顔をするのか。そう尋ねると、リーフェは微妙な表情で笑った。

「……もちろん、嬉しいわ。ご無事だそうで、心からよかったと思ってる。でも四ヶ月近くお会いしていないでしょう？　疲れを癒やされて、体力を回復されたら……色々、大変そうと思っただけ」

「……色々？」

詳しく聞こうとするも、イーリスが「ダメよ」とリーフェの答えを遮った。

「なあに？　……秘密のお話？」

マリーは表情を曇らせる。三姉妹の間で、自分だけ知らないことがあるのは寂しかった。リーフェはレオンハルトと婚約して約一年になる。そろそろ結婚式を挙げるといった話だろうか。

素直に悲しい顔をするアンネマリーに、リーフェは苦笑し、イーリスにお伺いを立てた。

「……マリーもギルバート様と婚約すれば、私たちと同じだもの。少しくらいいいんじゃない？」

「……でもマリーには、きっとまだ早いわ……」

イーリスは心配そうに首を振った。しかしリーフェは「大丈夫よ」と言って、アンネマリーに耳打ちした。

「……マリー。色々というのはね、閨事のお話よ」

聞いた瞬間、アンネマリーは固まった。

姉のそういった事情までは知らない彼女は、返答に迷い、頬を染めて俯く。

リーフェはくすっと笑って、肩を叩いた。

「ギルバート様はガツガツしていなさそうだもの、大丈夫よマリー。レオンハルト様はちょっと体力がありすぎて、私いつも大変なの」

ビルケ王国では、未婚の男女が二人きりで過ごすのはよしとされていなかった。二人で話す時は、互いの名誉のため、他人の目がある場所を選ばねばならない。

しかし婚約してしまえば話は変わり、親公認の交際として、二人きりで過ごしてもよくなる。夫婦と変わらぬ触れ合いも許され、その分婚約が解消されると、どちらも再婚扱いになる文化だった。

イーリスはお相手が他国なのであまりそういう話は関係ないが、リーフェの婚約者は国内貴族。当然頻繁に逢瀬を重ねていて、時にはお泊まりもしていた。

言葉をなくしたアンネマリーの姿に、イーリスは眉根を寄せる。

「……ほら、まだ早いじゃない……」

「早くないわよ、アンネマリーだってもう成人した立派なレディよ。それにとっても可愛く成長しているもの。どんなに紳士に見えたって、よっぽどやせ我慢しない限り、手を出しちゃうと思うわ。ギルバート様も男だもの」

リーフェは言いながら後ろからまたアンネマリーを抱き締め、視線を腰に注いだ。

「あら。マリー、貴女痩せた？　以前より細くなってない？　可哀想に、ギルバート様が心配で食事が喉を通らなかったのね？」

淡い桃色のドレスを纏ったアンネマリーは、ぎくりとした。

ギルバートが出兵してからというもの、アンネマリーは食が細り、少し痩せた。リーフェの言う通り、いつ彼の命が失われるかと不安でたまらなかったからだ。

けれどギルバートへの恋心を隠している以上、認めるわけにはいかず焦って首を振る。

「ギ、ギルバートは関係ないわ……っ。これは……そうっ、胸が小さくならないかしらと思って、食事の量を減らしたの……っ」

ビルケ王国では、リーフェのように背が高く、すらりとした体形の女性こそが美しいとされていた。アンネマリーは背が低く、胸だけは大きい。美しさとは真逆の体形だ。

これはコンプレックスの一つで、自分で話題にしながら、ちょっと気落ちする。

リーフェは上から妹の胸の谷間を見下ろし、つまらなそうに肩を竦めた。

「そんなこと気にしているの？　大きな胸がお好きな方も割といるから、大丈夫よ」

「え……？」

初めて聞いた話に、アンネマリーは目を丸くした。リーフェは熱く持論を展開する。

「世で称賛されている美の形態が全てじゃないのよ。マリーやイリスお姉様のような、胸の大きな女性がお好きな殿方も多いの。実際、社交の場では胸元を強調したドレスを着ている令嬢にも、男性は集まっていくわ」

ビルケ王国では、戦が行われている間、宴などの集会は一切禁じられていた。社交界デビューして一ヶ月で戦が始まり、ほとんど宴に参加していないアンネマリーは、殿方たちの反応を詳細に覚えていない。

答えを求めて三年早く社交界デビューしているイーリスを見やると、彼女は目をぱちくりさせた。

「……そう、なの……？　ごめんなさい、私……人の体形を意識して見たことがないものだから……」

戸惑ったような返答をされ、アンネマリーは肩を落とす。リーフェは半目で頷いた。

「……そうね、イリスお姉様は体形どころか、色恋にだってご興味がないものね」

「……あら、うふふ」

隣国リンデン帝国の皇子と婚約して二年目になるイーリスは、リーフェの鋭い突っ込みを笑って聞き流す。このイーリスは、現在進行形で数多の男を虜にしている魔性の姫だ。しかし実のところ、恋愛経験は皆無だった。恋愛感情そのものがよくわからないとかで、色恋の話になるとさっぱりついていけない。

以前、リーフェが恋をした時も、イーリスでは相談相手にならず、アンネマリーにお鉢が回ってきたくらいである。

リーフェは嘆息し、アンネマリーを見下ろす。

「……私の見解は間違っていないと思うのだけど、まあ、ギルバート様が女性の体形を見定める姿は見た覚えがないから、きっとイリスお姉様と同じよ。体形は見ておられないわ。だから大丈夫。あの人はどんな貴女も可愛いと思ってる」

「……ギルが私を可愛いと言っていたのは、女性としてって意味じゃないわ」

あたかもギルバートが自分を気に入っているように言われ、アンネマリーは驚いた。

これまで彼は可愛いとよく言ってくれたが、あれはアンネマリーに自信を持たせようとしていただけだ。彼にとってアンネマリーは、幼い頃から知っている、十歳も年下の少女。妹には思えても、恋愛対象としては意識もしていなかっただろう。

そう考え、アンネマリーは眉根を寄せる。

——でも……それなら出兵前のあのキスは、どういう意味でしたのかしら……？

キスをしたあと、ギルバートから好きだ云々の告白はされていない。それどころか、唇を離した瞬間、彼は我に返り、しまったといった顔をしていた気もする。

キスをした日、彼は仕事があって、アンネマリーを私室のある塔まで送るとすぐ職場に戻った。それから出兵まで慌ただしく、二人はまともに話せてもいない。

アンネマリーは額にじわりと冷たい汗を滲ませた。

——そんな気がしないでもなかったけれど、もしかして弾みでしただけ……？

内心じりじりと焦りを募らせ始めたアンネマリーに、リーフェはにこっと微笑む。

「そうかもしれないわね。でも、これまでがどうだろうと、関係ないのよ。貴女はギルバート様の妻になるのだもの。確実に貴女を異性としてご覧になるわ。さ、イリスお姉様。私たちは隅にいかなくちゃね。着付けの邪魔をしちゃいけないわ」

リーフェが振り返って言うと、イーリスははたと部屋の片隅に控えていた侍女に気づき、笑みを浮かべた。

「……そうね。皆、マリーを可愛く仕上げてちょうだいね」

アンネマリーの侍女たちは、夢中で話す三姉妹に遠慮して、作業をとめていた。皆ほっとし、アンネマリーの傍に戻る。

イーリスと一緒に椅子に戻ったリーフェは、髪飾りを挿されるアンネマリーを眺めながら、楽しそうに言った。

「お父様からマリーの降嫁を聞いたギルバートが、どんな顔をするのか楽しみ……！」

ギルバートは今日、褒賞が与えられることは知っているが、内容までは承知していない。婚約を知った彼がどう感じるのか、アンネマリーは想像できなかった。けれど長年親しく過ごしてきたのだ。キスこそものの弾みだったとしても、逆に言えば、それは嫌っていなかった証。妹のような少女を妻にと宛がわれ、多少戸惑おうと、紳士である彼ならすぐ承諾する。

彼の反応をやや不安に思いながらも、アンネマリーの胸はやはり期待で騒いだ。

いつだって微笑んで話を聞いてくれる、優しいギルバート。夫婦になれば、ずっと一緒にいられる。心の底で彼に恋をしていたアンネマリーは、喜びを隠し切れない輝く瞳で、仕上げられていく己を見つめた。

凱旋パレード後、各部隊の長は用意されていた儀式用の正装に身を包み、謁見の間へと集まった。赤の差し色が入る漆黒の軍服に身を包んだ彼らの気配は、戦前よりもどこか尖り、近寄りがたい。頬は痩け、人によっては顔面に傷を負う者もあった。
彼らを労うため、会場後方に集まった各貴族家の当主らは、以前と異なる雰囲気に気圧

され、ざわめく。

謁見の間に予定した者たちが揃い、近衛兵が後方の扉を閉ざしたのを合図に、前方側面にある扉が開いた。王女たちが姿を現し、室内はしんと静まり返る。

清楚な青のドレスに身を包んだイーリスがまず進み出て、一段上にある玉座の手前、右脇に向かった。彼女が動くとドレスを彩る白いレースがひらひらと揺れ、爽やかな風をイメージさせた。

続いたリーフェは、新緑色のドレスに青の宝石で作られたイヤリングと髪留めを身に纏う。それらは、青空のもと活き活きと枝葉を伸ばす木々を想起させた。

二人が放つ涼しげな気配に、兵たちがため息を漏らす。

「……変わりなく、お美しくあられるな……」

「ああ……戻ってきたと実感する……」

安堵した声が漏れ聞こえ、二人のあとに続いたアンネマリーは、姉たちの存在感に内心圧倒された。彼女たちはそこにあるだけで、疲弊した兵たちを癒やしている。存在にこそ意味がある、王族がそうあらねばならない姿を見事全うしていた。

最後に謁見の間に入ったアンネマリーは、淡い桃色のドレスを身につけている。

姉姫たちよりも甘い色合いで、ハーフアップにした癖のある髪はローズピンクのルビーとリボンの髪飾りで彩られていた。それは開き始めたばかりの花を彷彿とさせ、彼女を見知った兵の一部は目を細める。

三姉妹は所定の位置につくと、兵たちの帰還を喜ぶ、薄い微笑みを湛えた。

ほとんどの視線が美しい姉たちに集中し、感嘆の声が零れる中、アンネマリーはさりげなく居並ぶ兵たちに視線を走らせる。

彼らは職位の高い順に並び、兄のアルフォンスは最前列に並んでいた。謁見の間では本来、そこに誰があろうと無言で王を待つのが正しい臣下の姿。兄は厳かな面持ちで正面を見据え、その彼の隣には、ギルバートがいた。

兄同様にこちらを見ない彼は、少し栗色の髪が伸び、微かに疲労の気配を漂わせている。だが空色の瞳には生気があり、頼もしくも雄々しい覇気を纏っていた。

アンネマリーの瞳が、喜びに輝く。戦が始まって以来、緊張で凝っていた胸に、やっと血が巡り始めた心地だった。

彼を失わずにすんだのだと思うと、安堵で震える息が零れる。

傍らに立ったリーフェが、妹の変化に気づき、目立たぬ仕草で耳打ちした。

「……アンネマリー。私たち王族は、民や臣下の前で無様を晒してはならない」

私的な場では驚くほどお転婆だが、リーフェは誰よりも王女としての矜持が高い。暗に感情を高ぶらせてはならないと咎められ、アンネマリーはすうっと息を吸った。

「……はい、お姉様」

鼓動は喜びでドキドキと高鳴っていたが、素直に従い、瞳に冷静さを取り戻す。

ほどなく、侍従が王のお出ましを告げた。場内にいる者は皆膝を折り、頭を垂れる。

王――アドリアヌスはゆっくりと玉座へと足を進め、一堂に会した者たちを厳めしい表情で見下ろした。

集った兵らと同じ軍服を身に纏い、豪奢な赤のマントを羽織る彼は、皆に顔を上げるよう言う。帰還した兵たちは緊張した面持ちで王を見つめ、アドリアヌスは彼ら一人一人と目を合わせていった。全員の顔を認め、アドリアヌスは息を吸って明瞭に言う。

「――皆、よくぞ戻った。我ら王家は、皆を心から誇りに思う。突如始まった戦にもかかわらず――見事な勝利であった！」

国王の言葉に兵たちは瞳を輝かせ、大きく歓声を上げた。

「――アドリアヌス陛下、万歳――！」

「陛下の御代に更なる栄光を――！」

通常、王の御前では許しもなく声を出してはならない。しかし今日は、次々に喜びの声が上がり、アンネマリーは顔には出さないながら驚いた。

王の言葉をもって初めて彼らの戦が終わるのか、鋭い気配を纏っていた兵たちの表情が一気に和み、皆が互いの健闘を称え合う。中には涙を零す者もあり、男泣きするほどに辛苦を舐めていたのだと、アンネマリーの胸は締めつけられた。

強ばった横顔だったギルバートも、アルフォンスに背を叩かれ、やっと柔らかく目を細める。彼はこの時初めて視線を王女たちの方へ向け、穏やかに微笑んだ。彼と目が合ったアンネマリーは鼓動を跳ねさせ、どんな顔をしていいのかわからず、俯いてしまう。

直後に王女として彼を労い、微笑む場面だと気づいたが、もう一度視線を上げた時には、彼は他の兵たちと朗らかに話していて、こちらを見てはいなかった。

大仕事を終えた兵たちの興奮は謁見の間全体に満ち、誰も彼もが楽しげに言葉を交わし続ける。王は微笑んでその光景を眺めるが、皆がひとしきり喜びを分かち合った頃、玉座の傍らに控えていた宰相が咳払いした。

優秀な武人らは意を汲み、すぐに口を閉ざして王へと向き直る。

全員の視線が戻ると宰相は頷き、穏やかに口を開いた。

「勝利を収めた皆への言祝ぎと褒賞は、二週間後、迎賓館で予定されている祝勝の宴にて改めて贈られる。だが本日は、陛下より特に功績を残した者へ褒賞が下賜される。――ギルバート・アッシャー」

ギルバートが呼ばれ、アルフォンスがにっと笑って彼の肩を小突く。周囲も囃し立て、ギルバートは気遣わしく周囲に微笑んでから、玉座の手前にある階段下まで進み出た。

彼が跪き頭を垂れると、王は満足そうに微笑んだ。

「……ギルバート・アッシャー。其方は此度の戦において、総指揮官であるアルフォンスと共に戦略を立て、最前戦で道を切り開いていった。王城を落としたあとも、複数方向より攻め入った敵勢を勇猛果敢に排除し、勝利を確実なものへと導いた要であった」

ギルバートは深く頭を下げる。

「同胞なくしてはなしえぬ結果でございます」

彼が真摯に応じると、王は皆を見渡した。

「そうだな。誠、皆よくぞ頑張ってくれた。そしてギルバートは武将として見事であった。これに異論ある者はいるだろうか」

兵たちは無言で彼の働きを認め、王はギルバートに視線を戻す。

「ギルバート。其方の武勇を認め、いくつかの褒賞を与える」

これに宰相が口を開き、褒賞を告げていった。褒章、職位の格上げ、新たな領地、褒賞金、そして――。

「――最後に、アンネマリー王女殿下が貴殿のもとへ降嫁なさる」

最後の褒賞が発表された瞬間、事前に内容を告知されていなかった貴族家の当主らがどよめいた。

アンネマリーが嫁げば、貴族の血を宿さぬ養子と誹（そし）られていた彼は、アッシャー侯爵家の後継者として誰もが認めざるを得なくなる。当主らの中には、いまだ彼の血筋を厭（いと）わしく考えている者がいた。しかし彼の功績は明らかで、皆、渋い顔をしながらも黙る。

彼を認める軍兵らは歓喜し、声を上げた。

「おめでとうございます、閣下！」

「これ以上ない誉(ほま)れでございますね、閣下！」

溢れ返る祝福の言葉に、アンネマリーの胸はじわじわと喜びに満ちていく。

あとは彼の返答だけだ——と、ギルバートの横顔に目を向けた彼女は、ふっと頬に上らせた朱を消した。

頭を垂れて褒賞の数々を聞いていたギルバートの顔は、アンネマリーの降嫁を聞いた今、明らかに動揺していた。目を見開いて床を見つめ、こめかみから嫌な汗を伝わせる。

彼はなかなか返答せず、浮かれた声を上げていた兵たちは訝(いぶか)しみ、次第に口を閉じていった。やがて謁見の間は静寂に包まれ、宰相が声をかける。

「……ギルバート・アッシャー、承ると」

返答を忘れていると考えた宰相は、儀礼通りの返答をせよと小声で教えた。

ギルバートはこくりと喉を動かす。返答を求められてもなお、彼は床を凝視し続け、ぐっと強く瞼を閉じると、覚悟を決めた顔で王を見上げた。彼は王をまっすぐに見つめ、酷く冷静な声音で言った。

「……身にあまる誉れ、心より光栄に存じます。しかしながら、私は全ての褒賞を辞退申し上げる」

「――」

アンネマリーは目を見開き、凍りついた。この褒賞は、王から授けられる特別な栄誉だ。断るなど過去例を見ない、あり得ない事態だった。

そして彼が全ての褒賞を辞退した理由は明白。

――彼は、アンネマリーを妻に迎えたくないのだ。

王女としての矜持が粉々に砕かれ、アンネマリーは自分がどんな顔をしているのかもわからなかった。

アンネマリーを娶れば足元が盤石になるにもかかわらず、それでも娶りたくないとは――よほど嫌なのだろう。それこそ、不敬罪で罰せられてもよいと考えるくらいに。

これまでの優しさは、アンネマリーが幼い末姫であるからこそ見せてくれた気遣いであって、内実は違ったのだ。

アンネマリーは、震える息を吐く。

この四ヶ月、彼を案じ、想い続けた自分が、いかにも愚かに感じられた。

彼はアンネマリーなど欠片も想っていなかった。あのキスもただの弾み。

集まった人々は再びざわめきだし、アンネマリーの耳に、酷薄な声が届いた。

「……末姫では納得できないか」

「ギルバートは、リーフェ王女殿下とも懇意にしていただろう。レオンハルトに先を越さ

れたが、実はあちらが本命だったのではないか……？」

「……この戦がもう少し早ければ、リーフェ王女殿下が下賜されただろうしな……」

「……リーフェ王女殿下の美しさは、末姫様に代われるものではないものな……」

よく悪戯の相手をしていたリーフェに好意があったのだと噂が立ち始め、彼は身を強ばらせる。人々の声は王女たちの耳にもはっきりと聞こえ、リーフェからアンネマリーを憂う気配が漂った。

これは、アンネマリーにとって今までにない辱めだった。

親身にアンネマリーの悩みを聞いてきた果ての仕打ちがこれかと、いっそ泣いてしまいたい。けれど王女として涙は見せられず、必死に歯を食いしばって平然と前を向き続けた。

王に褒賞の全てを突き返すという、前代未聞の無礼を働いたギルバートは、周りの噂話に耐えかねたかのように声を張った。

「——アンネマリー王女殿下は、ここにいる誰にも罵られてよい方ではない！　勤勉で、皆を思いやる心のある、素晴らしい姫君であらせられる！」

噂話をしていた者たちが、ぎくりと口を閉ざす。

彼は苦汁を舐める顔つきで、王に平伏した。

「尊ばれるべき王女殿下への非礼、この命を捧げてもあがなえませぬ。いかなる罰もお受けする所存でございます」

深く傷つき、泣きそうになっていたアンネマリーは、さあっと青ざめる。国を勝利へ導き、やっと皆に認められる功績を残した彼が、自分のせいで今度は窮地に陥っていた。

彼女と同じく、戦を共に走り抜いた同胞たちは緊迫した空気を放ち、全員が固唾をのんで王を見上げる。

一身に視線を浴びた王は、落ち着いた顔でギルバートを見下ろす。思案げに顎を撫で、首を傾げた。

「……アンネマリーでは、不満か？」

核心を突く問いに、ギルバートの横顔が歪む。彼は短く呻き、額を床に擦りつけた。

「いいえ。私にはその器がないのです」

王は労るような笑みを浮かべる。

「……いいんだよ、ギルバート。お前は我が国のために命をかけて戦い、アッシャー侯爵家の後継者として、立派に全てを成し遂げた。お前も家庭を持っていい」

ギルバートは迷うような間を置いたが、苦しげな声で同じ答えを繰り返した。

「――私では、なりません」

それから自分がどう動いたのか、アンネマリーはあまり覚えていない。冷静な顔を保つのに必死で、他に意識を向ける余裕はなかった。

記憶の片隅に、貴族家当主として参列していたアッシャー侯爵が『馬鹿者』と声を荒らげていた気がしないでもないが、定かではない。

気がついたら私室におり、そして姉たちに両脇から抱き締められていた。

「……マリー、よく凌いだわ。貴女は立派な王女よ……」

「本当に、よくできたわマリー。貴女は私たちが誇る、世界で一番可愛い姫君よ」

侍女の一人が目の前に紅茶を置き、その香りが鼻をついてやっと正気づく。

三姉妹は、アンネマリーの居室――廊下から入って右手奥にある窓辺の長椅子に、横並びになって座っていた。アンネマリーが気に入っている、可愛らしい猫脚の椅子だ。

部屋の中央には毛足の長い絨毯が敷かれ、その奥には火が灯されていない暖炉があった。暖炉の上には、朗らかに笑う国王一家の肖像画が飾られている。

手にぬくもりを感じ、アンネマリーは目を向ける。イーリスが、微かに震える指先を握り締めてくれていた。甘い香りを纏った姉たちの体温を感じ、ため息を吐く。

謁見の間での記憶を脳裏に蘇らせると、つんと鼻の奥が痛くなった。しかし泣くまいと奥歯を噛み締め、震える声で呟く。

「……私、ギルバートに嫌われていたのね……」

勝利を収め、数多の褒賞を与えられた彼が、その全てを蹴ってでも妻にしたくないと思ったのだ。よほど嫌悪されていなければ、こんな事態はあり得ないだろう。

ポロリと零した呟きはじわじわと己の心を蝕み、アンネマリーの視界は歪んだ。

姉姫たちは眉根を寄せ、強く彼女を抱き締める。

「そんなことないはずよ、マリー……。きっと何か理由があるのよ……」

イーリスは穏やかに宥めようとしたが、リーフェは憤りを隠さず吐き捨てた。

「傷つく必要なんてないわよ、マリー。あんな無礼者のもとへなんて、いっそ嫁がない方がいいと思うわ！」

今も恋心が消えていないアンネマリーは、彼を悪く言われるのも辛く、俯く。アンネマリーの表情を見たイーリスは、リーフェに眉根を寄せた。

「……そんな言い方するものじゃないわ、リリー。私たちはまだ、ギルバート様が婚姻を拒んだ理由を聞いていないでしょう。……少なくともあの方は、アンネマリーの名誉を可能な限り守ろうとなさった」

リーフェの方を娶りたかったのだと声が立った際、彼はすかさずアンネマリーを庇った。

イーリスがそう言うも、リーフェは目を眇める。

「あんなの、名誉を守ったうちに入らないわ。散々アンネマリーと仲良くして、思わせぶりな態度を取っていたくせに！　皆の前で断るなんて、非情よ……！」

アンネマリー自身も、ギルバートとはずっと仲がよいのだと思っていた。それが、彼の本心は違ったのだと思うと胸が痛み、涙が零れそうになった。

憤っていたリーフェは、アンネマリーが今にも泣きそうだと気づき、慌てる。

「あっ違うのよマリー。貴女を貶めようとしているわけじゃないの。今回のことは気にしなくていいの。あんな男よりいい人がすぐに現れるに決まってるから……っ」

「……安請け合いはダメよ、リリー。このお話はまだ、決着がついていないのだから」

イーリスが咎め、アンネマリーは顔を上げる。

「決着って……？」

もしかして、ギルバートは罰せられてしまうのだろうか。深く傷つけられたにもかかわらず、アンネマリーは彼の身を案じ、瞳を揺らした。

イーリスはアンネマリーを見下ろして微笑む。

「……ほら、ギルバート様は貴女との結婚を拒まれたけれど、お父様はそれをすぐにはお認めにならなかったでしょう……？　ギルバート様も戦を終えたばかりで、疲弊されている。すぐに答えを出さずともよいとおっしゃって、後ほど話し合おうと保留になさった。だから今回のお話はまだ何も決まっていないのよ」

「そのあと式典がお開きになったら、アッシャー侯爵がギルバート様に詰め寄って、騒然としたでしょ。激高なさっておいでだったわ。覚えてない？」

イーリスのあとをついでリーフェがあの場の出来事をつけ足すが、アンネマリーは首を傾げた。

「……あまり……」

後半は、ほぼ記憶がなかった。けれどまだ完全にギルバートと結婚できないわけではないのだとわかり、アンネマリーの胸がじわりと温かくなる。彼女は今もなお、ギルバートと一緒になれたら嬉しいと思っていた。

その様子に、リーフェは顔をしかめる。

「……待って。もしかして、あんな仕打ちをされてもまだ、あの男を好きでいるの、マリー……!? 私なら絶対に許さないわよ……!」

プライドの高いリーフェならではの発言に、アンネマリーは目を瞬かせ、イーリスがめっと口を挟んだ。

「リーフェ。人の想いに口出しするものではないわ。マリーはずっとギルバート様と親しくしてきたのだから、たった一日で嫌いになんてなれないのよ」

リーフェはギラリと目を光らせ、イーリスを睨みつけた。

「――お姉様は、恋なんてしたことないでしょう――!? 恋というのは、たった一つの間違いで儚く散ってしまうのよ……! あれは許されざる過ちよ……!!」

わかっていないくせに口を挟むなと言われたイーリスは、気を悪くするでもなく、おっとりと聞き返す。

「あら、それじゃあ長年連れ添っている人たちは、一度の過ちも犯していないの……?」

「――それは……っ」

リーフェが言い淀むと、イーリスはふふっと笑った。

「人は過ちを犯す生き物よ、リリー。長年連れ添っている人たちは、喧嘩や間違いを犯しても、互いに許し合ってきているはず。一度の過ちも許されないなんて、厳しすぎるわ」

「だけどあの男……っ、私のマリーを袖にしたのよ……！　絶対に許せない……」

アンネマリーを特に可愛がっていたリーフェは、妹が振られた事実をどうしても受け入れられないらしい。あからさまに感情論で言い張られ、イーリスがため息を零した時だった。部屋の扉がノックされ、三姉妹は同時に振り返った。

控えていた侍女がすばやく応対に行き、一瞬驚いて肩を揺らした。そして戻ってきた彼女は、アンネマリーを気遣わしく見ながら、小声でお伺いを立てる。

「……その……ギルバート様が、アンネマリー様にお会いしたいと……そちらまでおいでになっております……」

アンネマリーは驚き、ドキッと鼓動が大きく跳ねた。さっきの今でなぜ会いに来たのか――と不安に感じ、しかしずっと会えていなかったギルバートがそこにいると思うと、胸が恋心で騒いだ。

彼の帰還を待つ間、アンネマリーは、早く顔を合わせていつものように話がしたいと待ち望んでいた。彼に会いたくて仕方なくて、戻ったらすぐに駆け寄って抱きつきたかった。

けれど恋心は、同時に込み上げた恐怖心に掻き消される。アンネマリーは、今し方妻にはできないと拒まれたのだ。どんな話を聞かされるのかと恐ろしく、返答を迷った。

その隙に、リーフェがすくっと立ち上がる。

「まあまあ、この状況でよく顔を出せたものね。この私が相手をしてあげてよ」

勇ましくギルバートを撃退せんと向かおうとした彼女のスカートを、イーリスが摑む。

「リーフェ。ギルバート様がお会いになりたいのは貴女じゃないでしょう？　控えなさい。……アンネマリー、貴女がお会いするのよ」

穏やかながら逃げてはいけないと眼差しで命じられ、アンネマリーは眉尻を下げた。リーフェと同じく、王女としての矜持を知るイーリスは、相応しい振る舞いを求めていた。

アンネマリーは逃げ場はないのだと悟り、胸いっぱいに息を吸うと、席を立った。

侍女が扉を開くと、先程と同じ正装姿のままのギルバートがそこに立っていた。

皺一つない黒の上下に、白のベルト。胸元は多くの勲章で彩られ、右肩にはマントが垂れている。裏地に使われた赤の布地が僅かに見えて、美しかった。

しかしそれを纏う彼の髪は以前よりも長く、時の流れを感じさせる。疲労の滲む彼の顔には戦争での苦労が忍ばれ、アンネマリーは眉尻を下げて微笑んだ。

「……お帰りなさい、ギルバート」

それは、遠征帰りのギルバートに、アンネマリーがいつもかけていた言葉だった。ギルバートは微かに驚いた顔をし、薄く微笑み返す。

「ただ今戻りました、アンネマリー姫」

彼は膝を折り、恭しく挨拶した。騎士としての返答が懐かしく、そして約束を守って戻ってきてくれた事実に、胸が熱くなる。今すぐにでも抱きついて、帰還を喜びたかった。

だが彼が心の底では自分を厭うていたのなら、そんな真似、迷惑なだけだ。

アンネマリーは切なさを堪え、ギルバートに立つように言った。

背を伸ばした彼は、沈んだアンネマリーの気配に躊躇い、白手袋をはめた手を拳にして口を開いた。

「……このたびは、大変な失礼を致しました。許して頂こうとは考えておりませんが、非礼への謝罪と……貴女に原因があったわけではないとお伝えするために、参りました」

父王は結論を先送りにした。一縷でもギルバートとの結婚を期待していたアンネマリーは、はあ、と息を吐く。許しを求めないならば、彼は考えを変えるつもりはないのだ。

失望した様子に、ギルバートは頬を強ばらせる。しかしアンネマリーは彼の表情の変化には気づかぬまま応じた。

「……そう。あれほどはっきりと私を拒んだのに、今更繕わなくたって大丈夫よ、ギルバート。本当は嫌われていたとも気づかず、図々しい真似をしてきたわ……ごめんなさい」

仲睦まじく過ごした日々が思い出され、声が震えた。あんなに優しくしてくれていたのに、全て偽りだったのだと思うと、指先から血の気が失われていく。慕っていたのは自分だけで、彼にとっては迷惑でしかなかったのだ。寂しさと悲しさで瞳に涙が滲みかけ、しかし泣いて責めるなどお門違いだと、アンネマリーは息を吸う。

ギルバートは臣下として最大限、心と時間を割いてくれた。

失恋でじくじくと痛む胸を抑えて、アンネマリーは頭を下げた。

「心にもない慰めを口にさせ続けてきたこと、本当にすまなく思います。……だけど私は貴方にとても救われました。……今までありがとう」

そうだ——あの日々は確かに、アンネマリーの心を癒やし、宥めてくれた。

顔を見てしまったら泣いてしまいそうで、俯いたまま彼の返答を待った。

ギルバートは数秒黙って彼女を見つめ、ぼそりと応じる。

「……貴女の救いになっていたのであれば、幸いだ。しかし以前にも申し上げたが、私は心にもない慰めも、賛辞も口にしてはおりません」

微かに不本意そうに言われ、アンネマリーは唇を噛んだ。この期に及んであの慰めは本心だと言われても、信じられるはずがなかった。

彼は罰を覚悟してでも、アンネマリーを拒絶したのだ。よほどの嫌悪感でもない限り、あんな真似はできない。

「……もう、嘘は言わなくていいのよ、ギルバート。厭うている人間に、心からの賛辞など贈れるわけがない。どんなに劣った末姫と言われようと、私はそこまで愚かじゃない」

――上辺の慰めなんて聞きたくない。嫌いだったなら、そう言えばいいじゃない。

ふつふつと苛立ちが湧き起こり、アンネマリーは眉を顰めて顔を上げた。

ギルバートもまた、聞き入れない彼女に眉根を寄せる。

「……アンネマリー姫。私は貴女を厭うてなどいない。それに、貴女は誰にも劣っていない。努力家で、愛らしく、魅力ある姫君だ。――何度言えば、おわかり頂けるのか」

ギルバートは僅かに苛立った気配を放ち、アンネマリーはむっとした。見慣れた端整な顔は明らかに怒っていて、余計に腹が立つ。

「――物覚えの悪い阿呆みたいに言わないで。これまで言ってきた通り私を可愛いと思っているのなら、娶ればいいじゃない……っ。下手をすれば不敬罪で命だって危うくなるのに、それを押しても断るなんて、よほど私が嫌いじゃないとできないと言っているのよ！　そもそも、断るにしたって、もっとやりようがあったでしょう⁉　せめて皆の前では承諾して、あとでひっそり破談にしてくれてもよかったじゃない……！」

実をいえば、アンネマリーは彼のやり方に不満を覚えていた。皆の前で断らずとも、もっと穏便にだってできたのだ。それを敢えてあの場で断り、人前で辱めるなんて、デリカシーの欠片もない。

怒り心頭で睨みつけると、ギルバートは言葉に詰まった。

「……それは……一度、承諾してしまうと、貴女との婚約が結ばれてしまうので……」

アンネマリーは目を見開き、カッと言い返した。

「――一時も私と婚約したくなかったというの……!? どこが厭うていないのよ! ギルバートは、心底私を毛嫌いしていたんじゃない……!」

自分で言いながら、好いた人にここまで嫌われていたなんてと、また涙が込み上げた。

だが自分を嫌っていた相手に涙は見せるものかと、根性で泣くのは堪える。

ギルバートは泣きそうな顔で怒る彼女に弱りきった様子で、額を押さえた。

「……そうじゃない……。僅かな期間でも婚約してしまったら、貴女の名に傷がついてしまうだろう。――俺は、君には真っ新な結婚をしてほしくて……」

「はあ？」

王女らしからぬ返事をしてから、アンネマリーははたと、彼の言わんとするところを理解した。

ビルケ王国では、一度婚約してしまえば、結婚と変わらない交際が許される文化。その分、婚約を解消すると、結婚しておらずとも離婚と同等に扱われる。

彼は、アンネマリーが再婚扱いになるのを避けたくて、あの場で断りを入れたと言っているのである。

彼の気持ちを把握できたアンネマリーは、不器用すぎる優しさに呆れ、口を開けた。

そろりと手を下ろしたギルバートは、心底すまなそうに頭を下げる。

「本当に……申し訳なかった。傷つけたくはなかったが、俺にはああするほかなかった。決して貴女に原因があるわけではない。貴女は他の誰にも劣らぬ、素晴らしい女性だ……アンネマリー姫」

「ど……どうして……？　どうして結婚できないの……？」

そこまで言うなら、妻にした方が話は早い。彼は武功を挙げ、皆に認められる存在になった。アンネマリーを娶るに足る資格は備えている。

尋ねるも、彼は頭を下げたまま首を振った。

「すまない。……結婚だけは、できないんだ」

——だから、どうして？

理由を教えてもらえず、アンネマリーは焦れる。彼の側に問題はないのだから、やはり理由は自分にあるのかと、矢継ぎ早に尋ねた。

「私が幼いから？　小さな頃から知っていると、女性として見られないとか？　それとも、他に好きな方がいるの？」

ギルバートは、無意識に身を寄せて聞いたアンネマリーを見下ろす。潤んだ青の瞳と目が合った瞬間、彼の表情が変わった。

彼は濡れたアンネマリーの瞳から、果実を思わせる艶やかな唇へと視線を移す。アンネマリーがうっすらと唇を開くと、空色の瞳の奥に、いつか見た獰猛な獣の気配がもたげた。本能的にぞくりとして、アンネマリーは身を竦ませる。彼はさっと顔を背けた。

「……っ……すまない。――俺は、貴女の幸福な結婚を祈っている、アンネマリー姫」

「――ギル……っ」

そのまま彼は立ち去ろうとし、アンネマリーは言葉を失う。心の中では、怒りにも似た感情が渦巻いた。

たった今、物欲しそうに自分を見ていながら、結婚はできないとはどういう意味だ。明確な理由も言わず、言い逃げるつもりか。子供だって理由がわからないことには、何を諭されても納得しない。

アンネマリーは、ギルバートが大好きであった。優しい微笑みで話を聞いてくれるところも、何くれとなく褒めてくれるところも。

あの激しいキスだって、少し怖かったけれど、嫌ではなかった。

アンネマリーは彼と結婚したい。でも彼は自分を拒み、別の男との結婚を望む。

――それじゃあどうして、出兵前にキスなんてしたの……!?

アンネマリーは、彼を理不尽に感じた。

あのキスさえなければ、アンネマリーだって見合いでもして、どこかの誰かと結婚していただろう。でも、恋を自覚してしまった。そう仕向けたのは、ギルバートだ。

彼女は立ち去る彼の背を睨みつけ、胸いっぱいに息を吸うと、廊下に出て感情のまま叫んだ。

「――何よ……っ、私の初めてを奪ったくせに、ギルバートの卑怯者……!!」

ギルバートが足をとめ、廊下に配備されていた近衛兵たちがぎょっと二人に注目した。

アンネマリーは周囲の目などもはやどうでもよく、憤りのまま声を上げる。

「お嫁にするつもりがないなら、どうしてあんなことしたの……!? 私を弄んだの？ ギルのバカ……！」

傍に控えていた侍女は息をのみ、部屋の奥で二人を見守っていた姉たちが、カチャンと茶器を落とす音が響いた。

感情が高ぶり、頬を真っ赤にして怒る彼女を振り返り、ギルバートが戻ってくる。

「……マリー、それは違う……っ」

焦り顔の彼の言葉に、アンネマリーは目を丸くした。彼とのキスは、正真正銘人生で初めての経験だった。それを違うと言われたと思い、堪えていた涙がじわりと目尻に滲んだ。

「何も違わないもの……っ。私、あれが初めてだったわ……！」

もしかして、他の男性ともしていると思われていたのだろうか。アンネマリーは、そんなふしだらな女性ではない。

動揺し、微かに震え始めると、ギルバートははっとして、優しく目を細めた。

「……ああ、そういう意味じゃないよ、マリー。それはわかってる」

騎士然とした硬い言葉遣いから、いつもの優しい話し方に戻り、アンネマリーの胸がきゅんと高鳴った。今までは硬い言葉遣いの方が魅力的に感じていたのに、今日はどうしたのだろう。気安く話される方が、ずっとドキドキする。

間近まで戻ってくる彼の姿に胸がときめき、アンネマリーは憤りも忘れ、このまま抱き締めてほしいと思った。

しかし、彼がそっとアンネマリーの両肩に手を乗せようとした瞬間、彼女はやにわに後方に引き寄せられた。

「――きゃっ」

たたらを踏んだアンネマリーは、次いでぽすっと柔らかな胸に抱き寄せられる。見上げると、部屋の中でイーリスと共にお茶を飲んでいたはずのリーフェが、いつの間にか傍近くに来て、アンネマリーを抱き竦めていた。

彼女は警戒心の強い眼差しでギルバートからアンネマリーを隠し、続けてイーリスがずいっと前に出る。

ギルバートの目の前に立ちはだかった『月影の聖女』は、寒気がするほどに迫力ある、美しい微笑みを湛えた。

「……ギルバート様……私たちは、お話をする必要があるようです……。殿方として、女性の〝初めて〟を奪ったならば、責任を取るのは当然ではありませんか……？」

続けてリーフェが罵る。

「なんて男なの……っ。マリーの〝初めて〟を奪っておきながら、素知らぬ顔をしようとしていたなんて……！」

その気もないのにキスをするなんてと責めたのは自分ながら、アンネマリーはなぜ姉たちまでも怒り心頭なのかよくわからなかった。

「……いえ、それは違……っ」

ギルバートは青ざめて何か説明しようとしたが、イーリスは聞く耳を持たず、冷えた眼差しで命じる。

「この場での説明は結構です……。後ほど陛下と、王妃殿下……いいえ、私たち家族皆の前で、どういったお考えなのかお伺いします。――よろしいですね、ギルバート様？」

――否やは絶対に許さぬ。

言外の命令を聞き取り、ギルバートは額に汗を滲ませ、そして項垂れるように頷いた。

「――……承知した……」

二章

王宮の最北にある奥宮に、王の居室があった。そこは国王夫妻を癒やすべく造られた塔で、広大な庭園には美しい泉と小川がある。心地よい水のせせらぎが時の流れを忘れさせ、咲き誇る色とりどりの花の香りが一帯を漂っていた。

アンネマリーが幼い頃はよく、壁一面をくり抜いた大きな窓からその美しい庭園を望んでは、家族とおしゃべりをして過ごしていた。

そう――この部屋はもっぱら、王が家族や限られた友人らと私的に過ごすために使う、長閑(のどか)な場所。しかし今日は、怒りと不信の念が渦巻く、荒んだ空気に満ちていた。

窓辺に置かれた柔らかな長椅子に座る国王――アドリアヌスの足元には、顔色悪く跪く青年がいる。青地に白糸の刺繍が入る、清廉とした衣服に身を包んだギルバートである。

勝利を収めたビルケ王国軍が、王から祝福を受けた翌日だ。

帰還兵は皆、本日は休日。職務のないギルバートは、一般的な正装で王の御前にあった。

彼を囲む形で並ぶ他の椅子には、国王一家が腰を据えている。

艶やかなシルバーブロンドの髪に青の瞳を持つ王妃エルシェは王の左手に、アルフォンスは王の右手にある一人掛けの椅子に座っていた。アンネマリーと二人の姉姫は、ギルバートの後方に据えられた、長椅子に腰を下ろしている。

エルシェは悩ましげであり、姉姫たちの顔つきは刺々しい。

本日午後、この部屋に招かれたギルバートは、ひとしきりアンネマリーと不埒な関係ではないという申し開きをしたところだった。

穏やかな面持ちで話を聞いていたアドリアヌスは、一つ頷く。

「――そうか。其方はアンネマリーと特別、何かあったわけではないのだな」

私的な部屋にいるため、齢五十になる国王の顔は、公の場で見せるほど厳めしくはなかった。王の覇気も、威圧感も消している。

彼は普段から公私を分けていて、アンネマリーには見慣れた様子だった。

しかしギルバートにとっては却って恐ろしく感じられるのか、額に汗を滲ませ、堅苦しく答えた。

「――は。此度の私の無礼、どのような罰も受ける所存でございます。しかし、誓ってアンネマリー王女殿下を穢してはおりません」

アンネマリーは頬を染め、身を縮こめる。昨日は、なぜ姉たちがこれほどまで彼に怒っていたのか見当もつかなかった。だが今日になって理解した。

姉姫たちは、ギルバートがアンネマリーの純潔を奪ったと勘違いしたのだ。それで翌日に国王一家を揃えて彼に問いただす事態になった。

つい心が乱れて彼を責めてしまったアンネマリーは、己の未熟さを反省する。王女なのだから、感情を高ぶらせても、自らの発言がどう影響するか考えるべきだった。ギルバートを窮地に陥らせてしまって申し訳なく、アンネマリーはおずおずと口を挟んだ。

「……あの、ほ、本当にそういうのじゃないの……。ギルバートはいつも、きちんと人目のある場所を選んで一緒に過ごしてくれていたから……」

弁明すると、社交界中の令嬢の心を奪っていると囁かれる王太子、アルフォンスがこちらを振り返った。まばゆい黄金の髪が太陽の光を反射してキラキラと光り、それがはらりと海のような色の瞳にかかる。何をしたわけでもないのに、それだけで変な色香が漂った。

この場に侍女がいれば、うっとりと瞳を潤ませたか、黄色い声を上げただろう。幸い、使用人は皆下げられ、アルフォンスに目が眩む者はここにはいない。

足を組み、幾分リラックスした姿勢で話を聞いていた彼は、なんの気なしに尋ねた。

「……じゃあ、どんな〝初めて〟を奪われたんだ?」

「……そ、れは……っ」

追及されると考えていなかったアンネマリーは、言い淀む。

家族全員に自分のファーストキスはギルバートですと伝えるのは、かなりの拷問だ。答えられるはずもなく、アンネマリーは顔を赤く染め、唇を噛んで俯いた。

だが、成人して結構な時が流れた面々は、初々しい末姫の態度一つで察した顔になる。

全員の視線が再びギルバートに集中し、彼は脂汗を垂らしてこれ以上ないほど頭を深く下げた。

「……誠に、申し訳なく……」

実直な国王軍第二騎士団団長は、皆まで言わずとも罪を認め、謝罪した。

アルフォンスは興味深そうに友人を見やり、イーリスは目を瞬かせる。

「まあ……。婚約もしていないのにキスをなさるなんて、ギルバート様は案外に節操がないのね……」

色恋の経験がないイーリスは、純粋に驚いただけだった。しかし言葉が直球すぎて、ギルバートは小さく呻き、アンネマリーは狼狽する。

「イーリスお姉様……っ、私、キキ、キスをしたなんて一言も言っていないわ……っ」

彼と何をしたか誰にも話していないのに言い当てられ、必死にごまかそうとするも、リーフェが機嫌悪く遮った。

「いいのよ、マリー。もう皆、何があったかわかっているから」

「え……っ？」

アンネマリーは驚いて、皆を見る。ちょうど目が合った兄と母は無論伝わっていると微笑みで答え、アンネマリーは耳まで赤くした。

羞恥を覚える妹をよそに、リーフェは刺々しくギルバートを睨み据える。

「マリーが懐いているからと許していたけれど、私たちの目の届かぬ場所でしっかり手を出していたなんてねえ、ギルバート」

ギルバートは黙ってこめかみから汗を伝わせ、リーフェは続ける。

「アンネマリーは可愛い上に無防備だものねえ。ええ、ええ。つい手も出るというものよ、わかるわ。でも味見をしておいて嫁にはいらないだなんて、随分いい態度ね？」

ギルバートは苦悶の表情でぼそりと答える。

「アンネマリー姫には、心から謝罪申し上げる……」

やり取りを眺めていたエルシェが頰に手を添え、ほう、とため息を零した。

「……リーフェ、そのあたりでおやめなさい」

リーフェはキッと母を振り返り、勢いよく言い返す。

「だってこの男は私のマリーに手を出したのよ……！　その上袖にするなんて、非難されて当然よ、お母様……！」

エルシェは呆れて眉尻を下げた。

「彼は何度も謝罪しているでしょう。もう十分だわ。お前は個人的な恨みでやっているだけ。全く、小さな頃からギルバートに迷惑をかけては許してもらってきたくせに、こんな時ばかり責め立てて……」

リーフェはガタンと椅子を鳴らして立ち上がる。

「こんな時じゃないとギルバートを懲らしめるチャンスはないのよ、お母様……!!」

本音を漏らしたリーフェを鋭く見やり、エルシェはぴしゃりと命じた。

「──いいからお黙りなさい」

「……はい」

日頃の鬱憤を晴らそうとしていたリーフェは、母の勘気を悟って口を閉じた。

たおやかな見た目に反して怒ると怖い母は、困り顔で父王に話しかける。

「……けれど、どう致しましょうね。王宮の使用人は、噂好きです。アンネマリーは廊下で癇癪を起こしたようだから……」

アンネマリーはびくっと震えた。キスをした云々のくだりこそ察しが悪かったが、これはわかる。アンネマリーは、廊下を歩み去ろうとするギルバートを追って叫んだのだ。あの声は誰に聞かれたかもしれず、必ずどこからか噂は広まっていくだろう。しかもこれから聞く悪口は、今までよりずっと質が悪いに違いない。

アンネマリーは暗澹となり、とはいえこれも自業自得と、ため息を吐いた。

「……いいの。私、一生独身でいるから」

元々人気らしい人気もなかった王女だ。三人いる姫のうち、一人くらい嫁ぎ損ねたって構わないだろう。

諦め切って言うと、ギルバートの肩が微かに揺れ、父王は眉根を寄せて唸った。

アルフォンスが頬杖をつき、さらりと言う。

「ギルバートがアンネマリーを娶ればいいだけの話でしょう。なんだかんだ、好みじゃないというわけでもないようだ」

アンネマリーはきょとんとした。ギルバートは焦って顔を上げる。

「俺ではダメだ……っ、いや、私では、アンネマリー姫に相応しくはありません」

思わず素が出た彼は、すぐに頭を下げて言い直す。

アルフォンスの方は友人の態度を気にせず、ふっと笑った。

「大丈夫だよ、ギルバート。アンネマリーを娶ってくれていい。それとも、アンネマリーが心底嫌いだったのか？」

ギルバートは答えようがなく黙り込み、国王は頷いた。

「そうだな。ひとまずアンネマリーのためにも、婚約を結んではどうだ、ギルバート。婚約期間を置いても、やはり結婚したくないというならば、それは認めよう」

「――しかし、それではアンネマリー姫の御名に傷が……っ」

青ざめるギルバートに、父王は目を細める。

「ああ、そうだな。気になるなら、其方が娶ってくれていい」

問答の繰り返しになり、ギルバートは押し黙った。彼は頑なに娶るとは言わず、そんなに嫌なのかと、アンネマリーは肩を落とす。父王は苦笑した。

「謁見の間でも言ったが、何も問題はないよ、ギルバート。此度の戦では、エッシェ王国の支援が疑われたが、結局杞憂に終わった。三週間後には、エッシェ王国から祝いの使者も訪れる」

そういえば、開戦直前、ロートス王国側にはエッシェ王国の介入が疑われていた。実際、戦では想定以上にエッシェ王国製の武器が使用されていたと聞く。しかし侵攻すると武器以外にエッシェ王国の関与を匂わす物はなく、ビルケ王国軍の勝利で終わった。

支援は杞憂だったと言えばそうだが、なぜその話が今上がるのか、アンネマリーは不思議に感じる。見回すと、姉姫たちもアンネマリーと同じく、不可解そうに首を傾げていた。しかし母や兄は何か知っている雰囲気で、ギルバートは深刻そうに顔を曇らせている。

アンネマリーの脳裏にふと、彼の言葉が蘇った。

『……エッシェ王国の介入が疑われては、こうするしかないんだよ、マリー』

戦前、なぜギルバートが先陣を切らねばならぬのだと駄々をこねた時、彼はこう返した。まるで、ギルバートとエッシェ王国の間には、何か関わりがあるようだった。

アンネマリーが奇妙に感じて眉根を寄せた時、父王が鈴を鳴らした。顔を出した侍従に書記官を連れてくるよう命じ、アンネマリーとギルバートはぎょっとする。それは、この場で書類を整え、婚約を結ぶことを意味した。

「お、お父様……っ？」

「――陛下、お待ちください……！」

焦るギルバートに、父王はもう話はまとまったとばかりに笑った。

「アッシャー侯爵家の跡継ぎが、いつまでも独身というわけにもいかぬだろう。アンネマリーは少々意地っ張りなところはあるが、其方にとってはこれ以上ない後ろ盾になる。嫁として気に入らぬと言うならば仕方がないが、そうでないなら大事にしてくれ」

「――っ」

これ以上は何を言っても聞き入れない。居合わせた者は皆、王の意志を理解した。

ギルバートは青くなり、予想外の展開に、アンネマリーはおろおろするしかなかった。

アンネマリーとギルバートの婚約は、家族会議の翌日に公布された。

『アンネマリーは、実はギルバートのお手付きだった。それなのに婚約は拒否された』という不名誉な噂が広まる前に、速やかに手配されたのである。

ギルバートは、最終的にアンネマリーの失態を隠すため、国王に強引に婚約を押し切られたのだ。

彼に申し訳ない気持ちになりながらも、アンネマリーは正直なところ、嬉しかった。

婚約を拒まれれば、常識的に考えて、二度と彼とまともな会話はできない。英雄であるため、不敬罪で罰せられはせずとも、お互い王族と臣下として一線を引いた関係になるだろう。

それが、婚約している間はまだ、普通に話せるのだ。喜びを隠し切れず、アンネマリーの頬は緩みがちだった。

「マリーったら。男に甘くすると、舐められるのよ」

目の前に置かれた菓子皿の中からスミレの砂糖漬けを取り、リーフェが窘める。

今日の彼女は、爽やかな白のレースで彩られた青地のワンピースを着ていた。艶やかな髪は侍女たちにより結い上げられ、サファイヤの宝石を使った髪飾りが挿されている。

「……舐められるって、具体的にはどんな感じになるのかしら……？」

彼女の隣に座るイーリスが、焼き菓子を手に取り、首を傾げた。

白地にライムグリーンのストライプが入ったドレスを着たイーリスは、己の部屋だからか、髪は背に垂らしただけだった。しかしさらりと肩口にかかったシルバーブロンドの髪は淡い光を弾き、それだけで美しい。

アンネマリーの婚約が決まって二日後――三姉妹は、イーリスの部屋にあるテラスでお茶をしていた。日射しが強くなる季節だが、イーリスの部屋のテラスは午後になると庭園にある木の影が差して、過ごしやすくなるのだ。

大した根拠もなく言っていたのか、リーフェはしばし考えてから答える。

「そう、浮気よ。何をしても許す女なのだと思われて、浮気をされるのよ」

アンネマリーは薔薇の紅茶を一口飲み、機嫌の悪いリーフェに眉尻を下げた。

「……浮気は嫌だけれど……婚約できなかったら、ギルバートとは今までのようには話せなくなっていたもの。やっぱり嬉しいわ」

素直に言うと、イーリスが微笑む。

「……そうね、嬉しいわよね。マリーはギルバート様と一番仲がよかったもの。イリスお姉様は、マリーの味方よ」

「あ……っ、私だってマリーの味方よ！　これはマリーを心配しているだけで……っ」

イーリスに出し抜かれまいとリーフェが焦って身を乗り出し、アンネマリーはふふっと笑った。

「ありがとう、リリーお姉様。お姉様の優しいお気持ちも、わかってるわ」

反発一つしないアンネマリーを見下ろし、リーフェは毒気を抜かれた顔になる。カタンと椅子に腰を下ろし直し、頬杖をついて妹をしげしげと見つめた。

アンネマリーは小花が刺繍されたクリーム色のドレスを纏い、髪は結わずに耳元に髪飾りを挿して押さえているだけだ。

その様をしばし眺め、リーフェは首を振る。

「本当に、マリーは私たちの前では愚痴も不満も言わず、いつだって笑顔の可愛らしい子よね。……だけどギルバート様の前では、どうしてだか意地を張るでしょう？　だから手出しなんてされないと思ってた。それをあの男……抜け目ないったら……」

忌々しそうに言われ、アンネマリーはかあっと頬を染めた。

「あ、あれは……手を出したとかそういうのじゃないの……っ。出兵前で、ちょっとその、私が泣いてしまって、弾みでしちゃっただけだと思う」

どうせキスをしたと気づかれている。変に隠さず答えると、二人はなぜか意外そうに目を瞠った。

「……まあ、出兵前に唇を重ねるなんて、別れが惜しまれたのね……」

「何よ、それ。そんなの、自分を忘れるなと言っているようなものじゃない。どうして婚約を拒んだのかしら。意味がわからない」

あたかもギルバートが自分を想ってそうしたように言われ、アンネマリーは戸惑った。

「え……っと、ほ、本当にそれまでずっと、ギルと私はそういう感じじゃなくて……。リリーお姉様の言う通り、私は素直じゃなかったし、全然……」

異性としては見られていなかった――。そう言おうとしたアンネマリーは、はたと口を押さえる。自分で理解している通り、思い返せば、アンネマリーは今まで、彼の褒め言葉を頑なに受け取らない、可愛げのない姫だった。時には生意気に反抗までして、妻にするには魅力的ではないと言われても仕方ない有様だったと言える。

つい先日、婚約を拒んで謝罪しに来た時だって、アンネマリーが彼の賛辞を否定すると、機嫌を悪くしていた。

「マリー？　どうしたの……？」

急に黙り込んだ妹を心配して、イーリスが声をかける。

アンネマリーは不意に瞳を輝かせ、期待の眼差しで姉二人を見た。

「ギルにも素直になれば……私を好きになってもらえるかしら？」

アンネマリーは、このまま王命だからと、納得していない様子の彼と強引に結婚するのは嫌だった。

原因はなんであれ、彼がアンネマリーと結婚したくないのは事実。できれば彼にも望んで結婚してほしく――もしも彼が自分と同じく恋に落ちたら、多少なり気持ちも変わるのではないかと考えたのだ。

手始めに、可愛らしく思ってもらえるよう、彼の賛辞にも素直に喜んでみせるのはどうだろう。

唐突な妹の提案に、リーフェは眉を上げた。

「マリー、あの男に気を使ってやる必要なんてないわ……っ」

「——リーフェ、やめなさい」

イーリスが母と似た調子でリーフェを咎め、アンネマリーに笑顔で頷いた。

「いいのじゃないかしら。素直に喜んだり、お礼を言ったりするという意味でしょう？　嫌な気分になる人なんていないと思うわ。婚約もできたし、マリーは彼ともっと仲良くなりたいのよね。イリスお姉様は、貴女を応援するわ。……何か相談があったら、いつでも言ってね」

優しく同意され、アンネマリーはほっとする。だがリーフェは不満げに口を尖らせた。

「……イリスお姉様ったら、恋愛のれの字も知らないくせに……っ」

イーリスはふふっと笑う。

「あら、可愛い妹のためなら、不慣れな分野も頑張って理解するわ。リリーもマリーを応援なさいね？」

微笑んではいるが、反論は許さない調子で言われ、リーフェはぐっと顎を引いた。

「……リリーお姉様は、相談に乗ってくれない……？」

黙り込む彼女にこわごわと確認すると、リーフェはげんなりとした顔で応じた。

「……もちろん、相談には乗るわよ、マリー……。ギルバート様にくれてやるのは気に入らないけれど、貴女の笑顔には変えられないもの。何かあったら、必ず私にも言ってね」

二人の姉から協力の承諾を得て、アンネマリーは明るく笑う。

「ありがとう、お姉様。私、頑張ってみる」

彼女につられ、姉姫たちは柔らかく微笑んだ。

◇◇◇

王都に帰還して五日——ギルバートは通常任務についていた。

戦に出た者は本来、戻ってしばらくは長期休暇を取れる。しかし第二騎士団の面々は皆、ギルバートが率いた先発第一部隊として出陣しており、全員が休むと機能しなくなるのだ。

出陣が決まった際、ギルバートは新たな隊を組むつもりだった。それが、人選の段階になって「長く共に働いた者の方が息が合い、より円滑に動ける」と言い、第二騎士団の皆が手を挙げた。ギルバートはありがたく感じながらも、即答はできなかった。

第二騎士団は、王族警護なども担う部隊で、高位貴族の子息が多く所属する。死亡の可能性が最も高い前衛は家族の反対もあるだろうと、気持ちだけ受け取るつもりだったのだ。

しかしギルバートの前衛配置を容認した総指揮官のアルフォンスが、即刻彼らの意向を汲み、陣営を組んだ。

戦における全権を与えられた王太子に逆らえる貴族家はなく、皆が希望通りギルバートの部隊に連なった。

ギルバートは誰一人欠けてはならぬと強く命じて戦を走り抜け、少なくとも自らの配下は失わずに戻った。

そんなわけで、順番に休みを取る兼ね合いで、彼は僅か五日で仕事に復帰しているのだ。戦争中に自国警護に残った他の騎士団が遠出となる王都警護に入ってくれているため、彼の今日の仕事は、常駐所での書類作業と王宮警護だ。

凄惨な戦場が嘘のような、美しく安穏とした王宮の庭園を横目に、ギルバートは靴音高く常駐所内の回廊を歩いていく。王宮警邏を一通り終え、自身の仕事部屋へ戻っているところだった。

そして至極自然に隣を歩く青年を見やり、鬱陶しそうに目を眇める。

「……自分の仕事に戻ったらどうだ、アルフォンス」

第一騎士団団長のアルフォンスが、なぜか共に行動していた。王宮警邏も一緒に回った彼は、機嫌よく笑う。

「今日は非番なんだ。お前に付き合うよ」

「じゃあ休めよ……」

警邏中も他愛ない雑談に終始し、何がしたいのかわからない。

ギルバートがうんざりとため息を吐くと、向かいから歩いてきていた騎士が声をかけた。

「よお、アルフォンス！　アンネマリー王女殿下との婚約おめでとう、ギルバート！」

第二騎士団副団長を務めるヴァルター・シューマンと、第三騎士団団長レオンハルト・リヒテンベルクである。

くすんだ金髪にアーモンド色の瞳が目を引くヴァルターは、シューマン伯爵家の次男で、今年二十五歳になる。ギルバートが軍部に入った当初から、出自も気にせず気安く話しかけてきた変わり者だ。現在は友人関係にあるが、当初は人のよさが逆に不信で距離を取っていた。

漆黒の髪に紫水晶のような瞳を持つレオンハルトは、齢二十三。由緒正しきリヒテンベルク侯爵家の嫡男である。言わずもがな、第二王女リーフェの婚約者だ。

あっけらかんと祝いの言葉を発したヴァルターと違い、レオンハルトは曖昧に微笑み、特に何も言わない。帰還式典で妙な噂が流れたからだろう。

ギルバートは真顔でヴァルターを見やり、「あれは何かの間違いだ。彼女のためにも、大きな声で触れ回るな」と命じたいのを堪えて、陰気な声で応じた。

「……ありがとう」

幸福さの欠片もない返答に、レオンハルトは顔を曇らせ、ヴァルターは首を傾げる。

「――あれ、もしかしてお前、本当にリーフェ王女殿下の方がよかったの？」

ヴァルターは気のいい男だが、デリカシーに欠ける物言いは玉に瑕だ。

歯に衣着せぬ友人の問いに、ギルバートはひくりと頬を痙攣させた。

「……隣に彼女たちの兄がいるんだから、少しは言い方を考えろ、ヴァルター。俺は、王女殿下たちを比較するような無礼な真似はしない」

臣下の分際で、どちらの方がよかったなどと言うのは非礼すぎる。アルフォンスもまた彼らとは友人関係であるため、気にしてはいないが、立場は弁える必要があった。

臣下として当然の返答をすると、アルフォンス自身が意外そうに聞き返した。

「うん？　……お前、今回の婚約相手がリーフェでも受け入れたのか？」

まさかな、とでも言いたげに確かめられ、ギルバートは目を眇める。その状況を想像しようとするも、答えを出す前に顔を背けた。

「……そんな仮定の話には乗らない」

そもそも此度の婚約は、あくまでアンネマリーの立場を守るために結んだのだ。その要因は、出兵前の己の行動にある。天地がひっくり返っても、リーフェと自分がキスなどするはずがなく、考えるだけ無駄だった。

「言っておくが、リーフェ王女殿下を邪な目で見たことは一度もないから、変な噂は信じないでくれ」

さっきから浮かない顔のレオンハルトに向けて言うと、彼は明らかにほっとした。

「そうですか。いえ、ギルバート閣下は昔からアンネマリー姫を大事にしていらっしゃったので、リリーとなどあり得ないとはわかっていたのですが……。噂になるとつい、気にしてしまい……」

「ほんと、噂を立てる奴はわかってないよな。ギルバートとリーフェ王女殿下の間にあるのは闘争本能であって、色恋じゃねえよ。ギルバートが目ぇつけてたのは、末姫様だろ」

同じ職場のため、ヴァルターは国王一家とギルバートの関係もよく見ている。だがレオンハルトに向けて彼が話した内容には承服しかね、ギルバートは眉間に皺を刻んだ。

「これまで一度としてアンネマリー姫に目をつけた覚えはない。尊きお立場である王女殿下に、変な噂がつくような発言はするな」

長年噂に傷つけられてきたアンネマリーを知るギルバートは、彼女に関する不確かな発言の一切を許さなかった。

厳しく言われ、ヴァルターはきょとんとこちらを見返す。

「えっ、目はつけてただろ？　お前明らかに、他の姫様たちとアンネマリー王女殿下で態度違うよ？」

ギルバートは呆れた。

「何を言ってるんだ。アンネマリー王女殿下は十も年下なんだぞ。変な目で見ていたら変態だろうが。それに、姫様方に対する振る舞いに差をつけた覚えもない」

彼にとってアンネマリーは、あくまで妹のような存在だった。

庭園の隅で泣く姿を見つけるまでは、それこそ他の姫と何も変わりないとすら考えていた。無邪気で明るく、ほんの少しお転婆な第三王女。

けれど陰口を聞いて泣く彼女を見つけ、話を聞いた時、ギルバートは驚かされた。

いつも悩みなどない顔で笑っていた末姫は、陰口を聞く以前から、自らよりよい成績を残す姉姫たちに追いつこうと努力していたのだ。それでも手が届かず、苦しんでいた。

――たった八歳で。

ギルバートからしたら、その差は些細であり、彼女は十分に教養を身につけた愛らしい少女だった。だが陰口を耳にしたことにより、彼女は一層、自分は兄や姉に劣ると自認し、コンプレックスを抱いてしまった様子だった。

他人にはそうと知れぬよう感情を隠して努力してきた少女だ。これ以上無責任な他者の言葉を聞いては、おそらく心を壊す。ギルバートは彼女が心配になり、少しでも気持ちを軽くするために、ずっと話し相手になってきた。

彼にとってはそれ以上でも以下でもなく、邪な気持ちなど欠片もなかった。

不快を隠さず言い返すと、ヴァルターだけでなくレオンハルトも戸惑い、首を傾げる。

「え……っと、ですがギルバート閣下は、アンネマリー姫に対してだけは、とても特別に接していらっしゃると思いますが……」

ギルバートは眉を上げた。

「いい加減にしろ。からかいは好まない」

婚約したからといって、弄られてやるつもりはない。短く言い切ると、ギルバートは二人の脇を通り抜けていった。

ヴァルターとレオンハルトは顔を見合わせ、驚いた調子で言い合う。

「うっそ、無自覚？　絶対、姉姫様たちと末姫様で態度も顔つきも違うよな？」

「……そうですよね……確実に表情が違って……」

後方の会話を聞き流して歩いていると、まだ後ろをついてきていたアルフォンスが声をかけた。

「ギルバート、もう昼だぞ。一緒に街へ行って飯でも食おう」

ギルバートは庭園が望める回廊脇で立ちどまる。そういえば、妙に静かだと感じていた。皆昼休憩に出たのかと振り返ると、アルフォンスはニヤニヤと笑っている。

「確かにお前より十も年下だが、アンネマリーは結構可愛く育ったと思わないか？　イーリスやリーフェと比べ、心ない言葉を吐く者もあるが、家族の欲目を抜いても、俺にはあの子が可愛く見える。お前はどう思う？」

ギルバートはやはり、と顔を歪めた。非番の日にわざわざ来たのは、彼女と自分の婚約について話をするためだったのだ。

　十六歳になった彼女は、兄が言う通り実に可愛く成長していた。

　国王譲りの癖のある髪は見事な金色で、光が射せば鮮やかに輝き、指を通するりとほどける。背は低く、瞳は宝玉が如き澄んだ青。笑えば天使のように愛らしく、彼女が目の前にいると、ギルバートはどうしようもなく庇護欲を掻き立てられた。

　社交界でなぜさほど人気が出ないのか、全く理解できない。

　姉姫たちと比べればまばゆくない。そんな感じなのだろうとは察せられても、姉姫たちを除いてしまえば、彼女は社交界にいるどの令嬢よりも美しいといえた。

　——現在社交界に出ている男どもは、全員見る目がない。

　ギルバートは回廊脇にある柱に背を預け、眉を顰めた。彼女の兄の意見を全肯定したくなったものの、理性でそれをのみ込み、話を変える。

「……妹が大事じゃないのか、アルフォンス。少なくとも俺は、彼女を危険な目に遭わせたくない」

　涼やかな風が通り過ぎ、アルフォンスの髪が乱された。彼は腹の前で腕を組み、風が流れた先——エッシェ王国がある東の方向に視線を向ける。

「お前が気にしているエッシェ王国の王太子——クリスティアン殿は、三週間後に使者としてビルケ王国へ来る。それも戦勝の祝いに加え、エッシェ王国とビルケ王国の二国間友好条約の話を詰めるためにだ。我が国に対し、敵意があるとは考えにくい」

楽観的な意見に、ギルバートは険しい顔で言い返す。

「だが先の戦、エッシェ王国の関与があった疑いはまだ晴れていない」

ロートス王国が突如仕掛けた戦は、宣戦布告当初からエッシェ王国の関与が疑われていた。隣国の監視もかねている辺境伯から〝宣戦布告の数週間前にエッシェ王国の王太子がロートス王国に滞在し、その後から武器の流入が始まった〟と、報告が上がったのだ。

アルフォンスはこちらに視線を戻し、苦笑する。

「お前を助けた我が国が気に入らぬから、クリスティアン王太子がロートス王国をけしかけたと？」

あり得ないと言いたげな友人に、ギルバートは頷いた。

「俺は、そう考えている。ロートス王国の国境線に揃えられていた兵の武器は、エッシェ王国製のものばかりだった」

真剣に言うと、アルフォンスは顎を撫で、思案げにため息を吐く。

「……確かにお前の言う通りだが、かといって証拠もない。武器は国交さえあれば他国のものでも手に入り、今回の戦で使われたエッシェ王国製の武器は、協力していたというには中途半端な数だった」

証拠がない以上、疑いは疑いでしかないと言われ、ギルバートは眼差しを尖らせた。

「……ではあの手紙も、戯言だというのか？」

アルフォンスはふと笑みを消し、小首を傾げる。

「……さて、それはどうかな……」

一般階級出身の養子としてアッシャー侯爵家に迎え入れられたギルバートは、軍部に入ってほどなく、その技量を認められ始めた。当初配属された第三騎士団内ですぐに頭角を現し、僅か二年で副団長となった。その後も躍進を続け、第二騎士団の団長になるとやっかみが増え、過去の経歴を調べようとする者が複数現れた。しかし誰一人、彼がどのような出自で、どんな経緯でもってアッシャー侯爵家の養子に入ったのか把握できなかった。

貴族家に雇われた腕利きの情報屋でも、何一つわからなかったのである。そこからギルバートを厭う者たちは、後ろ暗い過去がある者の子なのだと噂を流し始めていた。

彼らの噂は全く根拠がなかったが、あながち間違ってもいなかった。

ギルバートはその特異な出自のために、過去の一切を国家規模で抹消されているのだ。

十六歳になるまで、彼はビルケ王国ではなく、エッシェ王国で暮らしていた。

彼の母はエッシェ王国の伯爵令嬢アレクサンドラであり、父は現エッシェ王国国王――ブラームである。

ギルバートは王の愛人の子として生まれ、十六歳までルーカスと呼ばれて生きていた。

エッシェ王国はビルケ王国同様、一夫一妻制。愛人は認めぬ文化で、妃を持つ王と情を交わしていたアレクサンドラは、その関係を誰にも話さなかった。ほどなくして彼女は子を孕み、ルーカスを産む。

王は彼女が子を産んで以降もたびたび王都の辺境にある家を訪ね、逢瀬を重ねた。

ルーカスは幼い頃から父はいないと言い聞かせられ、時折家に来るあの男は、母の友人くらいにしか思っていなかった。けれど物心つく頃には、あの男が国王であり、父なのだと理解した。

お忍びで母の屋敷を訪れる父は、公式行事で見る豪奢な服も威圧感も纏っておらず、同一人物とは思えぬ普通の男だった。

穏やかな笑みを浮かべて母を愛しげに見つめ、時折ルーカスの頭を撫でては「俺に似てきたな」と嬉しそうに話しかける。

ルーカスが彼と似ているのは、瞳の色だけだった。それなのに彼の眼差しは疑いようもなく父の情愛を宿していて、幼心に複雑な気持ちにさせられたものだ。

政略結婚した王は、母だけでなく、王妃との間にも子を儲けていた。それが、幼く潔癖であったルーカスには、受け入れがたかったのである。

伯爵家の次女であった母は、実父と父王の援助を受け、ごく慎ましく暮らしていた。しかし誰の子とも知れぬルーカスを育てる彼女は、世間に〝結婚もできぬ相手と子を成した、ふしだらな女〟と誹られていた。辛かったろうに、母は欠片もその苦労を見せず、ルーカスの前では笑みを浮かべ続けた。

ルーカスにとって世間は非情であり、父は不誠実な男でしかなかった。

成長するごとに彼は母が貶められる原因は父にあると気づき、次第に嫌悪していった。

〝――無責任な男め。母を娶れもしないくせに、時々通ってはいい顔だけして帰っていく、ろくでなし！〟

こう言っては、家を訪れた父から顔を背け、部屋へ籠もった。

しかし母はもとより、可愛げのないルーカスに対しても、父の愛はいっかな衰えなかった。足繁く通い続け、そしてルーカスが十歳に成長した折、彼は母を後妻として王宮へ召し上げる。

王妃が不慮の事故で亡くなったのだ。

雨の中を遠出し、誤って山道から馬車諸共に滑り落ちたらしい。

王妃の父は、政界の最大派閥を牛耳るアブト侯爵。政権を掌握するため政略結婚した父王は、王妃との間に生まれたクリスティアン王子を王太子に据えることを条件に、議会に再婚を認めさせた。

母はこれに加え、ルーカスが父の血を継いでいることも認めさせず、王位継承権そのものを放棄して王宮へ上がる。

クリスティアン王子は、当時九歳。ルーカスは彼の一歳年上で、正式に王の子と認められると、後々いらぬ騒動の元になりかねなかったのだ。

父王のややこしい人生を見てきたルーカスは、端から王位になど興味はなく、なんの文句もなかった。

だが、王宮内ではルーカスが父の血を継ぐと知らぬ者はいない。

王宮に住まいを移したルーカスは、ただの母の連れ子ながら、王族と変わらぬ教育を受けた。武術も習い、その剣技が上達していくほど、周囲の注目が集まっていく。

——ルーカス殿下こそ、次期国王に相応しいのではないか。

そんな声が上がりだし、ルーカスは辟易したし、母は超然と聞く耳を持たなかった。

ルーカスよりもよほど国王に似た外見を持つクリスティアンは、武術は苦手で、薬学に傾倒する少年。部屋に籠もって研究する彼よりも、外で体を動かすルーカスの方が、ただわかりやすくよく見えただけなのだ。

父王は分け隔てなく二人の息子を愛していたが、周囲の声がクリスティアンの耳に届いたのだろう。

ルーカスが十四歳になったあたりから、クリスティアンは得意の薬学で毒を作り、食事に盛り始めた。父王は毒味役を置いたが、どこで入れるのか、それらを擦り抜け、毒は確実にルーカスの口に運ばれた。

たびたび高熱を出すようになったルーカスは、うんざりして彼に直談判する。

「俺は王位には興味はない。そのうち出て行くから、おかしな真似はしないでくれ」

そう言うと、彼は作り笑顔で「なんの話？」と空とぼけた。

クリスティアンは気位が高く、ルーカスとは気が合わなかった。彼と長く話し合う気になれず、ルーカスは追及せずその場を去った。

それをいいことに毒は盛られ続け、そしてルーカスが十六歳になったある時、一週間ほど生死の境を彷徨う羽目になる。

これまでになく強い毒が使われたらしかった。

母は狼狽し、父もまた王位はクリスティアンに譲るつもりだと話をつけに行った。

しかしそれでもクリスティアンは知らぬ存ぜぬを貫き、なんとかルーカスが助かる見通しが立った深夜、彼は誰もいない寝室を訪れた。

毒でまだ体が動かぬルーカスの枕元に立ち、彼は凍てついた眼差しを注ぎながら言った。

「一刻も早く僕の前から消えろよ、ルーカス。君はとても、目障りなんだ」

その時、ルーカスは王宮から出て行くことを決めた。

両親とは十八歳になり成人したら王宮を出ると約束していたが、体がまともに動きだすや、出立の準備を始めた。

なんの当てもなく市井へ下りようとする息子を、母は引き留めた。しかしルーカスは意志を変えるつもりはなく、父王はそれならばと、軍部の伝手を使い、隣国のアッシャー侯爵家との養子縁組を取りつけてきたのである。

隣国へ移る際、これ以上クリスティアンの手が伸びぬよう、過去は全て抹消された。両親からは新たにギルバートの名が与えられ、そして再びゼロから人生を始めたのだ。

この事実を知るのは、アッシャー侯爵とビルケ王国国王夫妻、アルフォンスと一部の高官のみ。

一般階級出身者としての生活は苦労したが、毒を盛られるよりマシだった。ギルバートは地道に務めて昇進していき、二十六歳になった十年後のある日——手紙が届いた。

『見つけたよ、ルーカス。お前を生かすその国は罪深い。皆を偽り、火種となるお前はより罪深い』

クリスティアンからだった。

内容は端的で、なんの火種になるのかも書かれていなかった。だがその手紙を受け取った一週間後、ロートス王国がビルケ王国に宣戦布告。辺境伯の報告によりエッシェ王国の関与が疑われ、アッシャー侯爵はギルバートに先陣を切るよう言った。

養父は、どのような疑いも残すべきではないと考えたのだ。真実ビルケ王国国王の臣下として忠誠を誓うのか、それとも隣国王の子としてなんらかの関わりがあり、いずれあちらへ下るのか——真意を示せと暗に命じた。

元軍人であるアッシャー侯爵の苛烈な問いに、ギルバートはこの国に命を捧げると答え、忠義を示すため先陣を切った。

ビルケ王国へ移って以降、彼はエッシェ王国側の誰とも連絡を取っておらず、動向も把握していない。ギルバートはアッシャー侯爵の息子として、この国で生涯を終える心づもりなのだ。

だからこそ、クリスティアンのあの手紙を軽視できない。

もしも自分が原因で恩義ある人々が災厄に見舞われるのであれば、ギルバートは国を出なくてはいけない。英雄だと祭り上げられ、アンネマリーを妻にするなどもってのほか。

もしもクリスティアンの毒牙がアンネマリーに向いたら、後悔してもしきれなかった。

クリスティアンの手紙については、届いてすぐ国王とアルフォンスに報告している。そして二人は、その判断を保留した。現状エッシェ王国はビルケ王国と友好条約を結ぼうとしており、クリスティアン王子と国の意向は異なると考えているのだ。

手紙について言及されたアルフォンスは、眉尻を下げる。

「手紙は気になるが、こちらも無策ではない。ロートス王国を侵略したのも、リンデン帝国へイーリスを嫁がせるのも、全ては我が国の憂いを払うためだ。エッシェ王国と友好条約を結べば、我らは当面安泰だ」

エアスト大陸最大の勢力を誇る、リンデン帝国へイーリスが嫁げば、ビルケ王国の後ろ盾は万全といえる。しかしリンデン帝国側の受け入れ準備が遅々として進まず、婚約して二年、イーリスはいまだ結婚を果たしていなかった。

この状況が安心だとはとても思えず、ギルバートは眉根を寄せる。アルフォンスは小さく息を吐き、柔らかな笑みを浮かべた。

「……ギルバート。危険があれば、俺も父上も全力でお前とアンネマリーを守るよ」

ギルバートは不審そうに言い返そうとしたが、アルフォンスは困り顔で続ける。

「まあ聞け。これはお前には直接関わりのない話だが……かつて我が国とマグノリエ王国は危うい関係にあり、これを収めるため、父上の姉――アデリナ殿下が嫁がれた」

ビルケ王国の西にあるマグノリエ王国の現王妃は、ビルケ王国国王の姉だ。確か現ビルケ王国国王が結婚するずっと以前に婚姻を結んだと記憶している。

「それが、どうかしたのか」

聞き返すと、アルフォンスは頷いた。

「……当時アデリナ殿下には、別に想う者がいたそうだ。しかし先代のビルケ王国国王は和平を優先し、マグノリエ王国との婚姻を強行した。アデリナ殿下は結婚の日まで泣き暮らし、王族の定めとはいえ、その悲愴な様子を見ていた父上は、可能な限り同じ苦しみを味わう者を出したくないとお考えだ。……想い合う者同士が、結ばれるようにと」

ギルバートは言葉に詰まり、アルフォンスは親愛の情が籠もる眼差しを注ぐ。

「……ギルバート、一般階級出身者としてここまで上り詰めるのは、決して容易でなかっただろう。お前は十分に忠誠心を示したよ。父上も俺も、お前たちには幸せになってほしいと考えているんだ」

――アンネマリーを娶り、ビルケ王国王家一族と縁を結ぶ。そんな未来を脳裏に描き、ギルバートの心が揺らいだ。アンネマリーやその家族たちと過ごす日々がどれほど幸福か――想像にあまりある。

けれど、だからこそ皆を危険に晒したくない気持ちは強く、ギルバートは首を振った。

「……すまない、アルフォンス。俺は……いざとなればこの国を出る男だ」

できれば共に生きたい感情を抑え、アンネマリーと結ばれるわけにはいかないと、苦渋の選択を口にする。彼の答えに、アルフォンスは嘆息した。

「……そうか。アンネマリーはお前を信頼し、慕ってきたが……捨てるんだな」

いかにも酷薄だと言いたげに目を眇められ、ギルバートは思わず顔を上げ、言い返した。

「――俺とて、そうしたくてするわけじゃない……！」

直後、しまったと口を押さえる。今は国の将来に関わる話をしているのだ。内輪のやり取りとはいえ、臣下として口を利くべき場面だった。

アルフォンスは彼の態度を気にした風もなく、目を輝かせる。

「そうか。——では、やはりできることならアンネマリーと結ばれたいんだな、ギルバート？　いつも一緒にいるから気が合うのだろうとは思っていたが、お前があれを女性として見ているのかどうか、よくわからなかったんだ。お前の気持ちがわかってよかった」

「……いや、それは……っ」

国の動向や今後に関しては明確な意志を示していたギルバートだが、アンネマリーへの想いを確認された途端、言い淀む。

アルフォンスは彼の返答は聞き流し、満足そうに笑った。

「出兵前に手を出すくらいだから、そういうことなのだろうが、お前はずっとアンネマリーを妹くらいにしか見ていないようだったからな。まあ成人したし、あれは可愛い。うん、趣味はいいと思うぞ」

ギルバートのこめかみから、つうっと汗が伝い落ちる。

「いや……手を、出したと言えば……そうかもしれないが……だが……」

出兵前、ギルバートは命を落とす可能性の高さを実感していた。

もしも自分が死んだら、この強気そうでいて、実は脆い末姫を支える者がいなくなると心配だった。けれど彼女はもう成人した淑女。そろそろ恋人を作る時期であり、自分から卒業するいい機会だと考え直した。

幼少期に一度涙を見せて以降、一度も泣かなかった気丈な末姫。不安を堪えて自分と話す彼女は酷く心細げだったが、戦場から戻れる保証もない。いつまでも自分に依存させては、それこそ残酷だと、ギルバートは背を向けた。

今生の別れだと思っていた。

しかし弱々しく帰還の約束を求めるばかりだった彼女は、刹那、王女として声を張った。

『――ギルバート！　王女として命じます。必ず戦で勝利し、生きて戻りなさい！　――敗戦も、殉職も許さない！　ギルバート・アッシャーは、中将として戦を勝ち抜き、生きてここに戻るのよ……！』

思わず足がとまった。それは、長年彼女を稚い少女として見ていた彼の意識を切り替えるには十分な、凛とした王女の声だった。

――臣下であるお前は、この私の命に従わねばならない――。

言外の命令を聞き取って、ギルバートはゆっくりと振り返る。そして強い言葉とは裏腹に、震え、涙を零すアンネマリーを見るや、激情に襲われた。

あまりにも儚く、弱々しい姿だった。慈しみ、守りたいと思い、同時にこれまで感じたことのない独占欲が頭をもたげた。

――彼女は自らを従える王女であり、また俺一人のものだ。

突如獰猛な獣が腹の中で咆哮（ほうこう）を上げ、彼の思考は感情に支配された。

誰にも譲らない。この愛らしい青の目に、自分以外を映すなど許さない。

直前まで、見知らぬ男と恋仲になれと願っていた気持ちは、塵となって消えていた。アンネマリーを傍近くで見つめ、守り、愛を注ぐのは自分以外にあり得ない。強い支配欲にのまれ、彼はアンネマリーの足元に跪いて戦場から戻ると誓いを立てた。続けて他の誰にも彼女を渡さぬため、手を伸ばして唇を奪った。

唇を重ねてすぐ、これが彼女にとって初めてのキスなのだとわかった。不慣れな反応は却ってギルバートを煽り、情欲すら覚えた。ギルバートは無垢な彼女の口内を淫らに犯し尽くし、敢えて彼女の記憶に自らを刻み込んだ。

出兵前を思い出し、ギルバートは頭を抱える。

——なぜ、あんな真似をしたんだ……。

後悔の念に苛まれる彼に、アルフォンスは飄々と尋ねる。

「隣国と戦っている最中、アンネマリーのことを思い出したか？」

「——……やめろ……」

ギルバートはいらぬ質問をする友人を睨み、両手で顔を覆って項垂れた。

ロートス王国軍と戦っている間、ギルバートはアンネマリーを何度も思い出していた。むしろ、アンネマリーのことしか考えていなかったといっても過言ではない。

彼は、再びアンネマリーに相まみえるため、戦い抜いたのだ。あの柔らかく艶めかしい唇をもう一度味わいたい。戦場で浅い眠りに落ちる度、そんな欲望が巡った。そして戦争を終えてみれば、欲求は収まるどころか、留まるところを知らなかった。

帰還式典を終え、彼女の部屋を訪ねたギルバートは、自分を嫌っていたのねと詰る彼女から目が離せなかった。数ヶ月ぶりに会ったアンネマリーは、なぜか以前よりずっと可愛く見えたのである。笑顔が一番だが、怒る顔も泣きそうな顔も非常に愛らしく、気を抜くと即座に口づけたい衝動に襲われた。それどころか、その体にまで触れたい情動を覚え、彼は話もそこそこに退散しようとしたのだ。

これまで妹同然に見ていたはずなのに、たった一度のキスで、全てが変わった。

いや、おそらく無意識下では彼女を好ましく思っていたのだろう。あのふわふわした髪も、大きな瞳も、天使の笑顔も、そしてちょっと強気でいて実は脆い性格も——何もかもが、ギルバートの目を奪う。愛しく思わせる。

彼女の安全を思えば、婚姻はおろか、婚約すらしてはならない。それなのに心の奥底では——現状を喜ぶ自分がいた。

想いを隠し切れていない彼に、アルフォンスは呆れ半分に言う。

「……素直にアンネマリーを受け取った方が、楽じゃないか？」

ギルバートは押し黙り、じゃり、と誰かが砂を踏む音に、顔を上げた。回廊脇の庭園に目を向けた彼は、それまでの思考が思考なだけに、頬を強ばらせた。

レースの彩りが愛らしい、空色のドレスに身を包んだアンネマリーが、庭園からこちらの回廊に顔を覗かせていた。

これが婚約して以降、初めての顔合わせである。

凍りついたギルバートに代わり、アルフォンスが笑顔で声をかけた。

「マリー、どうした？　大好きなギルバートに会いに来たのか？」

――そんな聞き方をしたら、恥ずかしがって〝そんなことないもの！〟と突っぱねるだろう。

相変わらず妹の扱いをわかっていないアルフォンスを、ギルバートは呆れて見やる。

アンネマリーは、基本的に兄や姉には明るく素直に振る舞う子だ。しかしからかわれるのは苦手で、羞恥心を覚えると反発したり、その場から逃げ出したりした。

アルフォンスは昔から、よく彼女に茶々を入れては、そっぽを向いて逃げられている。どうもアンネマリーの反応全てが可愛く感じるらしく、逃げられても機嫌はよかった。

その愛は深く、昔アンネマリーが泣くきっかけを作った、陰口を話していた侍女らを即刻クビにしたのも彼だった。

アンネマリーと秘密を守る約束をした手前、ギルバートは直接何があったか話せない。しかし放置もできず、忠告を入れてみたのだ。

『王女たちの侍女の質が保たれているか、確認したらどうだ』

一言入れただけで、アルフォンスはすぐに動いた。彼は優秀な人物だ。妹姫たちにとって、これほど有能で頼りがいのある兄はいないだろう。――と思うものの、彼の愛は常にやや斜め上を行き、空回り気味だった。

ギルバートがアンネマリーの相談相手になっていると気づくと、彼はあからさまに嫉妬し、会話内容を教えろと詰め寄った。

答えないでいると、今度は妹に直接聞いて、口を割らせようとする。

当然アンネマリーは嫌がって逃げ出し、納得がいかない彼は、騎士団統括官でもある自身の権力を使い、たびたびギルバートに遠征の仕事を回した。妹と引き離し、その間に自分が相談役に収まろうという算段である。

ただ残念ながら、彼はアンネマリーを悩ませる原因の一つ。相談役に選ばれるはずもなく、それどころか、遠征から戻ったギルバートを嬉しそうに出迎える妹を目の当たりにし、ますます不満そうにする――という負のループを繰り返していた。

ちなみにギルバートは遠出も苦ではないため、アルフォンスの差配をなんとも思っていなかった。

アンネマリーが大きくなるにつれ、相談役の座を奪うのは諦めていったが、いまだにからかうのは好きらしい。

兄から含みのある言い方で声をかけられたアンネマリーは、かあっと頬を染めた。

逃げるだろうと眺めていると、彼女は不安そうにギルバートを見てから、頷く。

「……そ……そう」

「――うん？」

「――ん？」

意外な返答に、アルフォンスとギルバートは同時に聞き返していた。

アンネマリーは赤い顔で二人を交互に見やり、最終的ににこっと笑う。

「休憩時間でしょう？　ご一緒に軽食を取らないかしらと思って、ギルに会いに来たの」

恥ずかしそうにこちらを見上げる彼女はとても愛らしく、ギルバートの恋情は否応なく煽られた。

髪飾りで押さえているだけの髪はふわふわと風に揺れ、まばゆく光を弾いている。怒ればすぐにつり上がる眉は穏やかに弧を描き、青の瞳は明らかにギルバートを想って揺れていた。唇は薄紅色の紅で艶やかに彩られ、涼しげなドレスから覗く鎖骨は美しい――。

想いが込み上げ、ギルバートは今すぐ彼女を抱き締めたくなった。しかしそれらを理性で抑え込み、いつもと違う反応を訝しく思う。

彼女は、ギルバートに大勢の前で婚約を拒まれ、更には王の前でも同様に振る舞われたのだ。相当に傷ついているはずで、普段なら、当分会いにも来なかっただろう。それに兄にあのような聞き方をされたら、即座に逃げていておかしくない。

それなのになぜ、感情を抑えて自分と過ごそうとしているのか――。

ギルバートはしばし考え、そしてふと、理由に見当がついた。おそらく彼女は、婚約に乗り気ではなかったギルバートに翻意してもらおうと、必死になっているのだ。

自らに注がれる一途な眼差しはいじらしく、ギルバートの胸は苦しくなる。本音を言えば、ギルバートとてこの婚約を喜び、彼女を慈しみたい。けれど自らのしがらみを思えば、そんな無責任な真似はできず、かといってこれ以上彼女を傷つけたくもなく――ギルバートは眉尻を下げ、微笑み返した。

「……いいよ、どこに行こうか?」

いつもの笑みを見て、アンネマリーはほっと表情を明るくする。

「今、薔薇園が満開なの。お肉や果物を持たせてもらったから、そこで食べましょう?」

中央庭園での食事を提案し、彼女は両手で持っていた籐籠を持ち上げた。

ギルバートは回廊を外れて歩み寄り、焼きたてのパンとワインボトルまで入っている籐籠を取り上げる。

「素敵なお誘いだね。喜んで行かせてもらうよ」

アンネマリーは嬉しそうにはにかんで笑い、アルフォンスを振り返った。

「お兄様もご一緒に行く?」

誘われた兄は、にやっと笑って肩を竦めた。

「いいや、デートの邪魔をするのは悪いから、お兄様は部屋に戻るよ」

またもからかわれ、アンネマリーは耳まで赤くする。しかしいつものように癇癪は起こさず、恥ずかしそうにしながら淑女の礼をした。

「あ、ありがとうございます、お兄様……」

素直すぎる彼女に、アルフォンスは面白そうに笑い、ギルバートは片手で口を押さえて、微かにため息を吐く。

——誘惑に耐え続けねばならない、苦行の日々の始まりであった——。

王宮内で勤める者は、一部は微笑ましく、一部は憐憫の眼差しで、共に過ごすギルバートとアンネマリーを見守っていた。

帰還式典でアンネマリーを拒んだギルバートは、実はリーフェを望んでいたのだと噂されている。だがその二日後には彼とアンネマリーの婚約が正式に公布され、その真意を巡り、憶測が飛び交っているのだ。

ギルバートは押し切られたのだと不憫がる者もあれば、戦帰りで判断力が鈍っていたのだという者もあった。

寝室の奥にある衣装部屋で着付けられていたアンネマリーは、なんともいえないため息を吐く。

——どうしてギルは、私と結婚できない理由を教えてくれないのかしら……。

婚約してから、二週間弱が経過していた。

生真面目なギルバートは、戦から戻って数日後には通常任務につき、以前と変わらぬ頻度で王宮警護などをしている。その休憩時間を見計らって会いに行くアンネマリーは、彼が何を考えているのか、よくわからなかった。

婚約後、初めて顔を合わせた時、彼はまず顔を強ばらせた。アンネマリーと結婚するなんて嫌だという本音が出たのかと、心臓が凍りついた。

しかし居合わせた兄と話す間にいつもの優しい笑みが浮かんでいて、心底ほっとした。食事に誘うと一緒に来てくれ、アンネマリーは彼と以前同様、庭園で長閑に過ごせたのである。

以降も、アンネマリーが騎士団の常駐所に顔を覗かせると、彼はすぐに時間を割いてくれた。嫌そうな素振りは一つもなく、ともすれば彼も自分を想っているのでは、と勘違いしそうな甘い微笑みを浮かべてくれる。

しかもたまに落としたハンカチーフを拾おうとしたり、野花を摘もうとしたりするタイミングが重なると、彼女は混乱させられた。

ただでさえ優しい態度でドギマギしているのに、二人の距離が近づくと、彼の瞳の色が変わるのだ。ずっと目を合わせていたら魂まで搦め捕られそうな、熱い視線が注がれる。

彼の目は、アンネマリーの瞳や唇、時に首筋へと移っていく。視線で撫でられるたびにぞくぞくとして、どうしたらいいのかわからず俯いた。

するとと彼ははっとして目元を手で覆い、疲労困憊のため息を吐くのである。

戦後間もなく仕事に入り、疲れているのかなとも思うが、なんとなく違う気がした。

経験豊富ではないため確信はないながら、あれは――触れたいのではないだろうか。

「……だけど男の人って、好きでもない子にあんな風になるのかしら……？」

思わずポロリと零すと、今日もまた先に身支度を整えて、妹の仕上がりを見に来たリーフェが首を傾げた。

「何かあった？」

アンネマリーは鏡越しに姉を見る。扇情的なワインレッドのドレスに身を包んだ今日の姉は、いつもより色香が増していた。髪は結い上げ、目尻の化粧や口紅の色もはっきりしている。襟首は大きく開き、鎖骨と胸元が惜しげもなく晒されていた。

独り言を言ったアンネマリーは、姉の姿にほんのちょっと頬を染める。

「お姉様のご衣装、今日はとても大人っぽいのね」

衣装部屋の端にある椅子に腰掛けていたリーフェは、自らのドレスを見下ろし、ふふっと笑った。

「今日はレオンハルト様も褒賞を頂くのだもの。私自身で祝福の意を示さなくちゃね」

今日は夕刻から迎賓館で褒賞の授与を含む、祝勝の宴が開かれる予定だった。アンネマリーはその宴に出席する準備をしているのである。

「レオンハルト様は、そういうのがお好きなの？」

随分と派手な色が好きなのだなと思って聞くと、リーフェは肩を竦める。

「こういうのというか、肩口辺りが見えているのがお好きなのよね。まあ彼曰く、自分以外には見せてほしくないそうだけれど」

「へえ……。……仲がいいのね」

相手の好みや気持ちも知り尽くしている物言いに、アンネマリーは羨ましさを感じた。

彼女は今のところ、ギルバートのドレスの好みどころか、何を考えているのかさえわかっていない。

リーフェは目を瞬かせ、にやっと笑った。

「あら、隣の部屋で待ってるあの男だって、そのドレスを見せれば喜ぶわよ」

「そうかしら……」

アンネマリーは鏡の中の自分を見つめ、眉根を寄せる。

今宵の宴は、ギルバートと一緒に参加する予定だった。彼は今、アンネマリーの居室でまんじりともせず待っていると思う。

本来であれば、彼はアンネマリーの準備が終わった頃合いに迎えに来る手はずだった。

生真面目な彼は先に礼服に着替え、迎えに行くまでの僅かな時間、常駐所で書類仕事をしていたらしい。そこをリーフェが強引にアンネマリーの部屋まで連れてきたのである。

今夜のアンネマリーのドレスは、イーリスから贈られた。白と薄紅色の布地で作られたそれは、一方の胸元から裾にかけて舞い落ちる花びらが刺繍されている。袖やスカート部分には、ベールのような薄布がふわりと重なっていて美しかった。

しかし大きく開いた襟ぐりからは胸の谷間が覗け、すらりとしたリーフェに比べると肉感的なのが目立つ。今までコンプレックスの胸を隠すデザインばかり選んでいた彼女にとって、ちょっと居心地が悪かった。

イーリスは化粧の仕方も侍女に指示していて、顔もいつもと違う印象だ。

「どうしてイリスお姉様は、このドレスを私にくださったのかしら」

今夜は予定通り直接会場へ向かうそうで、イーリスはアンネマリーの部屋にはいない。

「最近の貴女たちを見ていて、思いついたのっておっしゃっていたわよ」

相談に乗ると豪語したためか、イーリスは時折、ギルバートと一緒に過ごすアンネマリーを遠くから眺めていた。それで考案されたドレスとは、どういう意味なのか。

自分の出で立ちに不安を覚えていると、彼女を端から見ていたリーフェが、満足そうに言った。

「イリスお姉様の見立てはよいと思うわ。今日も可愛いわよ、マリー」

振り返ると、心からそう言っているのがわかり、アンネマリーは笑みを浮かべる。

「ありがとう、リリーお姉様」

リーフェはにこっと笑い返し、立ち上がった。

「それじゃあ、そろそろレオンハルト様が部屋に迎えにいらっしゃる頃だから、お姉様は戻るわね。迎賓館で会いましょう」

ギルバートの反応は見ないで行くのだなと、アンネマリーは意外に思いつつ頷いた。

「うん、またあとでね」

リーフェが手を振って衣装部屋を出て行くのを見送り、アンネマリーはそうだ、と思う。

——ギルにも、同じようにしなくちゃ……。

自身の居室で待っている彼も、姉同様に褒め言葉をくれるだろう。最近は意地を張らずに素直になるよう意識しているが、今日もいつもの癖を出さないようにしなければ。

彼に好きになってもらうためにも、振る舞いを改めると決めたのだ。

アンネマリーは深く息を吸った。

侍女がハーフアップにした髪に美しい薔薇を挿して最後の仕上げを終えると、彼女は気合いを入れて、衣装部屋を出た。

扉を開けて自らの居室へ入ったアンネマリーは、一度足をとめる。

部屋の奥には大きな窓があり、その脇に一人掛けの椅子が二脚と長椅子が一脚あった。

その一人掛けの椅子に腰掛けていたギルバートは、ゆったりと足を組み、頬杖をついて外を眺めていた。アンネマリーの部屋からは、王宮の庭園が一望できる。

明るい夕陽が彼の横顔を照らし、その瞳の奥を宝石のように煌めかせていた。整えられた栗色の髪は光を弾いて黄金にも見え、高い鼻筋から顎、喉仏にかけてのラインがとても美しい。

幼なじみでもある彼は、アンネマリーの部屋にも兄や姉と一緒によく訪れていた。けれど一人で来たことは一度もなく、その光景を少し不思議に感じる。

——ギルと結婚したら、こんな風に一人寛いでいる姿も、当たり前に見られるようになるのかしら……。

ギルバートの横顔に、婚姻を結んだ未来を想像し、彼女は慌てて首を振った。

——気が早いわ……！　ギルに好きになってもらうのが先でしょ……っ。

理由はどうあろうと、ギルバートはアンネマリーとの結婚に乗り気ではないのだ。彼との結婚は、できれば両想いになれてからしたかった。

人の気配を感じ、彼は視線を寄越す。寝室の扉口に立つアンネマリーを見て、戸惑ったような瞬きを繰り返した。

ドレスのデザインが今までと違っていて、驚いた様子だ。アンネマリーは晒された胸元を気にしながらも、膝を折って挨拶する。

「お待たせしてごめんなさい、ギルバート」

彼はすぐに立ち上がり、アンネマリーが近づいていくと、すうっと息を吸っていつもの微笑みを湛えた。

「……ああ、いや……」

「……よく似合ってるよ、マリー。とても可愛……いや、今夜はとても美しいね」

聞き慣れた「可愛い」から、「美しい」へと言葉が変わり、アンネマリーは淡く頬を染めた。空色の瞳は優しい情愛に満ちていて、気恥ずかしさを覚える。

喉元まで「そんなことないもの」と可愛げのないセリフが込み上げたが、腹の前で両手を握り、一呼吸置いて気持ちを落ち着かせた。褒められたら、素直に喜ぶのだ。

返事がなく、ギルバートは「ん？」と小首を傾げる。アンネマリーは照れくささを精一杯堪え、ふわりと花のように笑った。

「ありがとう、ギル。……えっと、褒めてくれて、とても嬉しい」

物慣れない自分の振る舞いに緊張し、少し声が震えた。

意外な反応だったのか、ギルバートは軽く目を瞠り、思わずといった雰囲気で口元を緩める。甘く笑い、穏やかに応じた。

「……それはよかった」

アンネマリーは、素直に、素直にと自分に言い聞かせ、続けて気持ちを吐露する。

「それと、貴方と一緒に宴に参加できることも、とても嬉しい」

言っている間に鼓動が激しく乱れ、首元まで真っ赤にしている自覚があった。

兄や姉たちには平気で言えるのに、ギルバートに言うのは非常に羞恥心を伴う。

アンネマリーは、自身の劣等感を晒し続けてきたが故に、どんなギルバートの言葉も慰めだと思い込んできた。内心では嬉しくとも、真実ではないと決めつけ、彼の言葉を否定し続けた。

だけど無理に褒めないでと強がるより、受け入れた方がずっと気持ちは楽になっていただろう。

恥ずかしさを味わいながらも、素直に心情を伝えると、心がすっと軽くなっていた。

ここ最近、ずっと素直になるよう頑張っている彼女に、ギルバートは頷く。

「……うん。俺も君と一緒に参加できて、とても嬉しいよ」

「本当？」

「？　うん」

聞き返された彼は、訝しくアンネマリーを見下ろした。彼女は目が合うと、再び嬉しそうに笑った。

「よかった」

彼と婚約してから、王宮内では以前同様に二人で過ごしている。しかし不特定多数の前に出るのは、今日が初めてだった。婚約者として同伴することを、彼が厭うていたらどうしよう。もしも他に好きな人がいるなら、絶対に見られたくはないだろう。

彼の本心がわからないアンネマリーは、そんな風に考えて不安だったのだ。

安堵した彼女の笑みに、ギルバートの瞳の奥が怪しげに揺らぐ。その視線は彼女の瞳から唇、そしてドレスへと移っていき、甘い笑みを浮かべていた頬が、ふと強ばった。

大胆に胸元を晒したドレスを数秒見つめたあと、ギルバートは微かに眉を顰め、ぼそっと尋ねる。

「……これは、他の男から贈られたドレスではないよね？」

アンネマリーの鼓動が、小さく跳ねた。彼の声は穏やかだったが、僅かに嫉妬の気配を感じた。恋仲でもないのだから、ギルバートがそんな気持ちになるはずがない。そう思うけれど、彼の放つ空気はいつもより尖っていて、アンネマリーは慌てた。

「ち、違うわ……っ」

首を振ると、ギルバートはアンネマリーの目をじっと見る。イーリスから贈られたのだと伝えたかったが、アンネマリーは硬直して何も言えなくなってしまった。

ギルバートは、第二騎士団団長。屈強な男たちを統べる者の真実を探ろうとする視線は、姫君に向けるにはやや強かった。

射竦められ、アンネマリーは瞳を揺らす。その怯えに気づいたのか、ギルバートははっとした。目を逸らし、気まずそうに口元を掌で覆い隠す。

「……ごめん……。それじゃあ……会場に行こうか」

彼は真偽を確かめるのを途中でやめ、手を差し伸べた。

「え、ええ……」

視線が逸らされ、アンネマリーはほっと彼の手を取る。優しく掌を握られ、共に移動する間に、鼓動が速まっていった。

——結婚を望んでいないのに、なぜ他の男性の気配がないか確認するのかしら……。

まるで彼の独占欲を見せられたような気分で、恋心がまた一つ、募ってしまった。


迎賓館は、王宮の東——騎士団常駐所から少し南に下がった位置に設けられていた。

数多の馬車が迎賓館前に乗りつけ、色とりどりのドレスを纏った淑女に、黒の正装を身に着けた紳士が次々に会場へと入っていく。

戦勝祝いの宴であるため、本日の主役は戦士たちだ。軍服に身を包んだ彼らより目立たぬようにと、男性陣の衣装は皆黒で統一されている。

客人らと共に、ぞくぞくと会場入りする軍人たちの礼装姿はいかにも精悍だった。金色の肩章やそこから胸元へ垂れた飾り紐は鮮やかであり、正装ならではの肩口から垂らされたマントは彼らが動くたび揺れて流麗だ。

同じく礼装を纏ったギルバートのエスコートで会場に入ったアンネマリーは、ぎくっとする。豪奢なシャンデリアの光に照らされた明るい会場内には、既に数百名の客人が揃っていた。見知った人物が会場入りした際に声をかけるため、皆の視線が集まるのはいつものこと。しかし今日は、今まで感じたことのない、強烈な敵意を浴びた。

「末姫様とギルバート様よ。本当にご婚約なさったのね……」

「ギルバート様は固辞されたのに、末姫様に強引に婚約を結ばされたのでしょう?」

「なんてご不憫なの……私がお慰めして差し上げたい……」

噂話をする女性陣の声が届き、アンネマリーは背中に嫌な汗を伝わせる。

成人してすぐ戦が始まったため、アンネマリーはほとんど宴に参加していなかった。そのためあまり承知していなかったが、話に聞く通り、ギルバートは令嬢たちに相当人気があるらしい。王宮内で広まっていた噂はしっかり社交界まで伝播しており、あちこちから刺々しい視線が飛んできた。

見目よく物腰柔らかなギルバートは、血筋の問題から、結婚の対象にはなり得ない令息だった。だが戦で武勇を挙げ、誰もが認める戦士となった今、彼女たちにとって憂う問題はない。自らも結婚できたはずなのにと、令嬢たちの嫉妬は熱く燃え盛り始めたところのようであった。

アンネマリーは、ギルバートを見上げる。

灼熱の怒りを買うだけあって、本日の彼は実に恰好よかった。

栗色の髪は艶やかで、眉は凜々しい。鼻は高く、口元は形よかった。鍛え上げた肢体はすらりとして美しく、眼差しは常に落ち着き払っている。おまけに話せば穏やかな声と仕草で応じるときているのだ。煌びやかな礼装は彼の魅力をより際立たせ、誰もが伴侶にと望むだろう完璧な美丈夫がそこにいた。

幼少期から彼を知るアンネマリーは、彼の優しさこそを愛している。しかし改めて外見のよさを認識し、他の令嬢たちに申し訳ない気分になった。姉姫たちに比べてちっとも美しくない自分に、今最も魅力を開花させた男を取られては、腹に据えかねて当然だ。

アンネマリーは俯いてため息を吐き、その耳にまた別の声が届いた。

「……アンネマリー姫、今日は何か違わないか……?」

「……ああ、あんなにお美しかったか……?」

いつもと違う露出の多いドレス姿に、男性陣が珍しそうに視線を集中させる。ギルバートはその声に気に入らなそうに目を向けたが、彼以外に興味がないアンネマリーは、全くどうでもよかった。ギルバートを望む令嬢らの方がよほど気になり、彼に声をかける。

「……ねえ、ギル」

「ん?」

愛称で呼ぶと、会場のざわめきが煩いからか、彼は身を屈めて耳を彼女に近づけた。何気ない優しさに胸がときめき、アンネマリーは淡く頬を染めつつ、小声で言った。

「……もしも貴方が他に好きな方がいるなら、はっきり言ってね。その、私が癇癪を起こしたせいで、貴方は強引に婚約させられただけだし……。お父様はあとで解消してもいいとおっしゃっているから、大丈夫よ」

頑張って好きになってもらうつもりだが、他に想う人がいるなら話は別だ。彼の幸福を邪魔したくはない。

耳打ちすると、視線を床に落として話を聞いていた彼の表情が強ばった。空色の瞳がこちらへ向き、何かを見定めようと顔色を観察してくる。

アンネマリーはよくわからず、首を傾げた。

「ギル……？」

「……他に当てでもできたのかな……？」

「え？」

彼は薄く微笑み、アンネマリーの顎に手をかける。

「……それとも、これから他の男を口説くつもりかな……？　今日の装いは常と違い、一段と美しい。……君がその気になれば、どんな男も落ちるだろうが……」

「――」

色香ある眼差しが注がれ、つ、と親指の腹で唇をなぞられた。アンネマリーの背筋に電流が流れ、艶っぽい雰囲気に、鼓動が乱れる。けれど長年共に過ごしてきた彼女は、彼の瞳の奥に揺らぐ感情を見逃さなかった。その眼差しには、嫉妬に似た苛立ちが漂っていた。

彼に想い人がいるなら悪いと思って言っただけだったアンネマリーは、当惑する。なぜ怒っているのだろう。

更には、顎をすくい上げて顔を寄せるという親密すぎる仕草に、二人を見ていた人々がぎょっとして囁き合った。

「え……!? もしかしてギルバート様がお手を出されたという噂の方が正しいの……？」

「でもそれなら……ご出兵前にお手を出されたのに、婚約は拒まれたのでしょう？ よほどあちらがお気に召さなかったのかしら……」

「……相性ってあるものね。お手を出された末姫様もご不憫だけれど……お気に召さないのに娶らなくちゃいけないのも不幸なお話よね……」

好き勝手に広まっていく噂が聞こえ、アンネマリーは顔を真っ赤にする。経験値はゼロに等しくとも、あちらが指す意味はわかってしまった。

キスを一度したきりのアンネマリーは激しく動揺し、ふいっとギルバートの手から顎を外す。もう一方の繋いでいた手も離して、彼の脇を通り抜けていこうとした。

「……ギ、ギルが何を考えているのか、全然わからない……っ。怒っているなら、エスコートなんてなさらなくていいわ……っ」

恥ずかしさに耐えられず、以前の調子で一人先に行ってしまおうとしたところ、ギルバートがすぐに手首を摑んできた。肩を揺らして振り返ると、彼は自分でもなぜそんな真似をしたのか、と驚いたような顔をしていた。すぐ表情を取り繕い、眉尻を下げて微笑む。

「……ごめん、怒ってないよ。君が美しいから……ちょっと混乱してしまった」

また美しいと称賛され、アンネマリーの胸が高鳴った。しかし彼の言い訳は理解できず、混乱する。

——美しいから混乱したって、どういう意味……？　混乱して、なぜ怒るの？

目を白黒させていると、彼は改めてアンネマリーの手を取り、首を傾げた。

「もう怒らないから、俺にエスコート役を続けさせて頂けますか、姫君？」

畏まって尋ねられ、アンネマリーはいつもの雰囲気に戻った彼に安堵した。

「え、ええ……。ありがとう」

再びエスコートを受け入れた彼女は、平静な顔つきになった彼をそっと見上げ、内心疑念でいっぱいになる。あれではまるで、アンネマリーが他の男と結ばれるのが気に入らないみたいだ。それで怒ったなら、自分が好きなのはギルバートだけだと答えればすむ。でもそんなこと言われても、彼は困るはずだ。

——どうして怒ったのかしら……？

アンネマリーは困惑しきりで視線を転じ、会場中程にいた騎士たちが一気にこちらに移動してくるのを見て、目を丸くした。

「ギルバート閣下！　ご婚約おめでとうございます！」

「ようやく皆にお二人の姿をお披露目できましたね！」

「今夜は好きなだけ飲めますよ……！」

ヴァルターやレオンハルトなど、騎士団の人たちだった。幼い頃から騎士団には何度も通っているため、アンネマリーはギルバート周辺の人々は一通り承知している。

皆まだ軽い酒しか提供されていないのに、とても高揚していた。

宴に参加している諸侯貴族らから称えられ、戦に勝利した喜びを実感しているのだろう。

部下たちの笑顔に、ギルバートは柔らかく笑った。

「ありがとう。だがまだ宴は始まっていない。あまり酒を飲みすぎるなよ」

アンネマリーは自らの前にも集まった騎士たちを見回す。騎士服は着ているが、あまり見覚えがない顔なので、第二騎士団以外の団員だろう。

「ご婚約おめでとうございます、アンネマリー様」

「お祝い申し上げます、アンネマリー姫」

相手には結婚を望まれていない状態なので、さしてめでたくもないが、アンネマリーは微笑みを浮かべた。

「ありがとう。今宵の宴は皆を称えるために開いたもの。どうぞ楽しんでいってね」

命をかけて国を守った戦士を労うのは、王族の務め。その役目通り、口元を綻ばせて声をかけると、騎士たちは身を乗り出した。

「アンネマリー姫。ギルバート閣下とファーストダンスを終えられたあとは、ぜひこの私と一曲願えませんでしょうか」

「俺ともぜひ」

意外な申し出に、彼女はきょとんとする。ダンスの楽曲が始まる前から、お相手の約束を求められたのは初めてだった。

どう答えたものか迷い、ギルバートを見上げる。視線を受け、彼は騎士たちに笑いかけた。

「アンネマリー姫はまだ宴などに多く参加しておられないから、エスコートはしっかり頼むよ」

「――は。もちろんであります！」

「承知致しました！」

上官の許可を得て、騎士たちは約束を取りつけたものと敬礼した。拒む理由もないアンネマリーは、まあいいかなと、騎士たちに笑いかける。ダンスに誘った騎士たちは、これまでと雰囲気が異なるアンネマリーの微笑みに、頬を染めた。

髪型こそいつも通りのハーフアップだが、髪飾りは薔薇と清楚な真珠。布地には宝石が縫いつけられ、光が注ぐと朝露が如く煌めく。彼女が一歩動くごとにスカートを彩るベールのような薄布が揺れ、それは妖精の羽を彷彿とさせた。

唇は熟れ始めた果実を思わせる淡い紅色で、目尻を彩る化粧は艶っぽい。胸元に視線を注げば染み一つない鎖骨と豊満な胸元が覗き、愛らしい印象が強かった末姫は、男たちの目を吸い寄せる色香を放っていた。

若い騎士と末姫のやり取りを端で見ていたヴァルターやレオンハルトは、そっとギルバートの顔色を窺う。彼女が若い騎士たちに微笑んだ途端、ギルバートは視線を逸らし、表情を硬くしていた。その様子に彼らは冷や汗を掻き、何も気づいていない末姫は、皆に分け隔てなく微笑みかけていく。

彼女はヴァルターたちにも笑みを向け、いつも通り愛らしい表情に、彼らはつい笑い返してしまった。直後、冷え冷えとしたギルバートの視線を浴びて、一斉に鳥肌を立てる。

今でこそ麗しい騎士だが、共に戦場を走り抜いた同胞たちは、ギルバートの恐ろしさを知っていた。

ギルバートは、まさに一騎当千を地で行き、次々に敵を薙ぎ払っていった武将。返り血もそのままに猛々しく前進していったその姿から、共に戦地へ赴いた騎士らは、密かに彼を『鮮血の騎士』と呼んでいた。

そして声をかけた若い騎士たちは、出兵を免れ、国内警護に残った貴族令息たち。

——事実、恐れを知らぬ青二才なのだった。

祝勝の宴は、最初に褒賞の授与から始まった。

騎士たちは階級順に会場前方に横並びになり、王族は彼らの少し前方脇に立って、功績を認められた者たちに祝福の拍手を贈る。

イーリス、リーフェ、アンネマリーの順で並んだ三姉妹は、それぞれに華のあるドレス姿で、騎士たちの目を奪っていた。特に末姫の大人びた雰囲気は目立ち、褒賞に対する祝福の声に掻き消されてはいるが、ざわめく者が多かった。

褒賞は階級の低い者から順に授与され始め、最後に王太子であるアルフォンスが授けられる。一人ずつ名が呼ばれていき、リーフェの婚約者であるレオンハルトの名を耳にして、アンネマリーは隣の姉を横目に見た。自身の部屋に戻ったあとに何かあったのか、リーフェは結い上げていた髪を下ろしていた。レオンハルト好みのドレスだそうだから、顔を合わせるなり情熱的に抱き締められでもしたのだろう。

アンネマリーは簡単にそう解釈したが、釣られて一緒にリーフェに目を向けたイーリスは、その胸元を注視する。リーフェの胸には、ドレスで隠れるかどうかの位置に小さな赤いあざができていた。そして気づかれぬよう努力しているが、ややお疲れ気味らしい顔色も見やり、小さく呟く。

「……独占欲の強い婚約者様がいると、大変なのね……」

「黙って、イリスお姉様。授与式の最中よ……っ」

リーフェが珍しく頬を染めて窘め、アンネマリーはなんの話かわからず、首を傾げた。

授与式は普段の公式行事と違って歓声が多く、堅苦しい雰囲気ではない。多少の雑談は許され、イーリスはリーフェのお小言もどこ吹く風で、アンネマリーに目を向けた。

「思った通り、今日の貴女はとても美しいわよ、マリー……。ギルバート様もお気に召したことでしょう」

ギルバートの名を出され、アンネマリーは複雑な面持ちになる。

「……どうしたの？　褒めてくださらなかった？」

重ねて問われ、アンネマリーは眉根を寄せた。

「……褒めてくれたのだけど……他の殿方を見繕うつもりかと聞かれたり、謝られたりして、よくわからなかったの」

事情をかいつまんで説明すると、リーフェは半目で黙り、イーリスはふふっと笑う。

「そう。それは不思議ね……。どうしてそんな風におっしゃったのか、あとで直接聞くといいわ。そうね……ダンスを終えたら、庭園にお誘いして二人で過ごしてご覧なさい」

「……？　うん……」

アンネマリーが素直に頷いた時、ギルバートの名が呼ばれた。

彼への褒賞は既に伝えられていたが、勲章や盾の授与があった。視線を向けると、軍部の者たちがわっと歓声を上げ、中には婚約を祝う声も交じる。

ギルバートは落ち着いた表情で王のもとまで歩み寄り、凜々しいその横顔に、戸惑いを覚えていた心が勝手にときめいた。

王は慈しみ深い眼差しで、目の前に膝を折ったギルバートを見つめる。

「誠、よくぞ勝ち進んだ。其方の功績を認めよう、ギルバート・アッシャー」

王の言葉に、彼は深く頭を垂れ、褒賞を受け取った。

以降も授与は続き、最後にアルフォンスが登壇すると、盛大な祝福の声が上がった。

「アルフォンス閣下――！」

「王太子殿下に神のご加護と祝福を――！」

次期国王として着実に民意を集めているのがわかる、敬意の籠もった歓声だった。

実の兄ながら、将来を見据えて自ら戦へと身を投じたその決断は、勇敢だったと思う。

アンネマリーは兄に尊敬の眼差しを向け、そして最前列に並ぶギルバートへと視線を移した。

——だけど、戦を勝利へと導いたのは、間違いなくギルバート。

心の中でそう呟いた時、全ての褒賞の授与を終えた王が言い放った。

「——それでは武勇の者たちよ、今宵は存分に楽しんで参れ！」

それを合図に、宴の始まりを告げる音楽が奏でられ、ギルバートがこちらを振り返る。

パチリと目が合い、アンネマリーはドキッとした。

彼は褒賞を得て喜び合う仲間の間を抜け、まっすぐにアンネマリーのもとへ歩いてくる。

姉姫たちも見守る中、胸に手を置き、もう一方の手を差し出した。

「アンネマリー姫。私と一曲、お願いできますか？」

礼装を身に纏った彼からの誘いは、おとぎ話にでも出てきそうな光景だった。掌を差し出した仕草は品があり、軽く身を屈めた拍子に前髪が一束垂れ落ち、それが不思議な色香を放つ。アンネマリーはこちらを見やる空色の瞳に心ごと吸い寄せられる心地で、彼の手を取った。

「……喜んで、ギルバート様」

畏まって応じると、彼はふっと微笑み、姉たちが「楽しんでね」と声をかけた。

今夜の宴は、そうとは公示されていないながら、アンネマリーとギルバートの婚約を公にする目的もあった。彼女を立てるため、イーリスやリーフェは一曲目は踊らない。

リーフェのもとへ来たレオンハルトも、笑顔でアンネマリーたちを見送った。

自然と人々の視線が集まり、アンネマリーは緊張し始める。ダンスは普通にできるけれど、会場中の注目を浴びていると感じ、鼓動が乱れた。

手を取って会場中央へ移動していたギルバートが、俯きがちになっているアンネマリーに耳打ちする。

「……大丈夫だよ、マリー。少しくらい躓いても、俺がフォローするから」

十歳も年上の彼は、アンネマリーよりも長く社交の場に出ている。ダンスをする機会も多くあり、慣れたものなのだろう。鷹揚に頼れと言われ、アンネマリーの胸が高鳴った。好きだという気持ちが溢れ、顔を上げ、はにかんで笑う。

「ありがとう、ギルバート」

ギルバートは平生と変わらぬ笑みを返し、中央へ移動すると、楽曲に合わせ、ゆったりと踊り始めた。

ダンスをしている彼の瞳は、アンネマリー一人を映す。転ばぬよう気遣ってくれているのだとわかるが、彼が自分だけを見ていることが、酷く特別に感じられた。アンネマリーは頬を染め、気恥ずかしく、瞼を伏せがちに踊る。

その横顔は、長い睫が目尻に影を作り、アンネマリーの内実とは裏腹に妖艶さを演出していた。周りでダンスをしている青年らの視線がちらちらと集まり、それらを肌で感じると、緊張で瞳が潤む。すると更に色香が増し、ますます人目を集めるという悪循環に陥っていた。

衣装と化粧でがらりと様相を変えた末姫に、参加客らがぼそぼそと話す。

「ギルバート閣下が終えたら、アンネマリー姫にダンスを申し込んでもいいかな……?」

「ギルバート閣下から奪おうってのか? 度胸があるな」

「だが、一度は婚約を拒まれたじゃないか。閣下が末姫様を望んでいないなら、お怒りも買わないだろう?」

「それは言えるが……」

会場に招かれた数百人が一度にダンスできるはずもなく、大半はホールの壁沿いで次の曲を待っていた。その待つ人々の会話が聞こえ、アンネマリーは戸惑いと不安に襲われる。

これまで見向きもされていなかったのに、注目する者がいきなり増えたようだった。その上、皆の言う通り、ギルバートはアンネマリーを望んではいない。もしも他に手を上げる男性が現れたら、彼はきっとあっさり譲るだろう。

ギルバートにも聞こえていたかな、と見上げると、ずっとこちらを見ていたのか、すぐに視線が絡まった。彼は微笑みを浮かべる。

「……会場に入った時は、変な話をしてごめんね、マリー。もしも他に気に入った男が現れたら、気にせず言ってくれて構わないよ。君はこれから、多くの男に望まれるだろうからね」

「――……」

アンネマリーは冷や水を浴びせられた心地になり、また視線を落とした。

会場に入った時、アンネマリーはギルバートに対して、好きな人がいたら気にせず言ってねと話した。彼に想い人があるなら、申し訳ないと思ったから。それがなぜか、自分の方に好きな人ができる話にすり替わっていて、困惑した。

よほどこの婚約が嫌なのだろうか。さっさと他の男を選べと言わんばかりに感じ、彼女は目尻に涙を滲ませた。

二人の足元に視線をやったまま、アンネマリーは小声で尋ねる。

「ギルバートは……私以外の人と結ばれたいの……？」

彼は、何も答えなかった。それは肯定を意味しているのだと思い、ズキッと胸が痛んだ。彼がどんな顔をしているのか見るのも怖く、俯いているうちに、一曲目は終わった。ギルバートの手が、一方の手から離される。

「ギル……」

やっと視線を上げると、彼は宴に入った時に声をかけてきた貴族令息に、アンネマリーを譲ろうとしていた。

赤毛に榛色の瞳の、二十歳前後とみられる青年だ。彼は喜色を浮かべて歩み寄り、ギルバートからアンネマリーの手を受け取る。

「よろしくお願い致します、アンネマリー姫。改めて自己紹介を致しましょうか。私はアスムス侯爵家の次男、ティモと申します」

「では、よろしく頼む」

ギルバートがティモに声をかけ、すっと離れていった。途中で他の令嬢が進み出ると、彼は作法にのっとり、ダンスに誘う。

社交場では、男性は女性が目の前に進み出ると、ダンスに誘うのがルールだった。心なしか、その令嬢へ向けられた彼の笑みは、アンネマリーへのそれよりもリラックスしている。

二曲目が始まり、アンネマリーは視線を戻し、にこやかに微笑むティモと踊り始めた。彼のリードも、こなれていて踊りやすかった。音楽に合わせてふわりと揺れる髪や、ドレスに視線を注ぎ、彼はそっと耳打ちする。

「今宵のドレスは大変お似合いです、アンネマリー姫。とてもお美しくあられる」

ギルバート以外からもらった、初めての賛辞だった。けれどギルバートに妻として望まれていないのだと感じた胸はいまだ凍えていて、彼女はぎこちなく笑い返す。

「ありがとう、嬉しいわ……」

「いつも姉姫様方の後ろに控えていらっしゃる印象だったので、ここまでお美しく成長なさっていたとは気づきませんでした」

姉の後ろに控えていたのではない。単純に、殿方に求められず、出番がなかっただけだ。

いいように言ってくれているのだろうなと好意的に受け取り、アンネマリーはお礼を言おうと彼を見上げ、目を瞬いた。

目が合ったと思ったが、ティモの視線は少しずれていた。アンネマリーの顔の下に向けられていて、何かしらと同じところを見下ろす。そしてさっと頬に朱を注いだ。

彼が見ていたのは、間違いなくアンネマリーの胸の谷間であった。

脳裏に、リーフェの言葉が蘇る。

『大きな胸がお好きな方も割といるから、大丈夫よ』

——本当に、いるのね……。

アンネマリーは背が低く、大きな胸が余計に目立つ。それを悩ましく考えていたが、姉の言う通り、これを好む男性もいるらしい。

——だけど、凝視されるのは恥ずかしい……。

アンネマリーは目を泳がせ、小声で言った。

「あの……あまり見つめられると……その……」

胸を見ないでとはっきり言うのもなんだし、と言い淀む。視線をアンネマリーの顔に戻したティモは、目を細めた。

「おや、見つめるだけでそのように恥じらわれるとは、アンネマリー姫はとても初心でいらっしゃるのですね。……このあと、よろしければ庭園などへ行きませんか？　夜風が心地よいですよ」

アンネマリーはドキッとする。口説かれた経験はないながら、その誘いには危うい響きがあり、散策だけでは終わらないのだろうと想像できた。

婚約者がいるのに——と驚き、慌てて首を振る。

「い、いいえ……っ、ま、まだ、ダンスを楽しみたいので……」

「そうですか。お気が変わられましたら、いつでもお声をおかけください」

ティモは気を悪くせずに引いてくれ、アンネマリーは安堵した。

その後も次々とダンスを求める男性が現れ、ついていけない心地だった。

今夜の参加者は国王軍に所属している血気盛んな年頃の青年が多いからか、皆直球で誘ってくるのだ。

二人で庭園に行こう、デートをしよう。——そう言う青年たちの視線は、アンネマリーの唇や鎖骨、胸元をちらちらと見ていた。

気を抜いたらすぐにもどこかに連れ去られそうで、アンネマリーは恐怖しかなかった。

お手付きと噂されようが、当人は依然、何も知らない生娘である。

五人目となるお相手に手を取られていたアンネマリーは、エスコートで腰に添えられていた手でするりとわき腹を撫でられ、びくっと背を震わせた。

白金の髪に翡翠の瞳を持つ伯爵令息――フーゴは、戦時中は国内警備に回っており、今夜は貴族令息の一人としてこの宴に参加しているらしかった。彼は驚くアンネマリーを見下ろし、にこやかに笑う。

「ああ、失礼致しました。あまりに美しいラインだったもので、つい」

アンネマリーは、眉をつり上げた。どう言おうと、不埒な触り方をしてよいわけがない。

「おっと、気分を害しましたか？　申し訳ありません。ですがこれも、貴女が魅力的にすぎるせいではありませんか……？」

青年は勘気を見逃さず、身を屈め、アンネマリーの耳元でさも自分に非はないと言いたげに囁いた。整った顔をしているから、もしかしたら女性に人気があるのかもしれない。彼に好意があれば、まんざらでもない反応を返す人もいるとは思う。

しかしフーゴになんの恋愛感情も抱いていないアンネマリーは、ぞわぞわと寒気に襲われるだけだった。いっそ逃げ出したいけれど、ダンスを途中放棄もできない。

助けを求め、アンネマリーは会場にいるはずのギルバートを目で探す。そして見つけた拍子に、ドキッとした。

ギルバートは、アンネマリーと踊っていた時と同じように、他の令嬢を見つめていた。年若い少女は社交界デビューしたばかりなのか、時々足元がおぼつかない。しかし彼が上手くフォローして、優雅にステップを踏んでいる風に見えていた。

リードされる少女は、彼と目が合うと、ときめきを隠し切れず頬を染める。その瞬間、ざわっと胸に嫉妬の炎が燃え上がった。自分にそんな気持ちを抱く権利はない。アンネマリーはすぐに内心で自らを窘め、視線を戻した。ギルバートは、アンネマリー以外の令嬢がいいと考えているかもしれないし、他に想う人がいた可能性だってあるのだ。

ましてや、長く社交場に出ている彼に、恋愛経験がないはずもない。恋をして交際し、そして結婚を望むも、血筋を理由に親に許されず結ばれない。そんな苦しい恋をしていて、想い人が諦められず、アンネマリーを頑なに拒んでいるのかもしれないではないか。

——強引に婚約を結んだ私が、悋気を見せるなんておかしいわ……。

アンネマリーは我が儘な心を咎め、それでもギルバートが他の女性に恋をしている様を想像すると、どうしようもなく苦しくなった。つい今し方、彼自身にも他の男を選べと言われたばかりだ。妻に望まれていないのだけは確かで、アンネマリーが彼の想い人になるのは遙かに難しく思われた。悲しくて目に涙が浮かび、息が震える。

様子がおかしいと気づいたフーゴが、顔を覗き込んだ。

「……アンネマリー姫……？」

——王女は臣下に涙を見せてはいけない。

刷り込まれた矜持から、彼女は顔を背けた。ちょうど楽曲が終わり、心底ほっとする。

「……ありがとう、楽しかったわ。私は少し疲れたから、休憩するわね」

視線を逸らしたまま言うと、彼は小首を傾げた。

「それでは、ご一緒に」

「……いいえ、貴方も宴を楽しみたいでしょうし、結構よ」

今にも泣いてしまいそうだったアンネマリーは、震える吐息をのみ込み、短く断りを入れて彼の前を通り過ぎていった。


迎賓館のテラスに出たアンネマリーは、想像以上に騒がしい状態に驚く。宴は始まったばかりだが、ダンスにあぶれた騎士たちが集まって、酒を酌み交わしていたのだ。

騎士の中にヴァルターが交ざっているのが見え、気配を感じた彼が振り返る。

「あれ、アンネ……」

動揺していたアンネマリーは、ヴァルターと話せる気がせず、気づかぬ振りで足早にテラスを横切った。一人になりたくて、庭園へと繋がる階段を下り、庭を通り抜けて中央塔へ繋がる広い舗装路を横切る。その先に行けば、静かな花園が広がる東園があった。

今夜は何もかもがめまぐるしく変化していて、心が波立っていた。

ギルバートと無理に婚約したと非難されるのは仕方ない。しかしそのギルバートにはなぜか宴の始まりに悋気じみた苛立ちを見せられ、かと思えば他の男を選べと言われる。その後いきなりたくさんの男性にデートに誘われ、今までにない邪な視線どころか、変な触れ方までされた。果てには他の令嬢を見る彼の優しい眼差しに、嫉妬を覚えた。

アンネマリーは瞳に涙の膜を張ったまま、急いで東園へと赴き、そこで足をとめる。ギルバートといつも一緒に過ごしていた花園が目の前に広がり、胸のつかえが少し取れた。肩の力を抜き、はあ、と息を吐く。その時、背後で草を踏む音がして、アンネマリーはびくっと振り返った。そして目を瞠る。

月明かりの中、白金の髪がまばゆく輝いた。彼は翡翠色の瞳を細め、甘く言う。

「お一人でこのような場所に来られるのは、危ないですよアンネマリー姫」

「……フーゴ……？」

同伴しなくてよいと言って別れたはずのフーゴが、にこやかに微笑んで立っていた。動転していたアンネマリーは、追う者があるとは気づいていなかったのである。彼女は周囲を見渡し、不安を覚える。東園の花園には、彼女とフーゴ以外、誰もいなかった。婚約もしていない男性と二人でいる姿など誰かに見られたら、あらぬ噂が広まってしまう。アンネマリーは顔色悪く、首を振った。

「……だ、大丈夫よ……フーゴ。私は一人になりたかったの」

――だから貴方は下がって。

そう言おうとしたが、フーゴは気遣わしげに眉尻を下げ、アンネマリーの手を取る。

「……ギルバート閣下が、他のご令嬢を虜になさる姿を見て、ショックを受けられたのではありませんか？」

アンネマリーは、肩を揺らす。他の令嬢がギルバートにときめく姿を目の当たりにして、嫉妬を覚えたのは事実だ。しかし感情が顔に出てしまっていたのかと、動揺した。

「そんな……ことは」

フーゴはお労しいと言いたげに首を振る。

「……アンネマリー姫は、社交界デビューなさったところで戦が始まったので、あまりご存じではないのでしょう。あの方は、昔から女性に人気があるのです。宴に出れば必ず令嬢に取り囲まれ、望まれるままダンスに興じる。噂では、来る者拒まずだとも……」

アンネマリーは目を瞠り、フーゴを見返した。噂なんて当てにならない。わかっているのに、他の令嬢がギルバートと親密な関係にあったのだと想像すると、胸がまた苦しくなった。やはり彼には、結婚したいと思っていた令嬢がいたのではないだろうか。そう考えると、瞳に涙が込み上げてしまった。

今にも泣きそうな弱々しい表情に、フーゴの口元が微かに弧を描く。彼は瞳を輝かせ、甘ったるく囁いた。

「……アンネマリー姫……あの方は、一度は貴女との婚約を拒まれました。いくら武勇の将といえど、立場を弁えていらっしゃらない。そのような心ない方よりも、私の方がずっと貴女をお幸せに――……」

思考に気を取られていたアンネマリーは、いつの間にかフーゴの顔が間近まで迫っていると気づき、はっとする。このままでは、唇が重なる。

慌てて拒もうとした刹那、何者かが彼の首を背後からガッと摑んだ。フーゴの肩口にぬっと現れた端整な青年の顔に、アンネマリーは本能的に息をのむ。

常に優しく微笑む空色の瞳は、殺意一色に染まっていた。彼はアンネマリーに迫っていたフーゴを横目に睨み据え、聞いたこともないどす黒い声で尋ねた。

「……俺の婚約者と何をしているんだ、フーゴ・シンケル……？　死にたいなら、今すぐくびり殺してやるぞ青二才……」

その声だけで、フーゴは顔面蒼白になった。普段の訓練などで実力の差を承知しているのか、怒気に竦み上がったのか、はたまた既に首が絞まっているのか――彼の視線は無様に彷徨う。

アンネマリーの唇を奪おうとしていたフーゴをとめたのは、一国を落とす要となった武将――ギルバートであった。

急いで来たのか、彼の前髪は乱れ、額にはうっすらと汗が滲んでいる。そして放たれている怒りの気配は空気が痺れるほどで、フーゴはごくりと唾を飲み込み、震え声で答えた。

「い……いえ……、わ、私は、その……ア、アンネマリー王女殿下の警護を……」

苦しい言い訳だった。宴に参加していた彼は、警護部隊ではない。

ギルバートは眉間に深く皺を刻み、フーゴの襟首を摑んで後方へ力任せに投げ飛ばす。

「ぐ……っ」

フーゴは花園の中に尻餅をつき、ギルバートは彼の日の前に立ちはだかった。射殺せそうな底光りする鋭い視線を注ぐ。

「――そうか。ここまでの護衛、ご苦労だったな、フーゴ。彼女の婚約者として、感謝しよう。……間違ってもアンネマリー姫と二人きりになったなどと、くだらぬ噂を広めるな。お前と彼女の噂が耳に入ったら、容赦はしない。――理解したか？」

地を這うような怒りの声は、聞いているだけでも肌が粟立った。その上冷酷な視線まで注がれていたフーゴは泡を食い、こくこくと頷くと、這々の体で迎賓館に戻っていった。

さあっと花の香りがする冷えた空気が通り抜け、フーゴの背を睨み据えていたギルバートは、息を吐く。そして振り返った彼の視線に、アンネマリーは身を竦めた。

ギルバートの瞳は、まだ怒りを孕んでいた。空に昇った月に煌々と照らされ、笑みのない顔がはっきりと見える。彼の髪先は金色に輝き、切れ長の目は、アンネマリーの衣服に乱れがないか一通り確認するように動いた。宴の始まりと変わりない姿に、安堵した息を吐く。

月明かりで色を失った花の中に佇むアンネマリーにゆっくりと歩み寄り、感情を抑えた声をかけた。

「――マリー、不用意に男と二人きりになってはいけない」

ギルバートの注意はもっともで、結果的に軽率な行動を取ってしまった彼女は、恥ずかしさに頬を染める。

「……ご、ごめんなさい……。一人で来たつもりだったのだけど……混乱していて、誰かが追ってきていると気づいていなかったの……」

ギルバートの瞳から、少し怒りの気配が消える。

「……混乱……？」

アンネマリーは眉尻を下げ、ため息を吐いた。

「……ええ……。なんだか今日は、たくさんの人にダンスを乞われて、その……デートとかにも誘われて……わけがわからなくなったの。……それに、ギルが他の女性とダンスをしている姿を見たら嫌な気分にもなってしまって……。一人になろうと思ってここに来たのだけど、そうしたらいつの間にかフーゴが後ろに立っていて、ギルバートは来る者拒まずだとかいう話まで聞かされて……」

訥々と話すうちに、一番動揺する原因となった、彼には妻にしたい恋人がいたのではないかという嫌な想像が蘇り、アンネマリーは再び重苦しく息を吐いた。

ギルバートが頬を強ばらせ、アンネマリーは物憂く俯く。

「……ギルは大人だもの。恋人の一人や二人いたって当たり前よ。わかってるわ……」

初恋に気づいたばかりで、本当は彼の過去の恋や、現在他に想い人がいるのかどうかも聞ける心地ではなかった。聞いたら最後、心はぐちゃぐちゃに乱れ、泣いてしまう予感がする。しかしアンネマリーは王女であり、ギルバートより地位が高い。身分を笠に着て、彼の恋路を邪魔するのだけは嫌だと、覚悟を決めて尋ねた。

「……妻にしたい恋人がいたなら……どうぞ臆さずに言っていいわ。貴方からは言いにくいだろうから、私からお父様にちゃんとお伝えする」

悪い想像で頭がいっぱいになり、瞳が潤んだ。それでもきちんと話を聞かねばと顔を上げ、ギルバートをまっすぐに見つめると、彼は怪訝そうに首を傾げた。

「……いや、そういう人はいないよ。養子であることが問題になってどうせよい結果にならないから、少なくともこの数年は誰とも恋仲になっていない」

はっきりと否定され、アンネマリーは目を瞬かせる。

「……そんなことより、君の方はどうなのかな？　もしかして、フーゴを気に入ってしまっていたりするのだろうか……？」

考えてもいなかった質問をされ、アンネマリーはぽかんとした。ギルバートはアンネマリーが答える前に、乱れた前髪を掻き上げ、視線を逸らす。

「……もしも君が恋をしたなら応援したいけど……フーゴは薦められない。……あの男は女性関係が派手で、君を任せるには軽薄すぎる」

アンネマリーは眉を顰めた。アンネマリーが好きなのはギルバートなのに、他人に恋をしていると勘違いされて、気分が悪かった。しかもその相手に条件をつけるとは、いかにも自分は妹としてしか見られていないのだと感じる。ギルバートにとってアンネマリーは、どうしたって恋愛対象ではないのだ。

わかっていたはずなのに、現実はあまりにやるせなく、涙が滲んでしまった。涙を隠すため、アンネマリーはツンと顔を背けて言い返す。

「……私との婚約は拒んだくせに、次の恋のお相手には条件をつけるの？　私が誰に恋をしようと私の勝手だわ……っ」

彼は視線を戻し、困った顔をした。

「……マリー、若い頃は口が上手い男に惹かれてしまうものだけど、よく見ないとダメだよ。言っただろう？　〝油断していたら悪い男に捕まってしまうから、気をつけないと〟って」

それは、もうずっと昔のような——戦も始まる以前の会話だった。遠征に出た彼を迎えに行って、雑談をした時に聞かされた注意。

胸に懐かしさが広がり、郷愁から心が乱れた。

いっそあの頃のままでいられたら、どんなによかっただろう。恋心を自覚さえしなければ、誰のもとへ嫁いだって平気だった。彼の恋路を想像して苦しむことも、叶わぬ自分の恋に悲しくなることもなかった。

アンネマリーは肩を落とし、俯く。震える息を吐き、腹の前で両手を握って答えた。

「……もう遅いわ……。私は、とっくの昔に油断して、悪い男に捕まってしまったもの」

ギルバートがぎょっと目を剝いた。

「誰だ？　フーゴと何かあったのか？　それとも今日以前に、誰かと想いを通わせたのか？　――悪いようにはしないから、誰か教え……っ。……。……マリー？　捕まったって、どういう意味で言ってるのかな……？」

もしやもう手を出されているのかとでも言いたげに、彼はどんどん青ざめていった。

アンネマリーは口元を歪める。見当違いもいいところだし、アンネマリーの心が自分に向かっている自覚が全くないその反応は、腹立たしくすらあった。

婚約してから毎日のように素直な気持ちで振る舞っているのに、意識もされていないとは心外だ。

アンネマリーはすうっと息を吸い、眼差しをきつくして、はっきりと言った。

「――私を捕まえた悪い男なんて、貴方以外どこにいるというの？」

ギルバートは、何を言われたのか理解できない顔をした。

アンネマリーは、更に苛立つ。普段は何においても気の利くいい男のくせに、肝心なところで察しが悪いとは何事だ。

確かに出兵前のキスは、いきなりだった。互いの気持ちも確かめずに唇を重ねた。でも言わずともわかろうものだ。

——あんなに激しいキス、好きでもなければ受け入れられないと思うわ……。

思い出すと羞恥心が込み上げ、アンネマリーは頬を染める。けれどちゃんと言わないと彼はわかってくれないようなので、諦めの境地で告げた。

「……私の心は、すっかり貴方に捕らわれているると言っているの。だから別の男性をお薦めするような、無駄な真似はやめてくれない？　貴方と結婚できないなら、政略結婚でも組まれない限り、私はどなたのもとへも嫁ぐ気はないわ」

勘違いもできそうにない赤裸々な告白をすると、ギルバートは呆然とアンネマリーを見つめた。そして額を押さえ、首を振る。

「……いや。……それはきっと、勘違い……」

自分の想いを否定されかけて、アンネマリーは瞠目した。鋭い刃で深く胸を刺し貫かれた心地になり、瞳にみるみる涙が込み上げる。彼はぎくっと焦り顔になり、アンネマリーは眉をつり上げた。決して気持ちを受け取ってくれない彼が憎らしく、声を張った。

「……皆の前で拒むくらいだもの、迷惑なのはわかってるわ……っ。でも私の恋心まで、否定しないで……！　私の気持ちは、私だけのものよ！」

戦から戻った彼の振る舞いは、捉えどころがない。アンネマリーとの婚約を頑なに拒み、その理由を聞いても、原因はアンネマリーにはないのだと言うだけ。強引に婚約を結ばされたあとは、今までと変わりなく振る舞い、だけど別の男を選べと促して、確実に手を離そうとする。

アンネマリーは、彼を卑怯だと思う。

「ギルは、ずるいわ……っ。外聞を気にしているのかわからないけれど、無理矢理婚約させられたあとも、私に優しく振る舞って……！　でも本心では私がいらないからと、逃げ道ばかり作ろうとしている！　他の男を選べというのだって、責任を感じたくないからでしょう？　お父様は私がいらないなら捨ててよいとおっしゃったのだから、貴方は何も気にせず、適当な頃合いに婚約解消すればいいのよ！　そのあと私が一人になったって、貴方が気に病む必要はない。これは、私の人生なの！」

ギルバートは目を見開き、いつの間にか零れ落ちてしまったアンネマリーの涙を見つめた。抱き締めようとしたのか、腕を広げて歩み寄りかけ、しかし思いとどまって拳を握り、項垂れる。

「……マリー、外聞を気にしてるわけじゃないよ。俺は君を大事にしたいだけなんだ」

「──私に別の男を好きになれと言うのは、大事にしてるわけじゃない……！　ただの自己満足よ！」

ギルバートはぴくっと肩を揺らし、顔を上げた。今になって自らの傲慢さに気づいたのか、動揺し、瞳を揺らしている。

アンネマリーはあまりに悔しくて、涙をとめられなかった。ギルバートは、自分の考える幸福をアンネマリーに押しつけようとしているだけだ。

「私は都合よく動くお人形じゃないの……！　八つの頃から恋をしていたのよ。そう簡単に気持ちは変えられないわ……っ。自覚は遅かったけど、会うたび会うたび貴方を好きになっていった！　私は今も、この世界で一番、貴方が大好きなのよ、ギルバート……！」

恋を叫び切った瞬間、視界が真っ暗になった。ふわっと、彼の纏う香水の香りが全身に纏わりつき、温かな体温に包み込まれる。後頭部と背に大きな手が添えられ、頭上で震えるため息を吐く音が聞こえた。

ギルバートは、その逞しい胸にアンネマリーを抱き竦めていた。

アンネマリーの頭に額を押しつけ、彼は苦しそうな声で呟く。

「……俺も君を愛してるよ……マリー。……本心では、他の誰にも君を譲りたくない」

「――……え？」

アンネマリーは驚き、彼を見上げる。ギルバートは後頭部の手を緩め、アンネマリーを辛そうに見つめた。

「……だけど、俺のせいで君が危険に晒されるのは、嫌なんだ……。俺は、君には平穏無事に、ずっと幸福に生きていてほしい」

彼も自分を想っていると聞き、アンネマリーの鼓動が乱れた。しかし危険に晒されるとは、どういう意味なのか。

「……なんの話……？」

尋ねると、ギルバートは唇を引き結びかけ、彼女はむっと眉根を寄せた。

「……私を大事に思っているのなら、全て納得するように説明するのが男というものではなくて？」

ぴしゃりと正すと、彼は十も年下の少女相手に弱り切った顔をする。しかし逃げるのもここまでと察したのか、「話すよ」と言って、泉近くに建つガゼボへとエスコートした。

ガゼボにある長椅子に腰を下ろしたアンネマリーは、国王夫妻とアルフォンス、その他一部の者だけが知る、彼の過去について教えられた。

エッシェ王国に住んでいたこと、エッシェ王国国王の庶子として生まれ、実母は現在王妃であること。彼自身は王位継承権を放棄しているが、隣国の王宮に住んでいる間、前王妃の息子――王太子のクリスティアンに疎まれ、毒を盛られていたこと。

彼の手を逃れ、十六歳で全てを捨ててアッシャー侯爵家の養子になったが、出兵直前、再びクリスティアンに見つかり、手紙が届いたこと。

「……俺は自分のしがらみに、君を巻き込みたくはないんだ。もしもクリスティアンが俺への攻撃のために君を傷つけでもしたら、恩義あるこの国の人々に申し訳が立たない。……だから婚約も拒んだ」

想像もしていなかった怒濤の人生を教えられ、アンネマリーはしばらく呆然としていた。母子家庭で育つのも苦労が多かったろうに、王宮へ上がっても安心できないとは、なんと過酷なのか。しかも最後には両親との縁を断ち、アッシャー家へ養子に入った。

出会った頃、彼は気のいい青年でしかなかった。しかし母を置いて他国へ移らざるを得なかった彼の心は、相当疲弊していただろう。一般階級出身者として多くの差別に晒され、その上で血筋の問題を克服するため、努力を重ね、武将にまで上り詰めた。常人には不可能な域の偉業である。

ゼロから再び成り上がった彼を、アンネマリーは心の中で尊敬した。それと共に、心配にもなる。ギルバートは、生まれた時に授かった名を捨てたのだ。

「ギルの元の名前は、なんというの……？」

ずっと違う名で呼び続けていた彼女は、そちらで呼んだ方がいいのではと、憂いを顔に乗せた。

ギルバートは瞬き、眉尻を下げて笑う。

「ああ、元の名に未練はないから、大丈夫だよ。新しい名も両親からもらったしね。……俺にとっては、君が幼い頃から呼び続けてくれている〝ギルバート〟が、もう本名だ」

「そう……」

異なる名で呼ばれ続け、苦しんでいたわけではないと言われ、彼女はほっとした。そこでふと疑念を抱き、首を傾げる。

「……だけど、それじゃあどうして、私にキスしたの？」

出兵前にクリスティアンから手紙が届いていたなら、キスをした時、彼は危険を承知していたのだ。それなのになぜ口づけたのか。

不思議に思って顔を覗き込むと、彼は額に冷や汗を滲ませた。明らかに狼狽し、目が泳ぐ。しばらく黙って考えたあと、申し訳なさそうに答えた。

「……ごめん。俺を失うのを恐れて泣く君が可愛くて……我慢できなかった」

単純な理由は却って真実味があり、アンネマリーは頬を染める。ギルバートは俯き、ため息交じりに続けた。

「……死んでもおかしくない戦になるのはわかっていたし、するべきではないのはわかっていた。だけどどうにも、君の涙を見た瞬間——他の男に譲るのが惜しくなったんだ」

——『そんなの、自分を忘れるなと言っているようなものじゃない』

不意にリーフェのセリフが脳裏に蘇り、アンネマリーは恐る恐る確認する。

「……戦死しても忘れさせないように、口づけたの……？」

ギルバートはこっちらを横目に見て、苦笑する。

得できる。

「……そうだよ。最低だろう？」

最低とまではいかないが、残酷だとは思う。だけどそれなら、彼のこれまでの行動も納得できる。

「……予想に反して生きて帰れたから、責任は取れないと逃げ回っていたのね……」

娶るつもりなんてなかった。ただ刹那的な激情に流され、キスをしただけだったのだ。

しゅんと項垂れると、彼はさっとこちらに顔を向ける。

「……いや……君にキスをしたからこそ、生きて戻ったんだよ。もう一度君に会いたくて、死に物狂いで戦い続けた」

さらりと心を揺さぶる言葉が放たれ、アンネマリーは身を強ばらせる。彼は眉尻を下げ、そっと顔を寄せて囁いた。

「……戦の間、君を忘れた日はなかったよ……マリー。眠りに落ちる時はいつも、君を思い出していた。また君の笑顔を見たくて、仕方なかった」

吐息も触れそうな距離で立て続けに睦言が繰り出され、先程以上に顔が赤くなる。空色の瞳はとろりと自分を見つめ、まるで誘うかのように艶やかだった。

鼓動が乱れ、胸いっぱいに「好き」が溢れてしまう。しかし理性を総動員して身を引き、ギルバートを睨みつけた。

「ど……っ、どうしてそういうこと言うの……っ？　私を娶れないのなら、貴方をまた好きになってしまうセリフなんて吐かないで……！」

無意識でしたのか、彼はしまったと顔に書いて、身を離した。だが片手で顔を覆い隠してため息を吐くと、手を下ろしてアンネマリーを見下ろし、にこっと微笑んだ。

「ごめん。本心では君を娶りたいし、誰にも譲りたくないから、つい口説いてしまった」

またもときめく言葉を吐かれ、アンネマリーの鼓動は激しく乱れる。

そんな風に言われては、どうしたらいいのかわからない。結婚もできないのに、無責任だ。けれど非難する気持ちより、彼への恋心の方が上回り、アンネマリーは途方に暮れた。

ギルバートは頬杖をつき、赤い顔で俯く彼女を眺める。次第に空色の瞳は真剣味を帯びていき、彼はぼそっと言った。

「……マリー……。俺が君を攫っても、許してくれないか……？」

「――へ？」

何を質問されたのか理解が及ばず、彼女は変な声を漏らした。ギルバートはふっと笑い、顔を背ける。

「……いや、ごめん。聞かなかったことにして。そんな真似をしたら、君のご家族に申し訳ないな」

王女としてそれなりに教養のあるアンネマリーは、少し考え、彼の言葉の意味を理解した。

内容までは聞いていないが、クリスティアンから届いた手紙は不穏だったはずだ。そうでなければ、婚約を拒もうとはしない。

相手はビルケ王国では歯が立たない大国の王太子。ギルバートは自身のせいでビルケ王国に不利益が生じるならば、国を出ようと考えているのだろう。だからアンネマリーを娶れないし、いっそ連れ去ろうかと考えた。

散々婚約を拒まれたので、何を考えているのか全然理解できなかったけれど、彼は案外にアンネマリーを想っているらしい。

結ばれてはならない状況でも、両想いなのは嬉しく、胸が温かくなった。静かに泉の水面を見つめるギルバートの横顔は美しく、逸る胸を抑え、穏やかに話しかける。

「……だけど、将来的に危険な状況になりそうなら、お父様は私を貴方に降嫁させようなんて言わないと思うわ」

父は無責任な人ではない。戦の方針を防衛から侵攻へ変えたのも、その案を出したアルフォンスを総指揮官に据えたのも、将来を見据えてのことだ。次期国王として臣下の命を預かって戦へ出陣し、勝利を掲げ、民意を彼に集めるため。

何時も先々まで見通して動く父が、無為に大切な娘であるアンネマリーを与えるはずがなかった。

そう言うと、ギルバートは眉根を寄せる。

「……無礼だけど、その点だけは、陛下もアルフォンスも楽観的すぎると考えている」

泉に注がれた鋭い眼差しで、そこだけは譲れないのだなと察せられた。アンネマリーは眉尻を下げ、嘆息する。

「――そう。じゃあ、私を連れ去ってもいいとお約束するわ」

「……ん？」

自分で聞いたくせに、彼は訝しそうに振り返った。アンネマリーは目を据え、わかりやすく言い直す。

「貴方がこの国を出なければいけない事態になったら、私を連れ去ってよいと申し上げているの。王女として生きてきたから、一般的な生活をするのは難儀するかもしれないけれど、今からでも練習をしておくわ。生活はどうしましょうね。教養はあるから、家庭教師ならできるかしら。刺繍も得意だし、時間があれば複数お仕事をしていくとか……」

「マリー、待ってくれ。そこまで現実的に考えてくれてありがたいけど、俺は君を連れ去るつもりは……」

ギルバートが焦ってとめ、アンネマリーは驚いた。

「まあ、私を自分のものにしないの？　貴方が捨てたら、私は政略結婚を組まれない限り、一人きりで過ごすのよ？　……いいえ、私は王女だから、きっと新しい縁談が組まれるわね。そうね、一度婚約してしまっているから、次は妻に先立たれたどこかの老貴族の後妻に収まるのが関の山かしら」

最悪のケースをあげつらうと、想像したのか、ギルバートはぐっと言葉に詰まる。

アンネマリーはにこっと微笑んだ。

「そしてクリスティアン殿下が何もしてこなければ、貴方はこの国に留まるのでしょう？　貴方はきっと、私の挙式の護衛に使われるわね。私が老貴族の後妻として娶られ、神に偽りの愛を誓って口づける姿を、貴方は間近で指を咥えてご覧になるの。そうしてもちろん、私はその老貴族と閨を共にするのよ。お姉様方に劣ろうと、私は若いもの。旦那様だって、一度は夫婦の契りを結ぼうとされるに決まっているわ。もしも私の体を気に入られたら、その後も何度だって……」

「――マリー、もういい」

ギルバートが耐えかねたように顔を両手で覆い、とめた。

アンネマリーはきょとんとする。

「……あら、いいの？　それでも私はいらないという意味？」

「……っ」

彼は顔を隠したまま歯を食いしばり、アンネマリーは腕にそっと触れ、耳元で囁いた。

「……ねえ、ギル。貴方は私の挙式で護衛をするの？　それとも夫として、私と式を挙げる？　……愛する夫には、毎晩甘いキスを贈るとお約束するわ」

彼は微かに呻き、顔を上げた。こちらを見下ろし、少し怒った顔で自分に触れたアンネマリーの手を摑む。

「マリー、あまり煽らないでくれ。戦から戻って以降、君に触れたいのをずっと我慢しているんだ。……手放さないといけないとわかっているのに、君がいつもと違うドレスを着ているのを見ただけで、他に男ができたのではと疑い、確認してしまう有様だ。それに、君に他の令嬢を娶っていいと言われた時など、自分以外の男を夫にしようと考えているのかと想像して、嫉妬が抑えられなかった。……俺は今、とてもじゃないが冷静ではない」

「……まあ」

宴の直前と始まりで見せたあの不機嫌は、そんな理由だったのかと、アンネマリーは呆気にとられた。これまでどんな人生を送ったのかが忍ばれる、思考回路である。

言動の裏を読みすぎだ。

彼は大仰にため息を吐き、顔を背ける。

「今だってそうだ。フーゴが君を追って庭園に消えたとヴァルターから聞いた瞬間、絶対に触れさせたくないと思って、全力で探した。君の想いを聞いて内心喜んでしまったし、他の男にやらねばならないのに、やりたくなくて口説いてしまう。――こんな支離滅裂な状態は、初めてなんだ……」

そういえば、ギルバートは実にタイミングよく現れた。あれは、庭園に下りるアンネマリーとそれを追うフーゴに気づいたヴァルターが、ギルバートに忠告を入れてくれたからだったらしい。気の利くヴァルターに、アンネマリーは内心で感謝した。

ギルバートは酷く悩ましげに視線を落とし、アンネマリーはとくりとくりと恋心で逸る胸を抱え、彼を見つめる。片手を摑まれたまま彼の顔を覗き込み、視線を向けたギルバートが何かを言う前に、そっと瞼を伏せて、触れるだけのキスをした。

ギルバートは目を見開き、アンネマリーは頰を染める。自分からキスをするなんて、はしたないと思われたかなと不安を覚えつつ、にこっと笑った。

「……ギル。私が好きなのは、貴方だけよ。……貴方以外の男性とは、結ばれたくないの。もしも貴方が国を出て行かなくてはならなくなったら、私を連れ去っても、捨ててしまっても、どちらでも構わない。でもせっかく婚約をして、お互いに想いがあるのだもの。……今だけでも、私と恋をしましょう……？」

どう抗おうと、既に婚約は結ばれた。ギルバートが手出しせずとも、婚約を解消されたら再婚扱いに変わりはないし、誰も無垢な少女だなんて思わない。

それならせめて、僅かな期間でも彼と恋人として過ごしたい。

甘く誘われた彼は、言葉を失った。苦しげに眉を顰め、葛藤する間を置いたあと、アンネマリーの頰をそっと撫でる。

「……君と恋をしてしまったら、俺は一生手放せない。それでも許してくれるだろうか」

揺れる声で問われ、アンネマリーは頷いた。

「ええ、もちろんよ」

ギルバートは複雑そうに微笑み、アンネマリーの手を取って立ち上がらせる。

「ギル……？」

戸惑って名を呼ぶと、彼は足元に膝を折り、深く頭を垂れた。

「……永遠に貴女お一人を愛し、慈しむと誓約申し上げる――アンネマリー姫」

真摯にこちらを見上げた彼と視線が合い、アンネマリーは瞳を潤ませる。

騎士の正装を纏い、月光を浴びて永遠の愛を誓った婚約者は、誰よりも見目麗しく、そして誠実な眼差しを注いでくれていた。愛しさが胸に広がり、彼女は応じる。

「……私も、貴方だけを永遠に愛すると誓います、ギルバート」

ギルバートは恋情の滲む笑みを湛え、立ち上がると、いつかよりずっと優しく唇を重ねた。

三章

あと数時間もすれば夕暮れになる頃――ギルバートは、中央塔三階にあるアルフォンスの執務室にいた。三日後に迫った、エッシェ王国使者の歓迎式典警護について、詳細を詰めるためだ。戦を機に、ビルケ王国国王は采配を徐々にアルフォンスに委譲しており、今回の式典も彼が責任者となる。

アルフォンスの執務室には、扉を開けた正面に執務机があり、その右手奥に複数人で取り囲める大きな石造りのテーブルがあった。そこは戦の陣営を各将軍らと検討した場所でもあり、壁面には詳細な近隣諸国の地図が今も貼られている。

部屋の奥には彼が使う政治学関係の専門書や戦略本がずらりと並ぶ書棚があり、その脇にはワインボトルを並べた小振りな棚も置かれていた。

ギルバートは石造りのテーブルに配置図を乗せ、椅子の一つに腰掛けて説明する。

「謁見時はヴァルターを中心にして陛下の護衛を組もうと考えているが、問題ないか？俺かレオンハルトを配置しても構わないが、その後の宴に少々遅れる」

隣国使者を歓迎する歓迎式典は、王宮の西にあるレルフェ館で執り行われる。会場規模としては、迎賓館と同等の五百人収容可能な館だ。ここは三代前の王妃が作った館で、天井に半球体の天窓があり、昼は青空を、夜は星空を臨めた。

来賓用の宿泊施設が西塔近くに設けられているため、そこから最も近いこの館が会場に選ばれたのだ。

王との謁見と宴を同じ館で執り行う予定で、使者との対面後、王は宴に参加せず居室へ下がる。そのため、護衛は一度会場を出て、王宮の最北にある奥宮まで王を護衛せねばならなかった。

ギルバートやレオンハルトを配置すると、宴に参加する王女のエスコートがしばらくいなくなる。

机の角を挟んだギルバートの手前の席に腰掛けていたアルフォンスは、頬杖をついて頷いた。

「ああ、ヴァルターで構わないが……お前はどこに入るつもりだ？」

「お前と王女殿下たちの背後に控える」

王の子供たちが立つ予定の会場前方を指さすと、アルフォンスはふっと笑った。

「王との謁見後、俺たちもクリスティアン王子と挨拶をする。彼からお前が丸見えだが、構わないのか」

「……クリスティアン王子は俺が目の前にいるのが心底許しがたいらしいから、できるだけ接触しないに越したことはない。だが俺はアンネマリー姫の婚約者だ。逃げ隠れしてもいずれ顔を合わせる。歓迎式典で配置を変えてもさして意味はない」

その返答に、アルフォンスは顔を上げる。平然としているギルバートを見て、にやっと笑った。

「なんだ、腹を決めたか？　そういえばここ数日、部下たちが騒がしかったな。アンネマリーが可愛いと一気に人気は上がったが、お前が手放しそうにないとかなんとか……」

祝勝の宴から四日経過していた。ギルバートはアンネマリーと想いを通わせ、その後は恋人として過ごしている。その姿を見て、方々で悲鳴が上がっているのだ。

あの宴で、アンネマリーの美しさに当てられた者は多かった。

王妃譲りの整った容貌に、愛らしい笑顔。背は低く、体つきは華奢なのに、胸は豊満で成熟した女性そのもの。アンバランスな造形は却って妖艶で、多くの男が悶々と彼女を想うようになっていたのである。

――よくよく見たら、社交界の中でもトップクラスの美少女だと気づいた。

そういう輩ばかりで、ギルバートは非常に憤懣やるかたなかった。

——見る目がないにもほどがある。大人びたドレスを着ただけで色めき立つとは。

彼女は長年、姉姫たちと比べる心ない声に苦しめられてきた。衣装一つで態度を変える者になど、到底譲る気にはならなかった。

からかい好きのアルフォンスにニヤニヤされるも、ギルバートは真顔で応じた。——何より、もう自分が手放したくない。

「……別の男に譲ろうと考えていたが、どうにも手放せそうにないから、やせ我慢はやめたんだ」

アルフォンスは瞳を輝かせ、ははははっと笑う。

「そうか。とうとうお前が義弟になる日が近いんだな。楽しみだ」

「……何かあったら、彼女はもらっていくぞ」

朗らかに言う彼に、やや暗い眼差しで返すと、アルフォンスは笑みを収め、目を細める。

「……ああ、なるほど。国を出る時は、あれも連れ去る心づもりか。——それは、状況によっては許さない」

そう来るだろうと考えていたギルバートは、平静そのもので恋人の兄を見返した。

アルフォンスは目の奥を鋭く光らせ、口角をつり上げる。

「——悪いが、妹を不幸にする未来が見えれば、容赦なく取り上げる」

ギルバートはすうっと息を吸い、疑わしく友人を見据えた。

「それでは、今時点では未来は平穏だというのだな？」

アルフォンスは肩を竦める。

「そうだよ。そうでなければ、婚約そのものを認めはしない。たとえそれが――戦を終え、疲弊して王都へ戻る道すがら、父王から送られた早馬での打診だったとしてもな」

「……わかった」

ギルバートは、状況によってはアンネマリーを連れて行けないのも理解していた。しかしその時にならねば己の判断はわからず、それでも彼女を連れ去ってしまいそうな己が恐ろしくもあった。

彼の心根が聞こえたように、アルフォンスは肩を叩く。

「まあお前が俺の目をかいくぐってあれを連れ去るか、俺が迅速に取り上げるか、どちらが上手かはわからぬが――ひとまず三日後の使者来訪で先方の出方を見よう。……ともあれ、俺の可愛い妹をよろしく頼むよ、ギルバート」

最後は声音を和らげて言われ、ギルバートも眼差しを穏やかにした。

「……もちろんだ。誰よりも、大切にするよ」

真摯に約束すると、アルフォンスは兄の顔で笑った。

ギルバートがアルフォンスと歓迎式典の打ち合わせをしていた同日、アンネマリーは自室のある東塔から騎士団常駐所へと繋がる回廊を歩いていた。

今夜の月に纏わる素敵な伝承を姉姫たちから聞き、一緒にお月見をしようとギルバートを探していたのだ。

陽が沈み始めた頃で、ちょうど騎士たちは休憩時間に入ったようだった。回廊の先に数名の騎士を見つけ、歩み寄る。

騎士団近くのこの回廊は、休憩中の騎士がよく柱に凭れて雑談していた。女性に話しかける機会を狙っているらしく、時折侍女などを捕まえてデートに誘っている。

アンネマリーの足音に気づいた青年たちは、振り返り、頭を垂れた。

「お目にかかれ光栄です、アンネマリー王女殿下」

「ご機嫌麗しく、アンネマリー王女殿下」

「こんにちは、皆。どうぞ顔を上げて」

許しを出すと、彼らは顔を上げ、にこっと笑う。

「本日も大変お美しいですね、姫様。もしよろしければこのあと共に庭園を散策など致しませんか？」

「いえ、お時間があるようでしたら、小高い丘にでも共に参りませんか？　今夜は晴れそうだと……」

次々に誘われ、アンネマリーの笑みが強ばる。

——何が起こったのかしら……。

祝勝の宴のあとから、アンネマリーの生活は一変した。女性は大して変わらないものの、男性の態度が違うのだ。近くを通ったり見かけたりすると、声をかけられ、ただ挨拶して満足そうな者もあれば、今のようにデートに誘う者もあった。聞いたためしもない、外見への称賛まで増え、嬉しさより不気味に感じるこの頃だ。

イーリスから新たに贈られた白地に青の刺繡が入った、涼やかなドレスを纏った彼女は、気を取り直して尋ねる。

「……えっと、ごめんなさい。ギルバートを探しているの。彼を見なかったかしら？」

ギルバートの名を挙げた途端、彼らは口惜しそうにアンネマリーの顔から足先まで視線を走らせた。

「……もしや今夜は、ギルバート閣下とご一緒にお過ごしになるのですか？」

「えっ」

鋭い質問にアンネマリーはぎくっとし、別の騎士が彼女のドレスに注目する。

「とてもお美しく着飾っていらっしゃいますね。今宵のために新調されたのですか？」

「いえ、その……っ」

次々に想定外の質問を浴びせられ、彼女は答えに窮する。

言われた通り、今日のドレスは今夜のためにイーリスが新たに仕立てさせた。前回贈られたドレス同様大人びたデザインで、今日のそれは胸元に網掛けのリボンがついている。

鎖骨や胸元は晒されているが、アンネマリーが動くたび、スカートに重ねられた薄布が揺れて美しかった。

そんな恰好をしげしげと見られ、アンネマリーは頬を染めてどう答えたものか迷う。と、不意に背後に気配を感じた。同時に、目の前の騎士たちが一斉に敬礼する。

「――お疲れ様であります、ギルバート閣下！」

大きな声に、アンネマリーは肩を揺らした。いつの間にか、制服姿のギルバートが後ろに立っていた。彼はさりげなくアンネマリーの肩に手を乗せ、部下たちに声をかける。

「ああ、ご苦労。休憩中か？」

「――は！」

威勢のいい返事を聞き、彼は微笑んだ。

「そうか。休憩中だろうが、王女殿下に何かを問われたら、速やかに答えるように。時間を問わず、お前たちは王家に忠誠を誓った騎士だ。――自覚を持て」

彼らがアンネマリーの質問そっちのけで話しかけていたのを見ていたようだ。笑顔でも目は笑っていない団長の命令に、青年たちは青ざめた。

「――は！　申し訳ございません……！」

「肝に銘じます……！」

ギルバートは冷たい眼差しで頷き、アンネマリーを見下ろす。こちらには甘い笑みを浮かべた。

「私をお探しだったようですが……いかがされましたか、アンネマリー姫？」

まだ他の騎士が近くにいるからか、彼は畏まった話し方をした。片手には書類を持っていて、どこかから移動してきた様子だ。

アンネマリーは、薄く頬を染める。彼と両想いになれてから四日、どうにも動悸が収まらなかった。

彼の態度は以前以上に甘く、気のせいか、視線や微笑みに色香が漂うようになったのだ。婚約した直後も時折怪しげな眼差しはあったけれど、あの時と今では、少々異なる。以前は気を抜くと取って食われそうな恐怖心に襲われたが、現在の彼は、全体的に雰囲気が柔らかかった。それでいて表情や触れ方には色気があり、目が合うだけでドキドキとさせられる。おまけに二人で過ごす場所が、東園の花園から人気のない森に変わった。

王宮の西園にあるその森は、昼間は明るい光が降り注ぎ、足元には木漏れ日で開花する愛らしい小花が群生している。

そこで彼は木の根元に座り、アンネマリーを足の間に座らせた。腰に緩く腕を回し、穏やかに話しているうちに、とても自然な仕草でキスをする。それはもう愛情深く何度も繰り返され、恋心は溢れる一方だった。恋人になった途端、段違いで甘くされ、アンネマリーは嬉しすぎて気持ちを持てあまし気味だ。

とはいえ、両想いになって浮かれた顔を臣下たちに見せるわけにはいかない。アンネマリーは理性を総動員して、彼に落ち着いた微笑みを返した。

「その……今夜の月は特別な色になると、さっきお姉様たちにお伺いしたの。お仕事終わりで構わないから、私の部屋でご一緒に見ないかしらと思って、誘いに来たの」

王女らしくと思ったところで、用件はプライベート。他の騎士たちに申し訳なくちらっと目を向けると、彼らはなぜか肩を落としてため息を吐いた。

どうしたのかしらと不思議に思うも、ギルバートは部下を気にせず、風で少し乱れた彼女の髪を耳にかけ直しながら頷く。

「ああ、いいですよ。王宮は明るいので、私の家で見ましょうか？　もっとよく見えると思いますよ」

ギルバートの返事に、騎士たちは両手で顔を覆って呻いた。さすがに気になったのか、ギルバートは部下を見る。

「……休憩の邪魔をしてすまなかったな」

ぼそっと言うと、彼らの返答は待たず、アンネマリーの背に手を添えて回廊を進んでいった。部屋まで送ってくれるつもりか、彼は東塔に向かう。

「ほら、やっぱりギルバート閣下が一度婚約を断ったのは、戦で疲弊して、判断を誤っただけじゃないか。絶対別れないぞ、あれ」

「まあ、延々死線を駆け抜けたんだもんな……。戦終わりじゃ、混乱しても仕方ないか」

「あーあ、あんなに美人だったとは、どうして気づかなかったんだ俺……」

　後方で騎士たちがぼやいていたが、ギルバートの提案について考えていたアンネマリーの耳には届かなかった。

　ギルバートとは王宮で会うばかりで、家にはあまり出向いたことがない。言われた通り、王宮は夜も火を灯していて明るかった。今夜の月はなんでも桃色に見えるそうだから、明るくない方がより色を見やすいだろう。

「それじゃあ、ギルのお家にお邪魔するわ。お時間はいつにする？」

　応じると、ギルバートはふっと笑った。

「今日の仕事はもう終わったから、君の準備ができたら行こうか。……ちなみに養父は今夜は宴で出かけてるからね」

「まあ、そうなのね」

　笑顔で返事をしてから、アンネマリーはあれっと思った。アッシャー侯爵は、六年前に妻に先立たれ、現在ギルバートと二人きりの生活だ。その養父がいないとなると、アンネマリーはギルバートと一つ屋根の下に二人きり。

　静かにこちらを見ていたギルバートは、意味を理解し、じわじわと赤く染まっていくアンネマリーの頬を指の背で撫でた。

びくっとして見上げると、彼は甘く微笑んだ。

「……大丈夫、怖くないよ」

意味深すぎる言葉をかけられ、アンネマリーの鼓動は一気に乱れたのだった。


アッシャー侯爵邸は、軍人である主の雰囲気そのままに、厳かな佇まいをしていた。門から屋敷に続く道は整然と平らな石で舗装され、適度な数の外灯に照らされている。その先に現れた屋敷は華美な装飾はなく、外観はシンプル。しかし歴史ある家らしく、魔除けのガーゴイルが雨樋を飾り、壁面には古から伝わる国を守る妖精の伝承図が描かれていた。

「足元、気をつけてね」

屋敷前に馬車が着くと、ギルバートは先に降りて、アンネマリーをエスコートしてくれる。彼は仕事を終え、常駐所で平服に着替えていた。

玄関ホールに入ると、事前に来訪を報されていたらしい彼の家の使用人たちが待ち構えており、頭を下げる。

「お帰りなさいませ、ギルバート様、アンネマリー王女殿下」

他人の家なのに、お帰りと言われるのは違和感があった。しかし婚約者は結婚したも同然に扱われるので、この挨拶が一般的だ。

風が二人の脇を通り抜け、アンネマリーの体から甘い香りが漂う。

ギルバートをお月見に誘ったあと、アンネマリーは一旦部屋に戻り、侍女たちに出かけると知らせた。すると彼女たちは何も言わずとも外泊の準備を始め、湯も浴びていきましょうと、隅々まで磨いてくれた。

ギルバートの意味深なセリフからもそういうことだろうとはわかっていたが、いかにも準備万端。香油まで塗り込められ、非常に居たたまれない。

しかし部屋まで迎えに来たギルバートは、湯を浴びているとわかっただろうに、笑顔で平生通り彼女を馬車へ促した。

大人の男は、無粋な指摘はしない。そう安堵しつつ、気恥ずかしさは拭えなかった。

階段を上って、屋敷の二階にあるギルバートの部屋に通されたアンネマリーは、室内を見渡す。

中央に幾何学模様の絨毯が敷かれ、奥には暖炉が、窓辺には数名が寛げる瀟洒な椅子が置かれていた。壁面には書棚が置かれ、兄の部屋でも見かけた政治学関係の専門書が何冊も並んでいる。ギルバートらしいシックな雰囲気で、月を楽しむためか、燭台の数は少なめだった。

「バルコニーで過ごそうか、軽食を用意させているから」

さりげなく誘って、ギルバートは天井から床までガラス張りの大きな扉を開ける。外に出た途端、涼しい風が通り抜け、眼前に広がる景色にアンネマリーは瞳を輝かせた。

「ギルバートのお部屋って、夜はこんなに綺麗な景色が見られるのね。すごい」

小高い丘の上にあるアッシャー侯爵邸は、澄み渡る空と王都を同時に眺められる造りになっていた。天上には満月が昇っており、深夜まで外灯が灯された街は、まるで地上にも星が瞬いているようだ。

周囲は静寂に包まれ、喧噪も聞こえない。

彼の家にはもっぱら昼間に訪れ、一階のサロンや庭で過ごした経験しかなかったアンネマリーは、心地よさに目を細めた。

背後に立っていたギルバートは、自然な仕草で腰に腕を回してくる。ドキッとして見上げると、彼は甘く微笑んだ。

「今夜の月を一緒に見ようと誘ってくれて、嬉しかったよ、マリー。……月夜のまじないをしようか？」

ゆっくりと顔を寄せながら尋ねられ、アンネマリーは頬を染めた。今夜の月は、普段と違って桃色に見える。それは、不思議な魔力を宿しているかららしい。

「……二十年に一度の妖精の加護って、どんな力があるのかしら」

姉たちから聞いた伝承を思い出し、小声で呟くと、彼は「ん？」と言って動きをとめた。間近でなんの話をしているのかと聞きたげに見つめられ、アンネマリーは答える。

桃色の月は二十年に一度しか見られず、その月光を浴びながら恋人に口づけを贈ると、妖精の加護が与えられる。そう姉姫たちから聞いたと話すと、彼は眉尻を下げて笑った。

「……そう。イーリス王女殿下たちが作った物語なのかな。素敵だけど、今夜の月の本当の伝承は、少し違うよ」

穏やかに否定され、アンネマリーはきょとんとする。

「別の伝承があるの？」

ギルバートはおかしそうにしながら、頷いた。

「あの月の光を浴びながら恋人同士が口づけを交わすと、永遠に結ばれると言い伝えられているんだよ」

「え……っ」

アンネマリーは、かあっと首まで赤くする。

妖精は空想の生物だが、ビルケ王国では国を守る象徴として考えられていた。

古い文献には妖精に纏わるおとぎ話が多く書かれていて、中でもこの国が未曾有の天災に見舞われた時の物語は誰もが知っている。天から雷が落ち、大地が割れ、人々が地の底へのみ込まれそうになったところを、妖精たちがその魔力でもってすくい上げたのだという。

そんな妖精の加護なら、複雑な事情を抱えているギルバートを守ってくれそうだと思い、一緒に月を見ようと誘っただけだった。けれど他人からは、彼女はギルバートと永遠に結ばれたいと考えていると思われていたのである。

姉姫たちはきっと、アンネマリーを応援する意味も込めて、二人で過ごせるように嘘を吐いたのだ。本当の伝承を聞いていたら、自分から誘えたかどうかわからない。

「そ……っ……それは、知らなかったわ……」

恥ずかしくて俯くと、ギルバートは顔を覗き込んだ。

「君と永遠に結ばれる幸運に恵まれたいんだけど、キスをするお許しをもらえるかな、アンネマリー……？」

正式な名を呼んで確かめられ、アンネマリーの鼓動が大きく跳ねた。彼は真摯な眼差しで許しを乞い、アンネマリーは胸を恋心でいっぱいにする。

「もちろんよ……ギルバート」

ドキドキと鼓動を乱しながら頷くと、ギルバートは目の奥を妖しく揺らめかせ、そっと唇を重ねた。

恋人になれてから、二人はもう何度もキスをしていた。だけど彼のキスは巧みで、触れるだけならまだしも、それが大人のキスに変わると、あっという間に頭の中が真っ白になる。息苦しいのに心地よく、水音はいやらしく感じて恥ずかしい。そんな色々な感情がめまぐるしく駆け巡り、最終的に快楽で何も考えられなくさせられた。

今夜も彼は、柔らかく唇を重ね、感触を楽しむように何度か啄み、またしっとりと重ねる。その触れ合いは穏やかで、アンネマリーは彼の動きに合わせて応えた。同じキスを繰り返し、肩の力が抜けた頃、ギルバートは少し唇を離して微笑む。

「マリー……愛してるよ」

甘い言葉にドキッと胸が高鳴り、目を開けた。まだ不慣れなアンネマリーが薄く唇を開いて呼吸すると、彼は再び唇を重ね、口内に舌を滑り込ませた。

「んぅ……っ」

温かな彼の舌は舌裏や上顎、歯列をなぞっていく。ぬるぬるとアンネマリーのそれと絡め合わせられると、敏感に感じ、喉奥から甘えた声が漏れた。

「ん……っ、ん、ん……」

自らの声が恥ずかしく、唇を離してしまいたくなる。しかし彼は更に濃厚に舌を絡め、アンネマリーは背筋を震わせた。水音が響き、舌を淫らに絡め合わせられ、頭の中が次第にぼんやりとしていく。鼓動は乱れ、息も苦しい。だけど気持ちよくて、もっと触れたい。快楽に涙が浮かび、腰に力が入らなくなりかけた時、アンネマリーはびくっと震えた。ギルバートのもう一方の手が、下腹部を撫で、するるっと這い上がってきたのだ。彼は平らな腹から胸まで撫で上げると、柔らかなそれに触れる。

「あ……っ、え……やぅっ、ん……っ」

腰を覆うだけのコルセットを身につけていたため、アンネマリーはまるで直接彼に胸を揉まれたような感覚に襲われた。ギルバートは器用にキスをしながら、淫猥に彼女の胸を揉み始める。

初めて胸に触れられたアンネマリーは、動揺しすぎて、どうしたらいいのかわからなかった。くにゅくにゅと優しく揉まれるたびに得もいわれぬ感覚に襲われ、下腹部がどんどん重くなっていく。ギルバートが唇を離すと、あえかな声が漏れた。

「あ……っ、ギル、や……っ」

「マリー……気持ちいい？」

「あ、あ……っ、ん……っ」

耳元で吐息交じりに尋ねられ、ビリビリと電流が背筋を駆け抜けていく。アンネマリーは頬に朱を上らせ、声を堪えようとした。しかしその意志を裏切り、ギルバートは形を変えた胸の先を布越しに撫で回すと、不意にかりっと引っ掻いた。

「きゃあっ、んっ、あ……っ、ギル……っ声が……誰かに聞こえちゃ……っ」

乳首をくるくると撫で回しては摘まんだり、引っ掻かれたりして、どんどん声が漏れた。だけど二人がいるのは、バルコニーだ。彼の部屋から下げられていても、屋敷のどこかには使用人がいる。たまたま外を歩いている人に自分の声が聞こえたら嫌だと、アンネマリーは涙目で訴えた。潤んだ瞳で見つめられた彼は、こくりと喉を鳴らし、妖しく微笑む。

「そうだね。……じゃあ部屋に行こうか、マリー」

ギルバートはアンネマリーを横抱きにして、寝室に運んだ。

青色で統一されたそこは、中央に天蓋付きのベッドがあり、一方の壁面に書棚が、一角に揃いのソファが置かれていた。寛げるようにだろうか、心地よい香りが漂っている。

ベッドの中央に優しく横たえられたアンネマリーは、不安に瞳を揺らした。

ギルバートは彼女の目の前で上着を脱ぎ、シャツのボタンをいくつか外すと、上に覆い被さる。怯える彼女に甘く微笑み、優しく口づけた。

「……大丈夫だよ、マリー。酷い真似はしないから。……だけどしたくないなら、言ってくれていいよ」

ここまで来て拒まれるのも辛いだろうに、ギルバートは穏やかに尋ねる。

アンネマリーは心臓が口から飛び出してしまいそうに緊張しながらも、彼の腕にそっと触れて応えた。

「……ううん。私を貴方のものにして、ギルバート……」

ギルバートの瞳が揺らぎ、彼は色香に溢れる視線でアンネマリーを見つめると、再び熱いキスをした。

「ん……っ、ん……っ」

キスをしながら、ドレスの胸元のリボンを解かれ、アンネマリーはびくりと震える。口づけは唇から頬、耳へと移っていき、耳朶に舌を這わせられると、ぞくぞくと体が痺れた。

ドレスがはだけ、白く染み一つない豊満な胸が晒される。ギルバートの視線が乳房に注がれ、アンネマリーは腕で自身の目を隠した。

「……マリー？」

心配そうに名を呼ばれ、アンネマリーは震えながらたどたどしく言う。

「……その、胸が小さな方が好きだったら……ごめんなさい……」

大きな胸は、アンネマリーのコンプレックスだった。恋人同士になれて嬉しいのに、もしも好みでない体形だと不快にさせていたら恐ろしく、ギルバートをまともに見られない。

ギルバートは身を屈め、アンネマリーの耳元で囁いた。

「……マリー、君はとても魅力的だよ。その負けん気の強い性格も、愛らしい顔も、この美しい体も、俺は全てにそそられる……」

気遣いかな、と思ってそろりと腕を下ろし、アンネマリーはまた鼓動を高く跳ね上げる。

ギルバートの空色の瞳は情欲に染まり、少し興奮した息遣いで、彼女の首筋に口づけた。

彼の唇は鎖骨から乳房へと下りていき、柔らかなそれに舌を這わせられ、アンネマリーは高い嬌声を上げる。

「きゃぅ……っあっ、ギル……っ、はあ……っ、あ……っ」

ギルバートは一方の胸は手で捏ね回し、もう一方の胸は舌で弄くった。舌で丸い膨らみをなぞり、胸の先を口に含んで、口内で舐め転がす。ぞわぞわと下腹が疼き、そこを絶妙な加減で噛まれると、アンネマリーは敏感に背を反らした。

「ひゃあ……！　あ、あ、ギル……っ」

「……マリー……すごく綺麗だよ……」

ギルバートは陶然と彼女の体を見つめて呟き、片手で器用にコルセットを外した。それをドレスと一緒に剝ぎ取ってしまうと、口づけを胸から腹に落としていく。胸を揉んでいた手が肌の感触を楽しむように腰を撫で下ろしていき、もう一方の手が下着に触れた。彼は手慣れた仕草で下着を剝ぎ取り、片足を持ち上げる。

「……っ」

生まれてこの方一度だって他人に見せた覚えのない不浄の場所を暴かれ、アンネマリーは真っ赤になった。

「あ……あまり、見ないで……っ」

恥ずかしさのあまり、涙目でお願いすると、ギルバートはにこっと笑う。

「……君のお願いは全部聞いてあげたいけど、それだけは無理かな……。これからもっと、君を楽しませたいから」

「え……？　え？　何？　待……っ」

彼は淫靡な視線を彼女の足のつけ根に注ぐと、身を屈め、その秀麗な顔を寄せた。ひた、と生温かな感触がして、アンネマリーはびくりと跳ねる。

ギルバートの柔らかい舌が、アンネマリーの花唇をぬるりと舐めた。初めて襲われた感覚に彼女は目を見開き、必死に唇を引き結んで声を殺す。

アンネマリーは、閨の作法は知っていたが、こんな触れ合いがあるとは知らなかった。そこは、あくまで体を繋げる目的で使うところで、舐めるなんて聞いたこともない。

だが親指で花唇を割り開かれ、にゅるにゅると舐め回されると、未知の快感に襲われた。どうしようもなく心地よく、花唇の間から透明な蜜がとろりと零れる。ギルバートは続けて花芯を舌で転がし、親指の腹で蜜口をくるくると撫でる。アンネマリーは堪えきれず、声を漏らした。

「んぅ……っ、あ、あ……っ、ギル……っ、そこ、ダメ……っ」

「……うん、大丈夫。……もう少し我慢してね、マリー……」

不浄の場所なのに、彼はいっそ楽しむように丹念に舌を這わす。舐めるに留まらず、舌先で揺らし、食み、甘く歯を立て、時折蜜口の中に舌を捻じ込む。あまりに心地よくて、とめどなく蜜が零れ落ちた。

「やぁ……っ、そんなにしちゃ、いやぁ……っ、んっ、ああ……！」

ギルバートはいやらしい眼差しでそこを見つめると、そっと中へ中指を沈める。

ずぷぷ、と指が入ってくる感覚に、アンネマリーは息をのんだ。

「痛くない……？」

気遣わしく問われ、動揺しながらも頷く。

「う……うん……」

ギルバートは身を起こして頬に口づけ、優しく教える。

「少しずつここを柔らかくするから、痛かったら教えてね」

アンネマリーは頷こうとしたが、また身を屈めて花芯を弄くられ始め、翻弄された。中で指を抽挿される感覚は心地よくないが、花芯は確実にアンネマリーを感じさせ、乱す。どれほどの時間、心地よい責め苦を味わったのか。アンネマリーが目尻から涙を零してひくつく。

「もうやだ……っ」と首を振った時、ギルバートは顔を上げた。

彼の指はいつの間にか二本に増やされ、抽挿されるたびじゅぷじゅぷと淫らな水音が響いていた。花唇は蜜とギルバートの唾液で濡れそぼり、ぷっくりと膨れ上がって、淫らにギルバートの目は膨らんだ花唇に注がれていて、彼は薄く笑うと、またそこに唇を寄せた。

散々乱されたアンネマリーは涙目のまま、彼の頭に手を乗せる。

「ギル……もうしないで……っ」

尿意に似た感覚が下腹全体を苛み、これ以上の刺激は欲しくなかった。しかし彼は聞かず、花芯に舌を絡ませると、前置きもなく、きゅうっと一気に吸い上げる。刹那、全身を快感が走り抜け、アンネマリーは悲鳴に近い嬌声を上げた。

「きゃあぁぁっ、ん――――！」

びくびくと背を震わせ、足先の指でぎゅうっとシーツを握り込む。蜜壺から透明な飛沫が勢いよく飛び出し、アンネマリーは気を失う一歩手前で、くったりとシーツに体を投げ出した。

初めての絶頂だった。しかし絶頂という感覚を知らなかったアンネマリーは、不安に指先を震わせる。それにシーツを濡らしてしまい、羞恥心にも襲われた。

「……ご、ごめんなさい……私、粗相を……」

お小水をしてしまったと思って謝罪すると、息を乱す彼女をたまらなそうに見ていたギルバートは、甘く微笑む。

「粗相じゃないよ、大丈夫。たくさん感じると、こうなるんだよ」

アンネマリーは初めてにもかかわらず、あまりに感じすぎて、シーツをしとどに濡らしていた。

もう疲れ果てた心地だったが、ここで終わるはずもなく、ギルバートはカチャリとスラックスの留め具を外す。散々彼女を可愛がった彼の雄芯は凶悪なまでに膨れ上がり、先から透明な滴を零していた。

アンネマリーはその見た目にすうっと青ざめ、ベッドを後退る。

「……ギル……それは多分、入らないと思うの……」

――大きすぎるわ。

泣きそうな顔で首を振るも、ギルバートはアンネマリーの足を摑んで引き戻した。

「きゃあっ」

「マリー、大丈夫だよ」

上から覆い被さられ、甘く微笑まれると、恋する少女の胸はキュンと高鳴る。彼はいつの間にかシャツを脱ぎ、見事に鍛えた上半身が晒されていた。

アンネマリーの片足を広げさせながら、ギルバートはやんわりと言う。

「いっぱい慣らしただろう？　もしかしたら少しだけ痛いかもしれないけど、できるだけ怖くないようにするから……ね？」

何が「ね？」なのかさっぱりわからなかった。しかし彼のものになると決めたのだから、ここで逃げてはいけない。アンネマリーは息を吸い、だがやはり怖くて、おずおずとお願いした。

「や……優しくしてね……？」

そのセリフを聞いた途端、彼の瞳の奥が獰猛な肉食獣が如く輝いた。

アンネマリーはぎくっとするも、彼は口を押さえ、視線を逸らして息を吐く。そしてもう一度こちらに向き直った彼の瞳は、いつもの優しい色に戻っていた。

「もちろんだよ。誰よりも君を大切にする。……愛してるよ、アンネマリー」

愛を囁かれ、アンネマリーの心は恋情でいっぱいになる。また蜜口から蜜が零れ落ちる感覚があり、彼女はとろりと目を細め、微笑んだ。

「……私も貴方を愛してる、ギルバート」

ギルバートは落ち着かせるためにまた口づけを交わし、彼女が肩の力を抜くと、ひた、と切っ先を蜜口に押し当てた。ぐっと中に雄芯を押し込まれ、アンネマリーは圧迫感と微かな心地よさに襲われる。

彼は先端を入れて一度動きをとめ、アンネマリーの顔を覗き込んだ。

「……大丈夫……？」

額に汗を滲ませ、少し苦しそうにしながら聞かれ、アンネマリーは頬を染めた。彼の方が大変そうなのに、こちらを気遣ってくれて嬉しかった。

「うん、大丈夫……」

ギルバートはほっとし、ぐぐっと更に奥に進める。ギルバートへの恋心でフワフワとしていた彼女は、ぴりと、中が裂ける感覚に眉根を寄せた。

「ん……っ」

「痛い……？　ごめん、もう少しだけ、我慢して……」

苦しみを長引かせないためか、ギルバートは息を詰めると、一気に最奥まで雄芯を捻じ込んだ。

「ん――っ」

破瓜の痛みに、アンネマリーは背を反らし、涙を散らす。彼女に覆い被さっていたギルバートは、耳元で苦しそうに呻いた。

自分だけでなく、彼も辛いのだとアンネマリーは内心驚く。ギルバートはひと息吐くと、次いで目尻や頬にキスを降らせた。

「……大丈夫？　痛かったよね。ごめんね……」

愛情深いキスの嵐に、痛みで強ばった体が弛緩していった。はあ、と息を吐くと、彼は息苦しそうにして、尋ねる。

「平気……？」

「え、ええ……」

「すごく頑張ったところ悪いんだけど……動いてもいいかな……？」

すまなそうに確認され、アンネマリーはぎくっとした。できれば今日はここでお終いにしたい気分だった。けれど改めて見上げると、彼はこめかみから汗を伝わせ、とても我慢している様子である。自分のことばかり考えてはダメだと、アンネマリーは恐怖心を抑えて頷いた。

「は、はい……」

「……ゆっくりするね」

ギルバートは優しく言って、とん、と奥を突く。動きは小さく、引き攣れる感覚は僅かだった。彼はゆっくりと繰り返し奥を突き、アンネマリーはその感覚に、再び乱されていく。

「……あ……っ、ん、ん……っ」

蜜がまた溢れているのか、挿入時よりずっと彼の雄芯はスムーズに動き、奥を突かれるたび、腹の底が疼いた。

ちゅぷちゅぷと水音が響き、彼も心地よいのか、首筋に汗を伝わせながら息を乱す。その乱れた息をとても淫らに感じて、アンネマリーは無意識に中を収縮させた。

一定のリズムで腰を打ちつけていた彼が、びくりと震える。

「……っ……マリー……あまり締めつけないで……。……よすぎて、すごく乱暴にしてしまいそうなんだ……」

「あ……っ、はあ……っ、ご、ごめんなさ……あ……っ、あ……っ」

一旦とまったのに、返答する途中でまた腰を揺らされ始め、アンネマリーは心地よさに目を潤ませた。正直、何を言われたのかは理解していなかった。もはや中の感覚だけに意識を奪われ、彼女は吐息を震わせる。

緩やかな彼の動きは徐々に快感を煽り、彼女の中は更なる快楽を求めて蠕動を始めていた。自分を見つめるギルバートの瞳の奥に、獣の気配が見え隠れし、恐怖と悦楽が同時に襲う。

「ん、ん……っ、はあ……っ、あ……っ」

甘い嬌声と共に、挿入前から硬く張り詰めていた男根に媚肉が纏わりつき、ギルバートも震える息を零した。

「……マリー……すまない。もう少しだけ、激しくしていいかな……」

酷く堪えた声で尋ねられ、アンネマリーは陶然と頷く。

「うん……好きなように、して」

許しを得るや、彼は瞳を輝かせ、雄芯を大きく引き抜いた。そして一気に最奥まで突き上げられ、アンネマリーの背筋を電流が駆け抜ける。

「ひゃああ……っ」

いつ把握したのか、彼はアンネマリーの弱いところを見つけていた。立て続けに心地よい場所を狙って突き上げられ、アンネマリーは狼狽する。

「ああっ、やぅっ……ギル……、待……っ、あっ、あ……っ、ダメぇ……！」

「マリー……はあ……っすごく、いいよ……っ」

腰を振りながらギルバートは首筋に舌を這わし、耳朶を食む。ぞくぞくして、アンネマリーは身を竦めるが、彼は意地悪にも両手を摑んで、シーツに押しつけた。体を開かれると、今度は乳房が彼の動きに合わせて揺れるのが見え、かあっと頰が染まる。

ギルバートのいやらしい視線が、胸に注がれていた。それだけで胸の先がきゅうっと硬く勃ち上がり、彼は一方の手の拘束を解くと、胸を揉み始める。

「……すごく、そそられる……っ。マリー、君は美しいね……」

「あっ、あっ、一緒に触っちゃ、ダメ……っ、ん、ん、あん……っ」

淫猥に胸を揉まれながら、首筋や鎖骨にキスをされ、全身が愉悦に包まれた。

蜜が溢れ、腰を打ちつけられるたび、静かな部屋にじゅぽじゅぽと淫らな水音が響く。

膣壁はギルバートの雄芯に絡みつき、乱れた息を吐いていた彼が、耳元で堪えられないように呻いた。

「マリー……、たまらない……っ」

「ギル……何か、くる……っ、きちゃう……っ、あっ、ああ……！」

腹の底から熱い波が迫り上がってきて、アンネマリーは生理的な涙を浮かべた。ギルバートは彼女の両足を胸まで持ち上げ、より激しく男根を抽挿させる。

「やああっ、そんなに、しちゃ……っ、変になっちゃ……っ、あっ、ああんっ」

「……はあ……っ、マリー……っ、マリー……っ」

感じる場所を何度も擦り上げられ、気持ちよすぎて、頭の中が真っ白になった。奥をいっぱい突いてほしい。そんなはしたない願望が全身を支配し、それをわかっているかのように最奥を激しく突き上げられる。下腹からぞくぞくと快感が走り抜け、アンネマリーは高い声を上げた。

「ダメ、あっ、あっ、あっ、きゃあああっ、ん――――！」

「……くっ」

アンネマリーが絶頂を迎えた直後、ギルバートは素早く雄芯を抜き出し、足のつけ根に押しつけて吐精した。

アンネマリーは何度か中を痙攣させ、そのままくたりと気を失った。

カタリ、という物音に、アンネマリーは目覚めた。傍らに見覚えのないワゴンがあり、瞬きを繰り返す。天井を見上げると見慣れぬ天蓋があり、自分にかけられた青地のブランケットもまた、自らの寝室で見た記憶はなかった。

「おはよう、マリー。朝はミルクティーでいいかな？」

声をかけられて振り返ると、ギルバートがワゴンの傍に立っていた。

そこで、アンネマリーは昨夜アッシャー家に泊まったのだと思い出す。ギルバートは少し前に起きたようで、既に白シャツに黒のスラックス姿だった。

自分も身支度を整えなくてはと上半身を起こし、アンネマリーはきょとんとする。

「……着替えてる」

昨日着ていたドレスではなく、いつの間にか着替えに持ってきていたシュミーズドレスを纏っていた。

「ああ、昨晩君が気を失ってしまったあとに、俺が着替えさせたんだ。シーツも替えているよ。色々ドレスはあったけど、それが一番着心地がよさそうだったから」

ギルバートが眉尻を下げる。

「そ、そう……。ありがとう」

昨晩の情事が思い出され、アンネマリーの頬に朱が上った。ギルバートは枕元まで移動すると、心配そうに顔を覗き込む。

「体はどうかな？　どこか痛くない？　そんなに多くなかったけど、やっぱり中を傷つけたみたいで、シーツに血がついていたんだ。ごめんね……」

昨夜は部屋が暗くてわからなかったが、破瓜のあとがあったらしい。

アンネマリーは恥ずかしさに俯き、首を振った。

「少し疲れているけれど、大丈夫……。その、着替えさせてくれて、ありがとう……」

着替える際に体も清めてくれたようで、どこにも違和感がなかった。

ギルバートは微笑み、顔を寄せて口づける。

「よかった」

「ん……」

触れるだけのキスかと思ったら、三度ほど啄んだあと、舌を絡め合わせられた。ドキッとしたけれど、もっとすごい触れ合いをしたあとなので、抵抗感はあまりなく、アンネマリーは応じる。

「んぅ……っ、ん、ん……」

巧みなキスに、アンネマリーはすぐに鼓動を乱した。ぞくぞくと背筋が震え、もっとされたらおかしくなってしまいそう、と瞳を潤ませたところで、唇を離される。

ほっと見返すと、彼は優しく笑ってアンネマリーの濡れた唇を拭い、身を離した。

「紅茶は飲めそう？　果物もあるよ」

「……あ、紅茶を頂くわ……」

彼は上等な茶器に、自ら香り高い紅茶を注いでいく。本来なら侍女や執事がする仕事だけれど、おそらくアンネマリーを気遣ってくれたのだろう。初めて体を繋げた翌朝に他人と顔を合わせるのは、やはり気恥ずかしい。

アンネマリーは昨夜と全然違う彼の横顔に、ドギマギした。

ベッドでは獣が如く淫らな顔つきだったのに、今は嘘のように爽やかだ。

彼の新しい一面を知って胸を騒がせつつ、アンネマリーはミルクティーを受け取った。

「ありがとう」

「どう致しまして。他に何か欲しいものがあったら言ってね」

にこっと笑って言われ、アンネマリーは他に欲しいもの、と考える。自らのドレスを見下ろし、思いつくまま言った。

「ギルはどんなドレスが好きなの？　貴方の好きなデザインが知りたいわ」

欲しいものというより、知りたいことが口をつき、彼は首を傾げる。

「ドレス？　……君が着るものなら、どれでも可愛いと思ってたけど……」

さらっと答えられ、アンネマリーはぽっと頬を染めた。しかし欲しいのはそんな答えではない。アンネマリーはリーフェのように、恋人の好みを把握したいと思ったのだ。

なんと言って教えてもらおうかしらと見つめて考えていると、ギルバートはふっと笑った。

「じゃあ、いくつかドレスを贈るよ。いつまでも着替えを運ばずにすむように、この家にも君の衣服を揃えておきたいしね」

アンネマリーは慌てた。

「あ……っ、おねだりをしていたわけじゃないの……！　ただ貴方の好みが知りたくて」

「……君の着たいドレスを着てくれたら、俺はそれで嬉しいよ。……だけど祝勝の宴や昨日のドレスは、珍しいデザインだったね」

鋭い指摘に、彼女は照れ笑いを浮かべる。

「あれは、イーリスお姉様が贈ってくださったの。胸元を見せるのが恥ずかしかったのだけど、お姉様たちは似合うとおっしゃってくださったから着てみたの。……ギルはあのドレス、どう思った？」

コンプレックスの胸元が心配で少々落ち着かないのだが、彼はああいうドレスはどう感じるのだろうか。祝勝の宴では、他の男が贈ったのかと考えて嫉妬していたそうだが。

ギルバートは、感情の見えない薄い笑みを浮かべた。

「……なるほど、イーリス王女殿下か……。見る目はあるけれど、ありがたくはなかったかな……」

「……？」

話が見えず目を瞬くと、彼は果物をいくつか取り、小皿に入れて渡してくれる。

「イーリス王女殿下がご提案されたドレスもとてもよく似合ってたけど、少し君の魅力を引き出しすぎかなと思ってね。でも君が美しいのは確かだし、いつものように完全に首元まで隠すのではなく、イーリス王女殿下のドレスの胸元を少しだけ上げたデザインにしようか？　マリーも恥ずかしくないようにね」

自分の気持ちを汲んだ折衷案に、アンネマリーは頰を綻ばせた。

「素敵な提案ね。ありがとう、嬉しい」

ギルバートは目を細め、枕元に腰を下ろす。

「いいや。君を美しく着飾れる栄誉を与えられて、俺も嬉しいよ……妖精姫」

こめかみにキスをされ、アンネマリーはまた頬を染めた。久しぶりに彼だけが使う呼び名を聞き、胸が温かくなる。

『はずれ姫』でも『出来損ないの末姫』でもない、愛情深くつけられたアンネマリーの異名。


その名をもらったのは、アンネマリーが十歳の頃だ。

王宮では王妃が主催のお茶会が定期的に開かれ、時折子供たちも招かれていた。大人たちは会話を楽しみ、子供たちは庭園を自由に使って遊べる、長閑な茶会だ。

アンネマリーも姉姫たちと参加していて、その日、子供たちは話し合いの結果、かくれんぼをすることになった。鬼の子が一人残ると、子供たちが一斉に庭園に散らばって、大人たちがぎょっとしたのを覚えている。

各家の親が「遠くへ行ってはダメ！」「騎士様より外へ出てはダメよ！」と慌てて声をかけるも、子供は聞かない。

子供の同伴を許した王宮の茶会では、目が行き届かない場合に備えて、騎士が数名配備されていた。たった一人の鬼を残して、あっという間に子供たちが消えてしまい、王妃は騎士に回収を命じる。騎士たちが異例の業務につこうとすると、それに気づいた鬼役の子供が、「騎士様たちが鬼だ――!」と叫び、その子もいなくなる。あちこちで子供が回収されていった。

騎士たちは強制的にかくれんぼへの参加を求められ、あちこちで子供が回収されていった。

アンネマリーはお茶会が開かれている中央庭園から少し離れた、グリーンローズの庭園に隠れていた。王妃が密かに作らせていた新種の薔薇園で、花弁が緑色をした甘い香りの庭園だ。薔薇が彩る妖精の彫像裏に隠れていると、大人の足音がして、口から心臓が飛び出そうにドキドキした。身を小さくして隠れていたけれど、あと数歩で見つかるという位置で、探しに来ていた騎士が立ちどまる。そして優しい声で呼びかけた。

「俺の姫様はどこにいるのだろう？　出てきてくれたら、姫様が大好きな魔法をかけて差し上げるんだけどなあ」

アンネマリーはドキッとする。その声はギルバートだった。しかも彼女が大好きな魔法をかけてくれると言っている。

アンネマリーの悩みをいつも聞いていたギルバートは、時々悲しそうにする彼女を空高く抱き上げ、ふわっと宙を回転させてくれた。まるで浮いているような感覚に、幼かったアンネマリーは「魔法みたい!」とはしゃぎ、そこから二人の間では〝高い高い〟を〝魔法〟と呼んでいた。

父や母は優しくとも、少し危なっかしいあの魔法は使ってくれない。彼女は魔法をかけてほしくて、たまらず彫像の後ろから顔を覗かせた。

最初からわかっていたのか、アンネマリーのいた場所を見ていたギルバートは、にこっと笑う。その笑顔がとても朗らかで優しかったものだから、アンネマリーは満面の笑みで駆け寄った。

「ギルバート、私に魔法をかけて……！」

彼女の纏っていたレースたっぷりのドレスがふわふわと揺れ、金色の髪はまばゆく輝く。

ギルバートは屈み込み、両手を広げてくれた。アンネマリーは青の瞳を宝石が如く輝かせ、無垢な笑顔で彼の首に飛びつく。

愛情深い仕草で抱きとめてくれた彼は、耳元で囁いた。

「……喜んで、妖精姫」

「妖精姫？」

少し顔を離して聞き慣れない言葉を繰り返すと、彼は微笑む。

「うん。駆け寄る君が、まるで羽を広げて舞い降りてきた妖精のようだったから」

少しばかりキザな説明は幼心をとびきりにときめかせ、アンネマリーは彼をぎゅうっと抱き締め返した。

「素敵な二つ名ね。ありがとう。大好きよ、ギルバート！」

「それは大変光栄です、アンネマリー姫」

ギルバートは穏やかに応じ、しっかり魔法という名の〝高い高い〟をしてくれた。その後、アンネマリーはご満悦で茶席へと連れ戻されたのだった。

ギルバートと結ばれた翌朝、優しい思い出のある二つ名で呼ばれたアンネマリーは、頬を綻ばせる。まさか婚約するとは思ってもみなかったが、彼は今も変わらず素敵な騎士様だ。

枕元に座る大好きな恋人を見上げ、アンネマリーは嬉しそうに言う。

「貴方はいつも私が喜ぶ提案をしてくれる魔法使いね。本当に、大好きよギルバート」

心から気持ちを伝えると、ギルバートは目を瞬かせた。少しして彼も昔のやり取りを思い出したのか、朗らかに笑う。

「今も君の魔法使いでいられて、とても光栄だよ。……愛してるよ、アンネマリー」

昔より遥かに愛情深い睦言と共に唇を重ねられ、アンネマリーの胸は最高にときめいた。

隣国エッシェ王国の使者がビルケ王国に到着したのは、祝勝の宴が開かれた一週間後だった。使者一行を迎えるため、姉姫たちとレルフェ館に足を運んだアンネマリーは、会場

内を見回す。

今日の歓迎式は、最初に使者と王の謁見があり、その後同会場で続けて宴が開かれる予定だった。

王の子供たちは会場前方に控え、高官たちは使者が通る赤絨毯の両脇に立っている。そして今夜の宴に招かれた貴族たちが彼らの後ろ、会場の左右にまばらに広がって待機していた。

他国の使者を出迎えるため、王族警護も担う第二騎士団の面々が配備され、いつもの宴に比べれば雰囲気は硬い。

王が後ほど現れる壇上には、副団長のヴァルターが立ち、ギルバートはアンネマリーたちの背後——壁際に控えていた。到着した使者たちの案内に関する最終確認を終えたアルフォンスが、アンネマリーたちに遅れて会場に入る。

兄はギルバートに声をかけ、何事か話したあと、イーリスの隣についた。

アンネマリーはつい先日聞いたばかりの、ギルバートの過去の話を思い出す。

王の庶子として生を得て、十歳まで母子家庭で育つも、その後王宮へ召し上げられたギルバート。王位継承権を放棄したにもかかわらず、父王の嫡子——クリスティアンは彼を厭い、毒を盛り続けた。最後には父や母、全てを捨てて他国へ移住する道を選ばせた。

アンネマリーは、不安に表情を曇らせる。

彼の家に宿泊したあとも、二人は変わらず休憩時間に逢瀬を交わしていた。そこでの彼は普段通りで、気になって隣国使者に会って大丈夫なのかと問うと、「問題があればその時に対処するから、大丈夫だよ」と答えられた。逆にアンネマリーに隣国使者には近づかないようにと注意し、こちらの方を心配していた。

――私より、ずっとギルの方が大変そうなのに……。何もないといいけれど……。

エッシェ王国とビルケ王国は、国交はあるものの、王家同士の交流はほとんどなかった。特に王太子のクリスティアンは、一度もビルケ王国を訪れた経験がなく、今回の来訪は友好条約の締結と国内視察を兼ねている。滞在期間は　ヶ月で、この間ビルケ王国国王の子供たちが接待役を担う予定だ。

アンネマリーはそんなに長い間、クリスティアンとギルバートを接触可能な場所に置いておきたくなかった。

命を狙うような危険な人だ。何かあったらと、心配でならない。

しかしクリスティアンはギルバートの自宅に手紙を寄越し、既に所在を把握している。

更に、ギルバートは先の戦で武功を上げた武将であり、アンネマリーの婚約者。

どんなに守りたくとも、彼は逃げ隠れできる立場ではなかった。彼自身もそれがわかりきっているからこその、堂々たる配置なのだろう。

アンネマリーは警護の邪魔をしないよう、視線を前方へ戻し、微かなため息を零した。

間もなく使者の登場を知らせる声が室内に響き、扉が開放される。

会場内へ入った一行を目にした参加客たちは、皆一様に息をのんだ。

靴音高く入場したのは、背の高い青年を先頭にした、十五名ほどの騎士。

騎士たちが纏うのは、ビルケ王国のそれとは違う、肩章などには銀糸が使われた青の騎士服だった。皆顔つきは厳めしく、会場の空気がピンと張り詰める。

そして先頭に立つ隣国使者――クリスティアンと思しき青年の横顔には、一部の参加客が魅了された視線を注いだ。

齢二十五になる彼は、白銀の長髪に琥珀色の瞳を持つ、中性的な見た目の青年だった。眉は細く、瞳は切れ長。鼻筋はすっと通り、薄く微笑む横顔は美しいという表現が最も似合った。

後ろに従う騎士たちの外見がいかにも軍人然としているため、その秀麗な容姿が余計に際立つ。

すらりとした肢体には、騎士服とは異なる、白地に青糸の刺繍が入る一般的な正装を纏っていた。ゆったりと歩く動作は流麗で、束ねずに背に流された髪は時折さらりと揺れ、見事な艶を放った。

彼は赤絨毯の両脇に立つ高官らを目立たぬ仕草で確認していき、最前列近く、アンネマリーの目の前を通り過ぎる時、ちらとこちらを一瞥する。目が合ったアンネマリーは微笑んで目礼し、彼は視線を彼女の背後へ転じた。

彼女の後方に控える複数名の騎士をさっと見て視線を前方へ戻そうとし、彼はぴくりと眉を跳ね上げる。再度振り返り、一点に視線を注ぐや、口の端をつり上げた。

何かを企んでいそうな怪しい笑みに、アンネマリーは嫌な予感を覚える。

後方は振り向けなかったが、彼の目が捉えたのはギルバートだと確信できた。

クリスティアンは機嫌のよい表情で視線を前方へ戻し、玉座の手前にある階段下で跪く。それに合わせて皆が頭を垂れると、控えていた宰相が王と王妃の登場を知らせた。

金色の刺繍が入る紅蓮のマントを羽織った王と、清楚な白地に青の刺繍が入るドレスを纏った王妃が壇上に姿を現す。

父王は皆に顔を上げるよう言い、クリスティアンを見下ろすと、目を細めた。

「よくぞ来てくれた、クリスティアン王太子。我が国は貴殿らの来訪を歓迎する。長旅でお疲れだろう。ゆるりと過ごされよ」

クリスティアンは先程とは違う、清らかな笑みを顔にのせた。

「拝謁賜り心より感謝致します、ビルケ王国国王陛下。先だっての戦、ビルケ王国軍の見事な勝利には感服致しました。ぜひとも後ほど、勝利へと導いた武勇の者たちとも話をさせて頂ければ幸いでございます」

「もちろんだ。本日の宴には総指揮を務めたアルフォンスをはじめ、武勇を挙げた者も多く参加している。存分に楽しまれよ。エッシェ王国国王はご健勝にあらせられるか？」

父王が穏やかに尋ねると、彼は瞼を伏せる。

「……父王は、現在病に伏しております……。本来であれば父王自ら足を運ぶべき祝事ではありますが、それも叶わず、私が大役を担わせて頂く次第となりました」

アンネマリーは驚きを顔には出さなかったが、参加客たちはざわめいた。

「……エッシェ王国国王が病に伏されていたとは……」

「それでは此度の来訪は、次期国王としての顔合わせも兼ねて……？」

エッシェ王国国王に関する情報は、ここまで一切ビルケ王国に伝わっていなかった。しかし公式の場で明言したからには、病に伏しているのは事実。

エッシェ王国国王は、クリスティアンの実母が亡くなった一月後に後妻を迎えていた。クリスティアンは後妻の息子を疎んじ、毒を盛って国から追いやったが——国王への恨みはなかったのだろうか。

アンネマリーは、クリスティアンが国王すらも手にかけようとしているのではと考え、背筋に冷たい汗を伝わせた。

ビルケ王国国王は眉尻を下げ、労しげな声をかけた。

「それは貴殿も気がかりであろうに、そのような中足を運んで頂けるとは、誠にありがたい。何かあればこちらもご助力致す故、気兼ねなく言ってほしい」

クリスティアンは視線を上げ、にこりと微笑んだ。

「懐深いお言葉、ありがとうございます。我が国の今後のためにも、滞在期間中は貴国をよく拝見させて頂きたい所存でございます」

「ああ。ご滞在中はアルフォンスが中心となってご案内申し上げる。必要なものがあれば、なんなりとおっしゃって頂いて構わない——アルフォンス」

父王の挨拶はここまでとなり、兄の名を呼んであとを引き継がせた。クリスティアンは礼儀正しく父王に頭を下げ、父王は彼に微笑んで、王妃と共に壇上を退いていく。

父王が退席すると、クリスティアンは歩み寄ったアルフォンスを振り返った。

「貴方がアルフォンス殿下か。お初にお目にかかる。此度の戦では、総指揮官として参戦なさったとか。見事なご采配でした」

「お初にお目にかかります、クリスティアン殿下。過分なお言葉、痛み入ります」

二人は握手を交わし、次いでイーリスとリーフェが挨拶をする。最後にアンネマリーが挨拶をするため目の前に立つと、彼は笑みを深めた。

「アンネマリー王女殿下ですね。最近ご婚約なさったと伺いました」

アンネマリーの婚約は公示されている。彼が知っていても不思議ではなく、彼女は膝を折って挨拶をしてから、社交用の笑みを浮かべた。

「はい、つい先日婚約致しました」

その相手がギルバートだとも知っているだろう。クリスティアンは興味深そうな視線をアンネマリーに注いだ。

編み込みを入れてハーフアップにし、薔薇の花で彩られた黄金の髪。澄んだ青の瞳に、淡い色の紅をのせた唇。花を思わせる桃色のドレスから覗く鎖骨や胸元。

公式行事で他国の使者とは何度も言葉を交わしてきたが、ここまでじっくりと見られたのは初めてで、アンネマリーは落ち着かない心地になった。

「あの……」

眼差しに耐えかねて声をかけようとしたところ、クリスティアンは眉尻を下げ、アンネマリーの手を取る。

「そうですか。もっと早くお会いできていれば、運命は変わっていたかな……」

「え」

彼はアンネマリーが反応する間も与えず、身を屈めると、白い手の甲に口づけた。

アンネマリーはびくりと肩を揺らし、硬直する。ビルケ王国では、手の甲への口づけは親愛を示す。それはエッシェ王国でも同じはずだが――なぜそんなキスをされたのか、全く理解できなかった。

記憶が確かなら、姉姫たちには頭を垂れる形式的な挨拶をしていた。

アンネマリーにだけ態度を変えた彼に、居合わせた高官らと参加客らがざわっと騒ぎ始める。姉姫たちも目を丸くして驚きを隠し切れていなかったが、アルフォンスだけは落ち着いた声をかけた。

「会って早々アンネマリーを気に入って頂けたようで恐縮です、クリスティアン殿下。残念ながら此度の戦で最も武功を挙げた者に嫁ぐ予定ですので、どうぞご容赦ください」

はっきりと牽制が入り、アンネマリーはまた驚く。

人々の注目を浴びるのは姉姫たち。自分を魅力的に感じる異性は決していない――。長年そう刷り込まれて生きてきたアンネマリーは、何かの間違いだと思った。

すぐに表情を取り繕い、にこっと笑いかける。

「まあ、クリスティアン殿下はお上手なのですね。ありがとうございます」

婚約したと聞いて、自分も手を挙げたかったと惜しむのは、挨拶代わりに使われる常套句でもあった。周りにも彼の冗談だと伝わるよう言うと、クリスティアンは目を細めた。

「……ああ、笑顔も大変可愛らしくていらっしゃる。誠に残念だ……。貴女のように愛らしい方を手に入れた幸運なる者は、どのような人物なのだろうか。ぜひお会いしたい」

なおも食い下がられ、アンネマリーは返答に窮する。ギルバート以外に真っ向から可愛いと言われたのも初めてだった。

しかし彼のセリフはどこか上滑りしていて、怜悧な光を宿す眼差しからも、目的は他にあるとわかった。彼が本当に求めているのは、アンネマリーではなく、その背後にいるギルバートだ。

クリスティアンにはできるだけ彼に関わってほしくなく、彼女は笑顔でかわそうとした。

「……また機会がありましたら……」

「……私が、アンネマリー王女殿下と婚約を結んだ、幸運なる者でございます」

うやむやにしようとする彼女に被せて、後方から低くよく通る声が応じた。彼はコツリと靴音を立てて彼女の隣に進み出て、クリスティアンに頭を垂れる。

まさか自ら前に出ると思っていなかったアンネマリーは、ぎょっと彼を見上げた。

クリスティアンの瞳が一瞬、キラリと輝いて見えた。

「へえ、お会いできて嬉しいな。顔を上げて」

ギルバートは許しを得て顔を上げるも、その眼差しは常よりも鋭い。クリスティアンは射抜くような強い視線も意に介さず、彼を凝視した。

瞳にかかる明るい栗色の髪に、凛々しく整った眉。空色の瞳に、高い鼻下にある形よい唇。黒と赤の制服を身につけた肢体は鍛え上げられ、その胸元には数多の勲章が輝く。

彼の頭から足先まで観察し、クリスティアンはふっと笑った。

「……君がアンネマリー姫の婚約者とは……数奇なものだ。久しぶりだね、ル――」

「――ギルバート・アッシャーと申します、クリスティアン王太子殿下。お目にかかれ光栄です」

ギルバートは、クリスティアンが最後まで言う前に挨拶をした。普段ではあり得ない無礼な態度に、アンネマリーは内心動揺する。貴人の言葉は、基本的に遮ってはならない。

クリスティアンの方は面白そうに彼を見つめ、再び口角をつり上げた。

「そうか……。会えて嬉しいよ、ギルバート・アッシャー」

彼は硬い表情のギルバートに近づき、耳元で囁く。

「……君はどこにいても注目を浴びる運命にあるようだね、ルーカス。——君が幸福になれぬよう……全てを奪ってやるから覚悟しろ」

ぼそりと告げられた言葉はごく小声で、他の者には聞こえなかっただろう。しかしギルバートの近くにいたアンネマリーは、確かに聞き取った。

聞き慣れない名で呼ばれていたが、あれは明らかにギルバートへの脅しだ。

ギルバートは何も返さず、クリスティアンがおかしそうに笑って元の位置へ下がると、アルフォンスが微笑んだ。

「……それでは、歓迎の宴を開始致します」

兄の言葉を合図に、会場内に雅な音楽が奏でられ始めた。従者が速やかに中央に敷かれた絨毯を取り去り、会場を整えていく。

トレーに酒の入ったグラスを並べた給仕が現れ、参加客らに振る舞い始めた。

アルフォンスが接待のために傍近くに寄るも、クリスティアンは周りを一切見ず、アンネマリー一人を正面から見据えた。

「ありがたい。――では、宴始めのダンスはアンネマリー姫にお願いできるだろうか？」

アンネマリーは目を瞠る。

婚約者が隣にいるのに、正面切ってまだ諦めていないと言われたも同然であった。

婚約者や伴侶がいる者は、宴でのファーストダンスはそれ以外の人と踊らない。それを承知で、クリスティアンは自らを選べと命令しているのだ。

エッシェ王国は、人口、経済力共にビルケ王国の上を行く。万が一にもクリスティアンに花嫁として望まれたら、アンネマリーの現在の婚約はどうなるかわからなかった。しかも彼はたった今、エッシェ王国国王の体調が芳しくないことを明かしている。

ビルケ王国が最も必要としているのは、エッシェ王国との友好条約。

今後平定したロートス王国を領地に加えれば、ビルケ王国はエッシェ王国と同格に至った。これを喜ばしいと考える近隣諸国は、さほどないだろう。領地の拡大は、国力の強化を意味する。特に、同等の領土を保有するエッシェ王国にとっては、ビルケ王国は今後、脅威にもなりかねない国に変わったのだ。

そして戦を終えたばかりのビルケ王国軍は現在疲弊しており、体力を回復している最中。万が一にもエッシェ王国がビルケ王国を脅威とみなし、即刻戦を仕掛ければ、勝機はエッシェ王国側にあった。

この状況を打破するために、ビルケ王国は終戦直後にもかかわらず、エッシェ王国との友好条約を結ぼうとしているのだ。

もしも現エッシェ王国国王が儚くなれば、全ての権限を握るのはクリスティアン。友好条約を結ぶも結ばぬも彼次第となる。

アンネマリーは、ダンスの誘いをすげなく断り、彼の気分を害するのは得策ではないと判断した。ギルバートを見上げ、にこっと微笑む。

「……せっかくのお誘いですから、今日だけクリスティアン殿下とご一緒します」

ギルバートは、アンネマリーの思考の全てを読めるはずだ。これ以外の良案はないと眼差しだけで理解を求めると、彼は真顔で彼女を見下ろし、その後ふっと笑った。

「……ええ。承知致しました、アンネマリー姫」

静かにそう応えられたアンネマリーは、彼の顔が近づいてきて、目を瞬かせる。

栗色の髪の下で、空色の瞳が数多の感情を宿していた。

苛立ち、嫉妬、怒り——そして愛情と慈しみ——。

肩にそっと大きな手が乗せられ、アンネマリーはそれら全ての気持ちを感じながら、彼に唇を重ねられていた。

「ん……っ」

会場中の視線が二人に集中し、どよめきが起こる。

たとえ夫婦であっても、ビルケ王国の人々は滅多に人前でキスをしなかった。それは強い独占欲を示し、冷静さを失っている象徴的行為だからだ。交際し始めたばかりの、燃え上がった若い恋人同士が稀にするくらいである。

王女と国一番の実力を有する武将がそんな青い行動をするとは誰も考えておらず、驚きの声が漏れ聞こえた。

「まあ……いつの間にあんなにご執心に……」

「嘘、アンネマリー姫とのご婚約は、望んでいらっしゃらなかったのではないの……!?」

あちこちでギルバートに憧れていた令嬢の悲鳴が上がる中、ギルバートはたっぷり十数秒唇を重ねてから、離れた。アンネマリーは頬を染め、恥ずかしさと隠し切れない恋心で瞳を潤ませる。ギルバートは少し濡れた彼女の唇を指の背で拭い、甘く微笑んだ。

「狭量で申し訳ない」

「……い、いいえ……」

衆目の前で自らのものだと示されたアンネマリーは、鼓動を乱しながら、安堵してもいた。これほどはっきりと独占欲を示されては、奪い取る気も失せるだろう。

ギルバートはクリスティアンを振り返り、彼女の背を押した。

「それでは、どうぞダンスをお楽しみくださいクリスティアン殿下」

手放すつもりはないと明示されたクリスティアンは、口角をつり上げる。

「……随分と仲がよろしいようだ。ありがたく、ダンスを楽しませて頂こう。……ここまでお前が執着する姫君とは、ますます興味が湧いた」

最後のセリフはギルバートとアンネマリーだけに聞こえる程度の小声で呟かれた。

クリスティアンはギルバートから奪い取るように、アンネマリーの手を強く引き寄せる。たたらを踏みかけた彼女の腰に手を回して抱きとめると、妖艶な笑みを浮かべた。

「どうぞよろしく、可愛い姫君」


最初の扱いこそ乱暴だったが、クリスティアンのダンスは、所作と同じく非常に優美だった。幼い頃から教養の一環としてダンスも習っていたアンネマリーと、乱れ一つなくステップを踏む。

「まあ、まるでずっと以前からお知り合いだったよう」

「そうね、とても息が合ってる」

呑気な感想が聞こえるが、アンネマリーは大して楽しんではいなかった。彼は時折壁際で二人を見守るギルバートを見ては、面白そうな顔をするのだ。

——とっても意地悪なのね……。

その気になればアンネマリーを取り上げられると、ギルバートに揺さぶりをかけて楽しんでいる。

眉尻を下げると、クリスティアンはこちらを見下ろし、小首を傾げた。

「……そうそう、婚約してまだ三週間ばかりでしたか。貴女はあの男についてどこまでご存じなのだろうか？」

アンネマリーは琥珀色の瞳を見上げ、微笑む。

「……貴方が彼を毒殺なさろうとしたことくらいでしたら、存じ上げております」

自らの思惑を隠そうともしないこの手の人には、はっきり答えた方がややこしくならなくてよい。人の噂に苦しめられた人生だが、対面での処世術は知っていた。

クリスティアンは、小気味よい返答に気をよくした顔をする。

「おや、案外に気は強いのか。あの男の前では大人しげだったから、上手く転がせるかと思ったのだが」

「……まあ、私を人形か何かと勘違いなさっているのですか？　お傍に置けば、生意気な口も利きますよ」

アンネマリーは、敢えて小賢しく応じた。

エッシェ王国の婚約に関わる文化は、ビルケ王国と同じだ。婚約を解消すれば、次は再婚扱いになる。

クリスティアンは誰かと婚約した過去もない王太子で、今時点でアンネマリーが彼のもとへ嫁げるかと言えば、それは疑問だった。隣国の臣下たちはより多くの国民の祝福と文持を集めるためにも、略奪的な婚姻より、なんら問題のない女性を彼に求めるだろう。

だがこの流れでは、ビルケ王国内で和平のためにアンネマリーを差し出しては、と言い出す高官が出てくる可能性は高い。

先行きは不透明といえるも、お気に入りのおもちゃを取り上げるが如く、よく知りもしない隣国王子に娶られるのはごめんだった。アンネマリーは笑いもすれば怒りもする人間である。

——間違って結婚しても、絶対に仲良くなれないどころか、用なしになったらあっさり毒殺されちゃいそう。

自分の魅力で彼を引きつけたわけではないと承知しているアンネマリーの冷静な反応に、クリスティアンは瞳を輝かせる。

「へえ、愛らしい顔をして、いっぱしの物言いだ。しかし自国の状況を理解しているのか？　つまらぬ戦を起こさぬためにも、ここは俺に従順になるべきところだと思うが」

アンネマリーは内心、動揺した。しかしそれを隠して笑みを浮かべる。

「……女性を口説く際は、甘く接するのが常套手段ですよ、クリスティアン殿下。そのような脅しでは、女性は怯えるばかり。夜ごと妻に慈しまれ、お疲れを癒やされたいのでしたら、もう少し口説き方を学ばれた方がよろしいわ」

実際のところ、ギルバート一人にしか口説かれた経験のない彼女は、常套手段など知らなかった。しかし少なくともアンネマリーは、優しい人に惹かれる。

知ったかぶりで言い返すと、彼はくっとおかしそうに笑った。

「へえ、其方を口説き落とせば、夜ごと楽しませてくれるのか。それはいいことを聞いた。顔も体つきも素晴らしいが、心まで手にすれば、さぞ楽しめるのだろうな」

あけすけな物言いで、アンネマリーはさすがに頬を染める。それに顔や体つきを認める発言が繰り返されていて、本気なのだろうかと、信じられず彼の顔色を確かめた。

クリスティアンは訝しそうに目を細める。

「……なんだ、もしやまだ生娘か？」

直接的な質問をされ、彼女は目を見開いた。一段と顔を赤くして狼狽えてしまうと、彼はくくっとまた声を漏らして笑う。

「なるほど、なるほど。其方は存外、面白い。あいつの手垢がついた女など、取り上げてすぐ処分してやろうと考えていたが、悪くない。妻においても楽しめそうだ」

アンネマリーは驚きを隠せず、眉根を寄せた。

「……おっしゃる通り、私はもうギルバートのものです。そんな女を望まずとも、貴方なら清らかな娘を手にできるでしょう。伴侶は、愛せる者を置くべきです」

ビルケ王国やエッシェ王国では、女性は貞淑を求められる。他人に純潔を散らされた女性を望んで欲する男性は少なく、まんざらでもない彼の反応が理解できなかった。

クリスティアンもまた、眉根を寄せる。

「純潔など、一度処女膜を破ればそれで終いだ。さして重要とは思わんが。まあ腹に子がいるならば、それは堕ろさせるが」

純潔を全く重要視せず、更には子も堕ろさせると平気で言う容赦のなさに、アンネマリーは衝撃を受けた。

そういえば、ギルバートから聞いた昔話の中で、クリスティアンは薬学に通じていたと聞いた。堕胎は難しいと聞くけれど、彼ならばそういう薬も作れるのだろう。何せ毒薬を作れるくらいだ。

しかしこれはよくない反応である。もしもすぐにもエッシェ王国国王が身罷れば、彼の意向は国王の意向に変わる。周囲は反対の声を上げにくくなり、アンネマリーが娶られる可能性は上がる。その上恐ろしいことに、彼は端からアンネマリーは取り上げたあと殺すつもりだったと言った。

アンネマリーは身の危険をひしひしと感じ、額に脂汗を浮かべた。

ようやく僅かな怯えを見せた彼女に、クリスティアンはぞっとするほど美しい笑みを湛える。

「……其方をあいつから奪い取り、式を挙げる様を見せつけてやれば、我が父王も顔を歪めるに違いない。……結婚するのが楽しみだよ、アンネマリー姫」

――父王……?

彼の言葉に引っかかりを覚えた時、一曲目が終わった。アルフォンスが次のお相手を彼に宛がい、アンネマリーは迎えに来たギルバートに手を取られ、引き離される。

「……大丈夫? どんな話をされた?」

ギルバートが心配そうに顔を覗き込んだ。アンネマリーは秀麗な恋人の顔に安堵を覚えるも、どこか心ここにあらずの状態で、首を振った。

「……いいえ、何も……」

相当命を脅かす会話をしていたのに、思考に没頭するあまり、まともな返答ができなかった。

――父王も顔を歪めるに違いない。

毒殺を試みた人だ。エッシェ王国国王も同じく暗殺しようとしているのではと考えていたが、違うのかもしれない。彼は、少なくとも式を挙げるまでは父王に生きていてほしいのだ。

アンネマリーはうつろに中空を見ていた瞳の焦点を、ギルバートに戻す。

「ねえ、ギル……。ギルの実のお父様って、どんな方だったの……?」

二曲目の楽曲が奏でられ始め、やっとまともに目を合わせられたギルバートは、にこっと笑った。

「……宴のあとに話をしようか。あいつと何を話したのかも、詳しく聞かせてほしいし」

その声に微かな嫉妬が滲んでいるとは気づかぬまま、アンネマリーは頷いた。

「うん。ありがとう、ギル」


宴が終わり、話をするためにギルバートと東塔にある私室へ移動したアンネマリーは、戻ってすぐ、侍女たちを下げた。ギルバートの過去に纏わる話を聞くため、人払いをしたのだ。それからいつもは侍女に手伝ってもらう着替えを自分一人でして、ギルバートの待つ居室へと戻った。最近は、将来彼と二人で国を出ることになってもよいよう、少しずつ一人で生活する訓練をしていた。お茶の淹れ方を習ったり、買い物の仕方や移動手段など、侍女や使用人たちに一般階級の者の生活を聞いたりして、知識を増やしている。

なんとか部屋着のシュミーズドレスに着替え、彼が待つ自らの居室へ戻ったアンネマリーは、しかしなぜか横抱きにされ、寝室へと運ばれた。そしてギルバートが上着を脱ぎ、シャツをはだけさせたと思ったら、閨事が始まっていた。

「あ……っ、あっ、はあ、……ギル……っ、こんな恰好……や……っ」

せっかく着たドレスは胸のリボンを解かれ、豊満な胸が晒されていた。ベッドヘッドボードを背に腰を下ろした彼の足の間に座らされ、後ろから首筋に口づけられた彼女は、びくりと震える。下着が取り払われた下肢は大きく開かされ、その間を彼の指が這っていた。

既に濃密なキスを何度も繰り返されていて、蜜口はとろりと濡れている。ギルバートは、そのぬめりを借りて花唇をにゅるにゅると弄くっていた。

「……どうして？　とても美しいよ、マリー……こちらを見て」

一方の手で柔らかな胸を揉まれながら、アンネマリーが潤んだ瞳で見上げると、彼は唇を重ねる。

「ん……っ、ん、ん、ん……！」

淫らに舌を絡められ、ぞくぞくと背筋に電流が流れた。蜜口からまたとろとろと蜜が零れ、ギルバートは彼女の花唇を指で挟む。そのまま前後にぬちゅぬちゅと擦られ、ぞわぞわと腹の底が重くなった。乳首を指の腹でくりくりと捏ねられたり、乳房を揉まれたり、あちこちから襲う快楽に、彼女は喘ぎを抑えられない。

「あっ、あっ、ギル……ギル……っ、んぅ……はあ、ダメぇ……っ」

どんどん下腹が重くなり、もっと強い刺激が欲しそうに、中が収縮しているのがわかった。けれど彼は、中に触れようとはしない。花芯から指を離し、今度はその膨れ上がった形を指先だけで撫でる。

「……っ」

それだけでも心地よかったが、もっと刺激が欲しくて膝が震えた。アンネマリーが快感に震える息を吐くと、指が花芯の先に置かれる。そのまま動かさないので、何をしているのだろうと思った刹那、前触れなく花芯をぎゅっと押し潰され、アンネマリーは背を反らした。

「きゃああ……！　あっ、あ……っ」

強制的に絶頂を与えられ、ぎゅうっと彼の腕ごと太ももを閉じて悦楽に膣壁を痙攣させる。何度か中を震わせると、膝の力を抜き荒い息を吐いた。

ギルバートは情欲にけぶる眼差しで彼女を見つめ、耳朶に口づける。

「マリー……愛してるよ……」

部屋に入った時から物憂げで、どこか雰囲気が違う彼に気づいていたアンネマリーは、深く息を吸って呼吸を整えた。視線を上げると、彼は蜜口に指を這わしながら微笑む。

「……話をするのだったね。あの男とどんな話をしたのか、先に聞かせてくれる？」

「こ、この状態で……？　あっ、あ……っ、ん……っ」

驚いて聞き返している最中に、膣の中に彼の指がずぷぷと沈められた。初めての時より確実に心地よい感覚に襲われ、それだけで胸の先が硬く勃ち上がる。ギルバートはゆっくりと抽挿を始め、穏やかに頷いた。

「うん。どんな話をしていたら、微笑み合うに留まらず、可愛らしく頬を染める状況になるのか、聞かせてほしい」

アンネマリーはドキッとする。声音は落ち着いていたが、隠し切れない嫉妬を感じた。

見上げれば、彼は真顔でこちらを見下ろしていて、慌てて首を振る。

「な、何も変な話はしていないわ……。ううん、変な話に違いなかったけれど、色っぽいお話じゃなくて……っ」

「……本当？」

ギルバートの指が、膣壁の感じる場所をぐりっと刺激し、アンネマリーは足先でシーツを握り締めた。

「あ……！　あうっ、んっ、やあ……っ、あ、あ……っ」

立て続けに弱いところを圧迫して撫で回され、尿意に似た感覚に襲われる。

「マリー……？　ちゃんと答えてね」

意地悪にも耳元で吐息交じりに囁かれ、それにもまた感じ、アンネマリーは身を竦めた。

「ん……！　あ……っ、あの、少し、恥ずかしかったから、頰を染めてしまったのだけれど……ひゃあっ、ギル……待……っ」

指が二本に増やされ、じゅぷぷっと淫らな音が聞こえた。感じさせられすぎていたアンネマリーの中は柔らかく、先程よりもスピードを上げて指を抽挿される。いやらしい水音と共に、ぞわぞわと得も言われぬ感覚が腹の底から這い上がってきて、またアンネマリーの息が乱れだした。

「あ、あ……っ」

「……可愛いね、マリー。話はできそうにないかな……？　今は気持ちいいことだけしようか？」

快感に翻弄され、まともに話せない彼女を愛おしげに見つめ、ギルバートは首筋に舌を這わす。

「ん、ん……っ、きゃ……！」

耳の中に舌を差し込まれ、肩から背中にかけて痺れが走った。じゅぷじゅぷと激しく指を出し入れされながら胸も捏ね回され、思考がまとまらない。中ははしたなく蠢き、物欲しげに彼の指に絡みついた。その感覚に、ギルバートはこくりと喉を鳴らす。

「マリー……君を抱いてもいい？」

その質問の意味は、すぐには理解できなかった。もう抱いていると思ったし、なぜそんなことを聞くのかもわからず、アンネマリーはギルバートを見返す。

僅かばかり不安そうな彼の瞳に、鼓動が小さく跳ねた。

ギルバートは、先程の宴でアンネマリーがクリスティアンに少しでも惹かれたのではと、疑っているのだ。そしてもしも心変わりしているなら、抱かれたくないだろうと思い、確認している。

案外に嫉妬深く、自信のない恋人に驚き、彼女は眉尻を下げた。

「……もちろんよ……。私が愛しているのは貴方だけよ……ギルバート。貴方だけは、いつでも私を抱いていい」

　顔を寄せてキスをすると、ギルバートは眉尻を下げ、ほっとする。

「……ごめん。君は王女だし、政治的判断は普通の令嬢より早いのはわかっているんだけど……ダンスを乞われた時の君の反応がとても早かったから、もしかしたらあいつの方が好みなのかと不安になってしまった」

　アンネマリーは目をぱちくりさせ、わざとらしく眉をつり上げた。

「まあ、万が一貴方と国を出ることになってもいいように、一般階級の生活方法も学んでいっているのに、失礼しちゃう。私が好きなのは貴方だけだと、〝何度言えばおわかりになるのかしら〟」

　以前彼に言われた口調を真似ると、ギルバートは目を瞬き、微笑む。

「もしかして、俺たちは似た者同士なのかな。……二人で国を出る覚悟までしてくれてありがとう、アンネマリー。君を手放す気が全くなかったから、もしも心移りしていたらどうしようかと困っていた」

　意外に強い執着心に再び驚かされるも、アンネマリーは頬を染めて答えた。

「……心移りなんてしないわ……。貴方だけを愛してる」

　真摯な答えにギルバートは目を細め、甘く口づける。中から指が抜かれ、それだけでも感じてしまい、アンネマリーはびくりと震えた。

ギルバートは彼女をひょいっと持ち上げ、自分と向かい合わせにさせる。膝立ちにさせられたアンネマリーは、何をするつもりなのかと彼を見つめ、そして意図を悟った。

ギルバートはベルトを外し、凶悪な見た目のそれを引きずり出す。彼女の体を弄くり回している間、相当我慢していたのか、それははち切れんばかりに膨らみ、硬く屹立していた。

彼は予想通りアンネマリーの腰に手を添え、微笑む。

「このまま腰を下ろそうか、マリー」

「……そ、れは……っ、それは、あの……っ」

初めての時も雄々しいそれは目にしていたが、彼に挿れられるのと、自分で挿れるのとでは違う。やはり入るとは思えない大きさだし、また痛かったら怖い。

ギルバートはヘッドボードから背を離し、躊躇う彼女に切なげに乞うた。

「マリー……お願いだよ。君にも求められていると実感したいんだ……。今日は前回より、痛くないと思うよ」

そんな風に言われては拒否しづらく、アンネマリーは眉根を寄せる。

「ず、ずるいわ……っ」

「うん。俺はずるいんだよ、マリー。……ああ、待って。ドレスが邪魔で見えない」

「えっ」

ギルバートはぼそっと呟くと、はだけさせていたアンネマリーのシュミーズドレスを頭から全部剝ぎ取ってしまい、丸裸にする。

つんと乳首を勃てた白く大きな胸や、平たい腹、そして薄い色の下生えまで視線を這わし、妖しい笑みで唇を舐めた。

「……すごくそそる。マリー、早く繫がりたい……」

彼は頰を染めるアンネマリーの胸に舌を這わし、腰に添えた手に力を込める。

「え……っ、あ……っ」

心の準備が整っておらず狼狽するも、彼の力は強く、あっという間に蜜口にぴとっと彼の切っ先が触れた。びくりと体が跳ね、ぬくっと先が中に入った感覚がする。その瞬間、彼は一気に腰を引き寄せた。彼の巨大な男根に最奥まで突き上げられ、アンネマリーは走り抜けた快感に、嬌声を上げた。

「きゃあああん……！　あっ、あ……っ」

震える彼女を逃がさぬよう、彼は腰を持つ手に力を込めたまま、たまらないとばかりに息を吐く。根元まで埋め込んだ状態で軽く腰を揺らして中を搔き混ぜられ、アンネマリーは身もだえた。

「やあ……っ、あぅっ、あ……っ」

「マリー、痛くはない……？」

心地よさを滲ませた声で確認され、アンネマリーはそういえば、と思う。今日は前回のような痛みが全然なかった。気持ちいいだけだ。――でも、気持ちよすぎるわ……。

自らの感覚に困惑しつつ、アンネマリーは快楽に目を潤ませて頷いた。

「う、うん……痛くない……」

「よかった。一緒に動けそうなら、動いてね」

「え……？　あっ、あん……！　ああ……っ、あ……！」

彼の言葉を理解するより早く、下から突き上げられ始め、アンネマリーは何も考えられなくなった。ギルバートは腰を打ちつけて彼女の体を少し浮かすと、素早く男根を抜いてまた突き上げる。それが奥の感じる場所を抉る動きになり、最高に感じた。

「ひゃあっ、あっ、あっ、……ギル、……ギル……っ」

「一緒に腰を動かすと、もっと気持ちいいよ、マリー」

ギルバートはアンネマリーの手を自分の肩に乗せ、誘う笑みを浮かべる。自分から腰を振るなんて、はしたなすぎる。顔を真っ赤にしてまごつくと、ギルバートは腰をしっとりと撫で下ろして、目を細めた。

「……マリー、俺しか見てないよ。マリーがもっと気持ちよさそうにしてるところが見たいな」

色香たっぷりに求められ、アンネマリーは震えながら、自ら腰を上げた。ずるるっと彼

の雄芯が抜けていく感覚がして、中程辺りでギルバートが彼女の腰を引き寄せ、一気に奥を穿つ。

「きゃぅ……！」

「そう、その調子で……っ、繰り返して、マリー」

一度だけでも気を失いそうに心地よかったが、彼に促されるまま、アンネマリーは腰を揺らした。二人の動きに合わせてベッドが軋み、寝室にはいやらしい喘ぎ声と水音が響き渡る。

「あ……っ、あっ、ギル……っ、どうしよう、はあ……、気持ちいい……っ」

何度も腰を揺らすうち、アンネマリーは何も考えられなくなっていった。彼の雄芯が奥を突くたび心地よく、腰がとめられない。

「俺もすごくいいよ、マリー……っ。はあ……っ、くそ、興奮する……！」

突き上げられるたびに揺れる乳房をいやらしい目で見つめ、彼は瞳を獣の色に染める。硬くいきり立った雄心で彼女の弱いところを突き上げ、その胸にしゃぶりつく。

「ああんっ、はあ……っ、あっ、そんなに……、吸っちゃ……っ」

乳首を舐め転がし、甘噛みし、きゅうっと吸い上げられ、アンネマリーは背を震わせた。膣壁が淫らに蠢き、ギルバートは息を詰めると、彼女をベッドの上に押し倒す。

「ギル……？」

無防備に横たわった彼女の上に覆い被さり、彼は口づけを交わした。

「ん……っん、ん……！」

舌を絡め合わせてキスに応じていたアンネマリーは、彼に両足を持ち上げられ、あ、と思う。獣そのものの顔つきになった彼は、唇を離すと大きく雄芯を引き抜き、激しく腰を打ちつけ始めた。

「あんっ、あっ、あぅっ、ああっ……、ギル、ギル……！」

「……っ、マリー……っ、マリー……っ」

腹の底から熱い波が迫り上がってくるのを感じ、中が蠕動を始める。彼はアンネマリーの両足を胸まで持ち上げて体の中央で揃えると、中を穿ちながら自らをのみ込む蜜口に視線を注いだ。

じゅぽじゅぽと彼自身を貪欲に咥え込むそこをじっとりと見つめられ、アンネマリーは羞恥心に襲われる。

「み、見ちゃダ、メ……っ、あ……っ、あん……っ」

「どうして？　……君は何もかも美しいよ、マリー……」

ギルバートは甘ったるい声で囁くと、ぬらぬらと濡れた花芯を親指の腹で撫で回しだし、アンネマリーは目を見開いた。中と外を同時に刺激され、生理的な涙が浮かんだ。

「ダメぇ……っ、ああんっ、いやあ……！　ギル、きちゃう……っ、きちゃう……！」

「いいよ……っ、俺も、もうイきそうだ……っ」

ギルバートはガツガツと腰を打ちつけ、ざわわっとした寒気が全身を襲った。

「あっ、あっ、やぁ、あ……！」

迫り上がる快感を堪えきれず、アンネマリーは背を反らす。シーツを握り締め、ぎゅうっと中で彼を食い締めた。

「んん――！」

「……っ……」

ギルバートは心地よさそうに息を詰め、アンネマリーの絶頂を僅かに味わったあと、ずるるっと雄芯を抜き出す。そして白い腹の上に吐精した。

アンネマリーは荒い息を吐き、くたりとベッドに横たわる。ぼんやりしていると、ギルバートがベッドの端に脱ぎ捨てていた上着からハンカチーフを取って、腹を拭き清めた。

「ありがとう……」

お礼を言うと、彼は微笑み、また上に覆い被さる。

「ギル……？」

ギルバートはアンネマリーを愛しそうに見つめ、唇を重ねた。何度か啄むキスを繰り返され、口内に彼の舌が忍び込むと、アンネマリーは身を竦める。

「ん、ん……っ」

彼の大きな手が体を這い回り始め、胸を淫猥に揉まれだすと、アンネマリーは熱い息を吐いた。

「あ……あ……、ギル、ん……っ」

「……マリー……、今夜はもう少ししてもいいかな……？」

アンネマリーは一度で満足していたが、ギルバートはまだしたい様子だった。少し躊躇ったものの、彼に触れられてまた体が疼きだしていて、頬を染めて頷く。

深く考えず応じたアンネマリーは、ギルバートがどのような男か失念していた。

リーフェの悩みを聞いた時に、よく考えれば想像できたはずだ。終戦まで前衛で走りきった彼の体力が、姉の婚約者に劣るはずがない。

アンネマリーは空が白み始める頃まで付き合わされ、涙を零して「もう嫌なの……っ」と怒ってやっと解放されたのだった。

四　章

歓迎式典の翌日、アンネマリーは昼過ぎまで寝ていた。侍女に起こされて隣を見ると彼の姿はなく、既に任務についているという。

明け方近くまで閨事に勤しんでいたのに、その後普通に職務につける体力は、もはや羨ましいほどであった。

アルフォンスに呼ばれていると言って起こされたアンネマリーは、億劫な体を引きずって衣装部屋へと移動する。そして鏡に映った自分を見て、赤面した。

寝ている間に体はギルバートにより清められ、衣服も整えられていた。それはありがたい。けれど着替えのために衣服を取り払うと、体中にキスマークが残っていたのだ。

胸や脇腹、足のつけ根など、いやらしい場所にばかり痕があり、数も彼の独占欲を表すに十分。侍女たちは「愛されておいでですね」と微笑んだが、アンネマリーは小声で「誰にも言わないでね……」とお願いする羽目になった。

侍女は、主人のプライベートを外に漏らしてはならない。彼女たちはこれには真剣な顔で「決してそのような真似は致しません」と約束してくれ、とても安堵した。


清楚な青葉色のドレスに着替えたアンネマリーは、午後三時頃にアルフォンスの執務室を訪ねた。護衛に配備された騎士が扉を開くと、中には先客がおり、顔を上げた兄が彼女を手招く。

「ああ、アンネマリー、お前もこちらに来なさい」

「はい」

執務机の前に立っていたのは、騎士服に身を包んだギルバートだった。隣に立つと、彼はこちらを見下ろして微笑む。

昨夜の激しさが嘘のような爽やかな笑みに、アンネマリーの胸がときめいた。閨での顔もドキドキして魅力的だが、優しい顔もやはり好きだ。

恋情を漂わせて見つめ合う二人に、呼び出した兄は半目になった。

「……仲がよさそうだな」

アンネマリーは我に返り、兄へと視線を戻す。

「……ご、ごめんなさいお兄様……っ。今日は、どのようなご用件ですか？」

兄は彼女とギルバートを交互に見やり、嘆息した。

「まあ、仲睦まじいのはいいことだ。今後もその調子で積極的に方々でいちゃつく様を見せつけてほしい」

「……え？」

アンネマリーは何を言っているのだと目を点にする。ギルバートは目を眇め、低い声で聞き返した。

「クリスティアン殿下が、正式にアンネマリー姫を妻に迎えたいと言ってきたのか？」

言葉の内容を理解するや、アンネマリーの心臓がキンと冷える。

アルフォンスは眉を顰め、ため息交じりに頬杖をついた。

「そうだ。一目惚れをしたから寄越せと言ってきた。婚約者があるのにそれは通らぬと突き返したが、では友好条約の締結は見送ると言い出し、議会が及び腰になっている」

現在最も重要なのは、エッシェ王国との友好条約だ。再び戦となれば、ビルケ王国に勝ち目はない。

アンネマリーは血の気を失い、ギルバートは淡々と応じた。

「……俺とアンネマリー姫の仲をひけらかしたところで、クリスティアン殿下が真実恋をしたわけでもないだろう。あの男は俺を苦しめたいだけなんだ。どんなに見せつけられようと、手は引かない」

冷静な意見を述べられ、アルフォンスは苦笑する。

「そうだな。だが議会の反応は変わる。あれほど仲睦まじい二人を引き裂くのは不憫だと思わせられたら、上々だ。俺は、何があろうとクリスティアン王子にアンネマリーをくれてやるつもりはない。隣国に嫁がせた数年後に、謎の死を遂げたなどと報せを受けてはたまらんからな」

アンネマリーは忘れかけていた昨夜のやり取りを思い出した。兄の言う通り、クリスティアンはギルバートから取り上げたあとに処分するつもりだと話していた。

会話は聞いていなかっただろうに、洞察力のある兄には感心する。

「お兄様は、よくおわかりなのね。昨日、ダンスをしながらそうおっしゃっていたわ」

ギルバートがぎょっとこちらを見下ろし、兄は顔をしかめた。

「なんだ。笑顔でダンスをしながら、そんな血なまぐさい話をしていたのか？」

「そうよ。途中で生娘かどうかを確かめられて、思わず赤面しちゃったのだけれど、戦を起こされたくなければ従順にしろだの、ギルバートから取り上げてすぐ処分してやろうと考えていただの、とっても殺伐とした会話だったわ。……最後の方で私を気に入ったようなこともおっしゃっていたけれど」

最後は小声で言うと、兄はおや、と目を丸くし、ギルバートは眉を上げた。

「どういう意味かな？　あいつに口説かれたの？」

即座にギルバートに顔を覗き込んで質問され、アンネマリーはうっすら汗を掻きつつ首を傾げる。

「私、口説かれたことがほとんどないし、よくわからないわ……。従順にしろと言われたから、生意気に口説き方が下手ねって返していたら、ダンスの終わり頃に〝処分しようと思っていたが、妻においても楽しめそうだ〟みたいなことをおっしゃっていて……」

彼の瞳の奥にゆらりと殺意の炎が揺らいだ。アンネマリーは顔色を悪くするも、アルフォンスは頬杖をついたまま足を組み、満足そうに頷く。

「なるほど。どちらにせよ、それなら議会への言い訳ができる。公示はできないが、王女を殺すと言っている者に嫁がせるのかと問えば、是と答える者はいない。……問題は友好条約の締結だが……」

兄はしばし黙り込み、どす黒い殺意のオーラを放つギルバートを見据えた。

「……ひとまず、クリスティアン殿下が滞在している一ヶ月、アンネマリーを差し出すかどうかの答えは引き延ばす。その間に俺がエッシェ王国国王と連絡を取り、意向を確認しよう。できれば戦は避けたいが……エッシェ王国国王がどう答えるか……。いざとなればリンデン帝国に助力を願わねばならない。返答を受け取るまで、お前も持ちこたえろ」

「……持ちこたえろ？」

意味を図りかねてアンネマリーが聞き返すと、兄はにこっと笑う。

「クリスティアン殿下はそもそもギルバートを殺そうとしていた人だからな。お兄様がエッシェ王国側と連絡を取っている間に、ギルバートが毒殺されては困るだろう？」

アンネマリーはひゅっと息をのんだ。彼がギルバートからアンネマリーを取り上げようとするから、そちらにばかり意識が向いていた。そもそも彼の最大の目的はギルバートで、アンネマリーは布石にすぎない。最も危ういのは、ギルバートだ。

しかし――と、彼女の脳裏に、昨日のクリスティアンの言葉が過る。

『――君が幸福になれぬよう……全てを奪ってやるから覚悟しろ』

あの〝全て〟には、ギルバートの命も含まれているのだろうか。不幸を味わうには、生きていなければいけないのではないだろうか。

それに彼は『其方をあいつから奪い取り、式を挙げる様を見せつけてやれば、我が父王も顔を歪めるに違いない』とも言った。

なんとなく、彼はエッシェ王国国王の反応こそを見たいと考えている感じがしたが――。

アンネマリーは眉根を寄せ、彼の真意を汲み取ろうと思考を巡らせた。その最中に部屋の扉がノックされ、来訪者が来る予定でなかったのか、兄が怪訝そうに応じる。

「どうした」

騎士が扉を開けると、イーリスが顔を覗かせた。姉は兄に向けて膝を折って挨拶をし、アンネマリーたちに気づくと微笑む。

「あら……マリーにギルバート様もいたのね。ちょうどよかったわ。今ね、王宮をご案内しようとクリスティアン殿下のお部屋をお伺いしたら、案内役はマリーがいいとおっしゃるの。……マリーにはギルバート様がいるのに、横恋慕かしら？　困ったものね……」

事情を知らないイーリスはのんびりと言い、アンネマリーは姉に合わせて笑い返す。

「まあ、そうなの？　それじゃあ私がご案内役をするわ」

即答すると、アルフォンスが割って入った。

「それはダメだ、アンネマリー。お前が彼に近づくのは危うい」

アンネマリーは兄を振り返り、イーリスは扉が閉まっているのを確かめてから歩み寄る。

「まあ、危険だなんて……何かあったのですか、お兄様？」

アルフォンスは一度口を閉じて、考える間を置いた。そしてイーリスには、クリスティアンがアンネマリーに一目惚れし、娶りたい意向を告げた旨だけを話した。ギルバートとの因縁を知れば、イーリス自身もなんらかの動きを見せ、別の火の粉を被りかねないと考えたのだろう。

横恋慕された状態で近づき、手を出されては大変だと説明されたイーリスは、困り顔になる。

「マリーが一目惚れしちゃうくらい可愛いのは事実だけれど、婚約をご承知で妻に求められるのは無粋ね……。それじゃあ、ご案内は私とリーフェで致しましょうか……」

「いいえ、私にさせてほしいの」

アンネマリーは少し強めの口調で兄と姉に言った。ギルバートが目を眇め、アルフォンスは首を傾げる。

「なぜだ？」

詳しい事情を知らないイーリスが同席しているため、どこまで話せばいいかと迷い迷い、アンネマリーは答えた。

「……昨日ダンスをしている時、あの方はギルバートから私を奪うことで、お父様も苦しめたいようなことをおっしゃっていたの」

アルフォンスが軽く顔を上げる。

「その……クリスティアン殿下が何を考えていらっしゃるのか、確認したいの。あの方は私が色々と承知しているとわかったら、あけすけにお話しされていたわ。多分、ビルケ王国王家の中では私が一番、事情を聞きやすいと思う」

おそらく兄や姉が話しかけたところで、彼は外交用の物言いに終始するだろう。あれは、アンネマリーがギルバートの婚約者であり、過去を知っているからこそ、赤裸々に話していたのだ。会話を繰り返せば、彼が何を考えて消息を絶ったギルバートを探し出したのか、理由を知れる可能性がある。

本来なら、王位継承権を放棄し、故郷すら捨てたギルバートを彼が追う必要はない。それなのになぜ、再び全てを奪おうとしているのか。憎しみが故に、永遠にギルバートを苦しめ、殺害したいのか、他に目的があるのか。

アンネマリーは彼には何か別の理由がある気がして、自分に対応させてほしいと訴えた。

アルフォンスは思案げに黙り込み、ギルバートは眉を顰める。

「……君が彼にそこまで心を砕く必要はないよ、マリー。この問題は、俺たちでなんとかするから……」

アンネマリーはギルバートを見上げ、首を振った。

「いいえ、心を砕かねばならないわ。彼が真実何を考えているのかわからねば、今回はかわせたとしても、本当の意味での解決にはなっていない。今度は何をしてくるだろうと、永遠に不安を抱えながら生きていかなくてはならなくなる。ギル、これは好機でもあると思うの。彼から逃れるのではなく、向かい合い、何を望んでいるのか見定めるの」

過去の話を聞いた時、ギルバートは、クリスティアンとは気が合わず、ほぼ会話らしい会話をしていなかったと言った。だからギルバートは、クリスティアンの本心を知らない。どういう理由で、ギルバートを憎んでいるのか。王位継承に邪魔だというだけでは、ここまで追ってきた説明がつかない。

アンネマリーが真剣に言うと、ギルバートは言葉に詰まり、アルフォンスがふっと笑った。

「それじゃあ、お兄様が協力しよう。お前たちが幸福になるのが、俺の望みだからな」

「アルフォンス……っ」

ギルバートは焦るも、兄は肩を竦める。

「アンネマリーの言う通り、いつまでもしがらみを抱えていては、本当の幸福とは言いがたい。まず、クリスティアン殿下の思惑を見定めるのが賢明だ。それにビルケ王国内であれば、俺の指示で護衛をくまなく配備でき、目も行き届く」

「しかし……っ。――では、護衛は俺が……！」

ギルバートが進言し、アンネマリーはすかさず口を挟んだ。

「ギルはダメよ。私の護衛は他の騎士様がいいと思う」

イーリスがいるので口には出せないが、クリスティアンはギルバートの命を狙っていた。

こちらの考えはわかるだろうに、ギルバートは眉をつり上げてアンネマリーを見下ろした。

近づけさせるのは危ない。

気に入らなそうな彼に、こちらとて引かぬと強い眼差しで言い返す。

「なあに？　私は間違えていないわ。それに円滑に話を聞き出すためにも、貴方がクリスティアン殿下に近づくのは良策ではないと思う。違う？」

彼はぐっと拳を握り、しばし口を閉ざして考える顔つきになった。しかし別の良案は出せなかったらしく、細く息を吐き、不承不承従う。

「……それじゃあ、ヴァルターをつけるから、何かあったらすぐに声をかけるんだよ」

「ええ、そうする」

頷いたものの、彼は掌で額を押さえ、色々と葛藤を抱えている様子でため息を吐く。

傍らにいたイーリスは、所々理解できなかったろうに、空気を読み、何も聞かないでいてくれた。

思わず強く返してしまったアンネマリーは、項垂れた彼に罪悪感を覚える。彼を苦しめたくて、この選択をしたわけではない。

アンネマリーはギルバートと内緒話をしたくて、距離を詰め、少し背伸びする。彼はいつものように身を屈めてくれ、アンネマリーはそっと囁いた。

「……わかってくれてありがとう、ギルバート。貴方とずっと一緒にいるために、頑張りたいの。……私は一生、貴方だけを愛しているわ。どうか忘れないでね」

続けて彼の頬にちゅっと柔らかく唇を押しつける。ギルバートは珍しく驚いてこちらを見た。

兄や姉の前だが、ギルバートを愛しているから、無理を通したのだと伝えたかった。

頬を染める彼女に眉尻を下げ、ギルバートは愛しそうに目を細めた。

「……承知致しました、アンネマリー姫」

兄や姉は微笑むだけで何も言わず、変にからかわない大人の対応に、アンネマリーは感謝した。

王宮の案内のため、来賓用の客室がある西塔四階に出向いたアンネマリーは、室内へ通された。

クリスティアンは部屋の中央に設けられた長椅子に腰掛けたまま彼女を迎え、挨拶もせず横柄に言った。

「先だって其方を娶ってやるとアルフォンス殿に申し入れた。聞いたか？」

彼が座る長椅子は白の布地に金糸で緻密な刺繍が入っている。手前にある机も、そこに並べられたワインボトルやグラスも、客人をもてなすための最高級品を揃えていた。

白の上下を纏った彼はワイングラスを手にしていて、少し酔っているようだ。

彼の斜め後ろには護衛の男性が二人おり、彼らの表情には憂いや動揺はない。主人であるクリスティアンの意向には全面的に従っているのか、心を隠しているのかは判然としなかった。

彼の斜め前に歩み寄ったアンネマリーは、背後に自らの護衛ヴァルターとその部下二名をつけ、微笑む。

クリスティアンの申し出はまだ公になっておらず、ヴァルターたちは知らなかったのだろう。驚いて、ぎくっと肩を揺らす気配がした。

「ええ、お伺いしました。ですが、お断り致しますね」

アンネマリーがエッシェ王国へ嫁ぐかどうかは、まだ定まっていない。それなのにこうもはっきりと口にするのは、自らの意向を方々で言いふらし、外堀から埋めていこうとしているのだろう。

ならばアンネマリーも、臆さず断りを入れる。

王族の結婚は、往々にして政が絡む。それを即断るのは至難の業だが、アンネマリーは既に、兄王子とクリスティアンのもとへは嫁がないと方針を定めている。

たとえ国は答えを保留していても、アンネマリー自身までもがそういった態度を取る必要はなかった。揉める当事者らを見守り、どのような答えを出すのが最善か結論を先送りにするのは、政の常套手段。ここで黙り込んでは、却ってクリスティアンの思惑通りにことが進み、劣勢となってしまう。

真っ向から拒むと、ヴァルターたちだけでなく、クリスティアンの護衛たちも驚いて視線を上げた。

クリスティアンは面白そうに目を細めると、背もたれに肘をかける。

「ほお、この俺を拒むのか。とことん生意気な娘だな。一国の王女が、国の行く末を懸念せぬとは、よい教育を受けている。ああ、いや。劣るからこその愚かな判断か？　聞いたぞ。お前――『出来損ないの末姫』らしいな」

王女として心の鎧を纏っていたつもりが、思いがけず幼少期に受けた傷を抉られ、アンネマリーは微かに目を瞠る。

何度も同じ陰口に傷つけられながらも、ギルバートにより少しずつ癒やされていた心が、再びじわりと血を滲ませた。

アンネマリーは動揺を見せまいと、微笑みを浮かべ直す。

「まあ、私にはそのような二つ名がつけられているのですか？　お恥ずかしい限りです。ですがいかにも、私は兄や姉には劣るのです。このような不出来な末姫、ご興味も失せたのではありませんか？」

〝出来損ないの末姫〟など、もう何度も聞いてきた言葉だ。陰口は鋭利に心を切り裂くが、傷つき泣きべそをかいてやる必要はない。この世には彼女を誹りたい者だっている。だけど才ある兄や姉はアンネマリーを劣っていると貶さないし、ギルバートはそのままのアンネマリーを認め、愛してくれた。

父や母が教え諭した、王族に課された民の声を聞く義務は、全ての声に従えという意味ではない。それぞれの声がこの世にあるのだと知っておくこと。そして判断を下す時に、それらを吟味して最善を選ぶことを求められているのだ。

これがこの十六年間、家族やギルバートに日々慈しまれながら生きてきた彼女が出した答えだった。

劣るというならばいらぬだろうと笑った彼女に、クリスティアンはにやっとする。

「……いいや。最も劣っている哀れなお前を俺の妃に置き、慈悲を垂れてやらねばならぬと思ったよ。嬉しいだろう、アンネマリー？」

あまりに横柄すぎる物言いに、アンネマリーはビシッと眉間に皺を刻んだ。

「……まあ。まるで貴方の方が、私より優れているような言い方ね。一人っ子で育って、誰とも比較されてこなかったでしょうに、わかった口を利かないで」

一生をかけて姉姫たちと比較される運命を背負うアンネマリーは、苛立ち、つい素を出してしまった。後ろからヴァルターが「姫様……っ」と小声で諫めてくれ、口を閉じる。

クリスティアンは、不快そうに顔をしかめた。

「……お前こそ、小癪な口を利くな。比較されることがどれほど屈辱かなど、とうの昔に知っている」

「……え？」

アンネマリーは目を瞬かせる。

クリスティアンは王と前王妃の間に儲けられた子だ。彼には兄弟はおらず、ずっと一人で生きてきたはず——と考え、アンネマリーは一人兄弟がいるのを思い出す。

——ギルバートだ。

聞いた話では、ギルバートが王宮で暮らしたのは十歳から十六歳まで。つまりクリスティアンは、六年間ほど異母兄弟と暮らした経験があるのだ。

クリスティアンがギルバートに毒を盛り、王宮から追放したのは聞いたが、二人が比較されていたとは知らなかった。

アンネマリーは、もしかしてギルバートの方が優秀だったのかしらと思い、少しばかりすまない気分になる。彼の言葉ではないが、比較される屈辱感はよく知っている。

「……そうなの……」

自分を罵ったのだから、貴方も同じだったのではないかと馬鹿にしてやればいい場面だった。しかしその辛さを想像すると気分が乗らず、アンネマリーは押し黙る。

クリスティアンは意外そうにこちらを見上げ、目を眇めた。

「なんだ。けんか腰かと思ったら、急にしおらしくなるのか？　変な女だな。あいつの趣味も知れたものだ」

「な……っ」

こちらは気遣って口を閉じたのに、また横柄に罵られ、アンネマリーは眉をつり上げる。

クリスティアンは彼女の顔から足先まで視線を這わせ、鼻を鳴らした。

「……だが、どうにも俺の目にもお前は美しく見える。この国の者はどうかしているのか？　姉たちの方が美しいのは事実だが、普通に考えて、お前のような美姫はこの世に滅多といないだろう」

ビルケ王国の民は、アルフォンスやイーリスたちがあまりに完璧すぎて、目が肥えているのは確かだ。けれど自分の美しさに自覚のないアンネマリーは、突然の賛辞に当惑する。

クリスティアンは彼女の顔に視線を戻し、立ち上がった。

「……王宮を案内するのだったな。お前がルーカスとしけ込んでいる場所に連れて行け」

「ルーカス？」

聞き慣れない名前に首を傾げると、クリスティアンは酒の入ったグラスを机の上に置いて、煩わしそうに息を吐く。

「ああ、今の名はギルバートだったか。過去を抹消するのは結構だが、名まで変えるとは全く小賢しい男だ。見つけるのに十年もかかった」

アンネマリーはそれが彼の過去の名前かと納得し、次いで半目になった。小賢しいと言うが、名を変えるに至った原因はクリスティアンにある。

真横まで歩いてきた彼は、アンネマリーを横目に見て、口の端を上げた。

「どうせ人目を忍んでいちゃついているのだろう？　俺にもお前を味見させろ」

「……絶対に貴方とそんな場所には行きません」

はっきりと断ると、彼は小気味よさそうに笑った。

護衛についたヴァルターと一部の騎士たちには、あとで事情説明がなされた。ギルバートに関わる情報は依然伏せたままにされたが、彼らはそれらの追及はせず、秘密保持を約束してくれた。しかし、それもすぐ意味はなくなった。

なぜなら、クリスティアンが何をするにもアンネマリーを世話人に指名し、場所を問わず嫁にこいと言うからである。

二人が王宮内を歩く姿はたびたび見られ、時を置かずいい加減な噂が流れ始めた。

『あそこまで求められれば、アンネマリー姫もまんざらでもないのでは』

『ギルバート様も優秀な騎士だが、一国の王太子には敵わぬ』

その日も呼び出され、視察という名のお忍び外遊に付き合わされていたアンネマリーは、迷惑そうに彼を見上げる。

本日は王都の視察がしたいとのことで、急遽護衛班を組み、二人は多くの市民が行き交う街中を散策していた。クリスティアンとアンネマリーが歩く道は一定距離を複数の護衛騎士らにより封鎖され、市民らが遠巻きに二人を見ている。

帽子屋や衣装屋、宝石店に時計店。数多くの店を楽しげに見るクリスティアンは、白銀の髪を束ね、白糸で上品な草花の模様を刺繡した紺の上下に身を包んでいた。

「わあ、アンネマリー姫だ。お美しいね、母様。ドレスも素敵」

「あれってエッシェ王国の王子様？　髪が長いんだね、綺麗！」

「これ、顔を上げてはダメよ」

護衛騎士の向こうにいた親子の声が聞こえ、アンネマリーは微笑みかける。

今日は、ギルバートから贈られた、白と薔薇色の布地を使ったドレスを纏っていた。鎖骨や胸元が僅かばかり見える、上品なデザインだ。

最近、ギルバートは頻繁に贈り物をしてくれる。ドレスに靴、お菓子や花。添えられたカードには体調などを心配する文面の最後に、必ず愛を込めてと書かれていた。

この十日、アンネマリーはクリスティアンに連れ回されるばかりで、ギルバートと逢瀬を交わしていない。彼の美しい筆致一つに胸がときめき、恋心は募る一方だった。

親子の声に気づいたクリスティアンもまた、日頃の邪悪さを消し去って微笑みかけ、ぼそっと呟く。

「……私の髪が綺麗とは、笑える話だ」

アンネマリーは彼の髪に視線を向ける。太陽の光を弾くそれは、本日も見事な艶だ。

「……貴方の髪は、綺麗よ」

彼女もぼそっと答えると、クリスティアンはこちらを振り返り、意地の悪そうな笑みを浮かべた。

「女でもあるまいし、髪を褒められても嬉しくはないよ、アンネマリー。この髪は、決して実戦には出ぬという意思表示でしかない。俺は頭脳派でね。お前の婚約者のように、何ヶ月も戦い続けられる無尽蔵の体力は持ち合わせておらん」

彼の言う通り、この時代に長髪の武人はいなかった。アンネマリーはなるほどと思いつつ、目を据える。

「ギルバートは頭もいいのよ。体力だけみたいに言わないで」

言い返した彼女は、二人のために周囲を取り囲んでいる護衛の一人に目を向けた。今日は不特定多数が出入りする街中のため、人員が多数必要となり、ギルバートも加わっていた。黒と赤の騎士服に身を包み、周囲を見渡している恋人の横顔に、胸が騒ぐ。

彼女の視線に気づいたクリスティアンが、鼻で笑った。

「そんなことは知っている。全く目障りで鼻につく男だった。王位継承権を放棄しているというのに、臣下らの心を捉え、次期国王に祭り上げられようとしおって……」

アンネマリーは、彼と一緒に過ごすうち、なんとなく二人の関係性を理解していた。

ギルバートはクリスティアンよりも一歳年上で、学力、体力共に秀で、十分に人心を集められる少年だったのだ。一方、正統な王位継承者であるクリスティアンは、体力面では劣り、薬学を好む大人しげな少年。だから周りはギルバートを持ち上げようとし、クリスティアンの勘気に触れた。

クリスティアンは自らの髪を摑み、忌々しげに見つめる。

「父王とて、俺の母の実家が掌握している派閥さえ巨大でなければ、あいつを王太子に置いただろう。母を政治の道具としか考えていなかった、屑なのだから……」

アンネマリーはようやく求めていた彼の父の話が出て、振り返った。

「……お父様、お好きじゃないの？」

エッシェ王国国王は、アンネマリーが五つくらいの頃に一度だけビルケ王国を訪れたことがある。幼かったので直接会話はしなかったが、クリスティアンによく似た、白銀の髪に空色の瞳を持つ、武人然とした人だった。

ギルバートとクリスティアンなら、よほどクリスティアンの方がエッシェ王国国王に似ている。

クリスティアンはこちらを振り返り、ぞくっとするほど美しく微笑んだ。

「ああ、とても憎んでいるよ。とっとと死ねばいいと思っている。死んで母の足元に跪き、己の心ない振る舞いを謝罪すればいい」

言ってから、彼は物憂げに視線を逸らした。その横顔が幾ばくか悲しげに見え、アンネマリーは彼の過去に思いを馳せる。

エッシェ王国国王ブラームは、前王妃を政略で娶り、ギルバートの母を愛人としていた。それを前王妃がどう感じていたのか、アンネマリーは知らない。ギルバートから聞いた話では、命を狙われていたこともなく、強く憎まれていたわけでもないようだった。

前王妃は不慮の事故で亡くなり、その一ヶ月後、ブラームはギルバートの母アレクサンドラを後妻に迎える。

共に王宮で暮らし、ギルバートが十四歳になった頃から毒が盛られ始めた。ギルバートは十六歳で国を捨て、クリスティアンは望み通り自らの未来を脅かす者を排除し、王太子として王宮に残った。

ギルバートとクリスティアンに纏わる過去は、毒の話に意識が向けられがちになる。だがもう一点、気になるところがあった。

エッシェ王国国王は、前王妃が亡くなった僅か一ヶ月後に、後妻を迎え入れたのだ。

実母を亡くし、喪失感に襲われていただろうクリスティアンは、心の傷も癒えていなかったのではないだろうか。父親の振る舞いに、更に傷つきはしなかったのだろうか——？

最近こんな疑問を抱くようになっていたアンネマリーは、今見たクリスティアンの反応に、やはり傷ついていたのだと思った。

「……お母様がお亡くなりになったあと、悲しい思いをなさったのね……」

気遣って言うと、彼はこちらを振り返り、口の端をつり上げる。

「——俺が何か酷い目に遭っていたのだと思ったか？　お前、人がよすぎるな。俺はギルバートを苦しめるために、お前を取り上げようとしている男だぞ。嘘かもしれないと疑うくらいしろ。そんな甘ちゃんでは、俺の嫁にはなれん」

「……貴方の妻になるつもりはないから、私はこのままで結構よ。ギルバートだって、このままの私を愛してくれているもの」

戸惑ったものの、すぐに眉根を寄せて言い返すと、彼は忌々しげに舌打ちした。

「俺の嫁にしたら、二度とギルバートの名は呼ばせんからな……っ」

アンネマリーは嘆息する。

「……女性を口説くなら、脅すのじゃなくて、優しくしないとダメってダンスをした時にも言ったわ。あといい加減、私のことは諦めてほしいのだけど……」

気に入らなそうにしていたクリスティアンが、不意に手を伸ばした。身構えていなかったアンネマリーは、顎を摑まれ、されるがまま上向かされる。その親密な仕草に、市民が黄色い声を上げた。

「な……っ」

驚いて目を見開くと、クリスティアンはにやりと笑う。

「……お前を諦めるつもりはない。お前の方こそ、諦めて大人しく俺のもとへ嫁げ」

公衆の面前で、いかにも恋人かのように振る舞われるとは考えておらず、アンネマリーは背筋に冷たい汗を滲ませた。ここまでの会話は小声で、周りには聞こえていない。しかしこんな真似をされては、王宮内に留まらず、民までクリスティアンとの仲を疑う。

まずい——と思った時、アンネマリーの腰に大きな手が回り、強引に後方に引き寄せられた。

「きゃ……っ」

たたらを踏むも、すぐにとん、と背中が誰かの胸に当たり、転ばずにすむ。

アンネマリーは自分を抱き寄せた人を見上げ、どきっと胸を鳴らした。

明るい栗色の髪に、快晴の空を彷彿とさせる青の瞳を持つ婚約者――ギルバートが、彼女の顎を捉えていたクリスティアンの手を剝がし取り、剣呑な視線を注いでいた。

「任務中にもかかわらず、警護対象である貴殿に無礼を働き、申し訳なく存じる。しかし私の婚約者に必要以上に触れるのは、控えて頂きたい」

アンネマリーを自らのものだと言わんばかりに抱き寄せ、押し殺した声で警告を入れる。

一触即発は誰の目にも明らかで、その上一人の女性を巡って争っている構図に、民衆がまた黄色い声を上げた。口笛を吹いて「いいぞ、ギルバート閣下！」と囃し立てる者まで現れ、アンネマリーはあまりの状況に、頰を真っ赤に染める。

――皆が思っているような、色恋沙汰じゃないのに……っ。

狼狽して目を泳がせていると、クリスティアンは不快そうに眉をつり上げた。自らを摑む彼の手を払い退け、吐き捨てる。

「誠、無礼な男だ。昔も今も、お前はずけずけと物を言う。その上、振る舞いはいかにも公明正大ときているのだから、虫唾が走る……っ」

憎しみの籠もった目で睨み据えられるも、ギルバートは反論しなかった。クリスティアンは視線を逸らし、低い声で命じる。

「——……気が削がれた。王宮へ戻る。馬車を手配しろ」

「……承知した」

ギルバートはアンネマリーから手を離し、部下に馬車を回すよう指示を出した。

アンネマリーは困惑して、俯くクリスティアンを見つめる。

その苛立ちや悔しさが滲む顔を、彼女はよく知っていた。

それはかつて——兄や姉に憧れ、必死に追いつこうとあがくも、決して届かぬ現実に苦しんだ、アンネマリー自身とよく似ていた。


このところアンネマリーと共に過ごす時間が取れていないギルバートは、非常に苛立っていた。アンネマリーの意向もあって、彼は基本的にクリスティアンの護衛にはついていない。それをいいことに、クリスティアンは我が物顔でアンネマリーを連れ回し、所構わず口説いているのだ。腹が立たぬわけがない。

「王子じゃなかったら、絶対に殴っている……」

騎士団の常駐所にある自らの執務室で、ギルバートは思わず呟いた。

クリスティアンが公衆の面前でアンネマリーの顎をすくい上げ、キスでもするような振る舞いをしたので、つい妨害をした。その始末書を書いているところである。

護衛は基本的に、任務中貴人に触れてはならないのだ。のちのちクリスティアンから苦情が入るのは必至で、その前に不手際を申告しようと考えていたところ、アルフォンス自らが彼の執務室を訪れて命じた。

「ひとまず始末書を書いておけ。向こうも王女にむやみに触れたんだ。それ以上の罰は不適当だと、こちらからも返しておく」

国内移動の際のクリスティアンの護衛には、アルフォンスの部下も配置されている。そのため、いち早く情報を手に入れたらしかった。

処分を言い渡しに来たアルフォンスは、そのまま居座り、来客用の席でギルバートの酒を勝手に開けて寛いでいる。

「まあ、そう怒るな。言っておくが、アンネマリーはいつ何時も、清々しいほどにクリスティアンの口説きをあしらっているぞ」

「それは知っている」

ヴァルターから、二人の様子は詳細に報告されていた。

アンネマリーの態度は一貫して拒否であり、その点はありがたい。しかし王宮内では無責任な噂が広まり、感じなくていいはずの焦りがじりじりと彼を苛んだ。

『あれほど求められれば、アンネマリー王女殿下も惹かれてしまうだろう』

『毎日のように口説かれては、心も傾ぐ』

これまで、アンネマリーと睦まじく過ごすのはギルバートだけだった。それがこの十日、完全にクリスティアンにその場所を奪われている。詳しく知らぬ者たちは、王女がどちらを選ぶのかと、面白おかしく娯楽として楽しんでいた。

議会の方は、アルフォンスの意向が行き届き、誰も二人の婚姻を進めようとはしていない。アルフォンスが直接確認を取っている、エッシェ王国国王の意向待ちで、静観状態だ。

エッシェ王国とは距離があり、確認には早馬を使って往復三週間かかる見込みだった。

「そうカリカリせず、いっそ仲良くなってみてもいいんじゃないか？」

「は？」

アルフォンスが気楽な調子で言った言葉の意味がわからず、ギルバートはつい苛立ちのまま聞き返した。彼は酒を口に運び、にやっと笑う。

「クリスティアン殿下とだよ。殺されかけた過去はあっても、異母弟だ。部下に見張らせているが、どうにも彼は再びお前を殺そうとしている気配がない。アンネマリーといがみ合い、楽しそうに戯れるばかりだ」

「……楽しそうに戯れる……」

まるでクリスティアンとアンネマリーが気心の知れた間柄になりつつあるように言われ、ギルバートの眼差しは剣呑になった。

その時、扉がノックされ、ギルバートはいつものように応じる。

「――入れ」

部下だろうと思い込んで促した彼は、そっと扉を開けて顔を覗かせた少女の姿に、目を瞬かせた。

アルフォンスが振り返り、笑みを浮かべる。

「おや、マリーじゃないか。どうしたんだ？　そうか、今日の視察は途中で切り上げられたから、時間ができたんだな。ギルバートに会いに来たのか？」

暗によほど婚約者に会いたいんだなと兄にからかわれるも、今日は用件があるのか、彼女は恥ずかしがらずに頷いた。

「お兄様もいらっしゃったのね。そうなの、ギルの実のお父様とクリスティアン殿下がどんなご関係だったのか、聞きたくて……」

ギルバートは訝しく首を傾げる。

「父とクリスティアン殿下の関係……？」

ギルバートが贈ったドレスを纏う彼女は、こちらを振り返り、難しい顔をした。

「ええ。今日ね、クリスティアン殿下がご自身のお父様のお話をしていた時、口では憎いと言うのに、お顔は悲しそうだったの。だからどんな親子関係だったのかしらと……」

ギルバートはピクリと眉を上げる。

「あいつが気になるの？」

「え？」

思わず聞き返してしまい、心の中で自らに落ち着けと言い聞かせる。アンネマリーが愛しているのはギルバートだけだ。そう宣言されたのだから、悋気を見せてはいけない。

ギルバートは前髪を掻き上げ、嫉妬渦巻く胸をひた隠して、にこっと笑った。

「いいよ、話そうか」

アルフォンスが、ワイングラスを空にして立ち上がる。

「じゃ、私的な話だろうし、俺は席を外すよ」

「ありがとう」

ギルバートは理解ある友人に礼を言い、アンネマリーを来客用の椅子にエスコートして座らせた。


エッシェ王国の王宮で過ごした六年——ギルバートはクリスティアンと父王が一緒に過ごす姿を時折見ただけだった。しかしどんな時も、父王は自分と変わらず、クリスティアンを息子として愛しているようだった。アンネマリーに聞かれ、クリスティアンに対する父の振る舞いを話したギルバートは、その後彼女を乱していた。

「ギル……っ、ん、ん……っ」

一人掛けの椅子の上ではしたなく両足を開かせ、その間に顔を埋める。彼女の花唇を口に含み、ねっとりと舐め転がすと、彼女は声を殺して体を震わせた。

常駐所にある執務室だ。王宮の部屋ほど扉は厚くなく、大きな声を上げれば外に響く。

本来こんな場所で抱いてはいけないのはわかっていたが、どうにも彼女は自分のものなのだと確かめたかった。

アンネマリーの気持ちが、クリスティアンに傾くのでは——などという噂は聞く価値もない。長く陰口に苦しんだアンネマリーを慰めてきた彼は、そう理解していた。しかし今回ばかりは彼女を想うあまり、どうにも心がコントロールできない。噂に苛立ち、嫉妬する。

話し終わったあと口づけを交わし、抱いていいかと確認したら、彼女は頬を染めて頷いてくれた。その返事で想いは伝わり、ギルバートは満足できた。しかし彼女に触れたい気持ちが抑えられず、下着の隙間をぬって蜜口に指を這わし、彼の瞳は獣に変わった。

そこはすっかり濡れそぼり、軽く触れただけでアンネマリーは淫らに身もだえたのだ。

ギルバートは彼女の下着を剝ぎ取り、性急にその足を割り開いた。

狭い蜜口は物欲しそうにひくつき、ギルバートは一方の手で花芯を弄くりながら、もう一方の手の中指を蜜壺に埋めていく。

「あ……っ、んん、ん……！」

膣内は柔らかく、すんなりと指一本をのみ込んだ。何度か抽挿を繰り返し、中を広げるように掻き回すと、彼女はビクビクと膝を震わせる。夜を共にしたのは僅か二日でも、二回目の夜に何度となく彼女を抱いたギルバートは、その体を熟知していた。撫で回す際、弱いところを狙ってぐりぐりと刺激すれば、蜜がまた溢れる。

十日もの間、キスすらしていなかったせいか、彼女は酷く感じていた。指を二本に増やし、心地よい場所を軽く擦れば、瞳に涙を浮かべ、押し殺した嬌声を上げる。

「ん――――!」

中が収縮し、ギルバートの指に絡みついた。その感覚に情欲が煽られ、彼はじゅぷじゅぷと激しく指を抽挿させる。

心地よさに彼女が声なき嬌声を上げ、あまりに淫靡な様子に、ギルバートはいやらしく唇を舐め、喉を鳴らす。

「気持ちいい……?　すごく濡れてるね、マリー」

身を起こし、耳元で囁くと、彼女の中がまた収縮した。アンネマリーは耳も弱い。耳朶に舌を這わし、耳穴に舌を差し込むと、あえかな声が漏れた。

「んぅ……っ、あっ……あ……っ」

ギルバートは興奮を抑えられず、彼女の中から指を抜く。ベルトを外し、はち切れんばかりに膨らんだ男根を引きずり出すと、アンネマリーの体を反転させた。

「背もたれを持っててね、マリー。声は我慢できそう?」

「う……うん」

耳元で優しく尋ねると、ギルバートに背を向ける形になった彼女は、よくわかっていない顔で頷く。ギルバートは椅子の座面に膝を立てた彼女の尻を少し持ち上げ、蜜口に屹立を押しつける。そして一気に最奥まで突き上げた。

「――あ……っんん――……！」

思わず声を上げかけた彼女は、寸前で口を閉じ、快楽に身を震わせる。中は淫らに蠢き、ギルバートは彼女が落ち着くのを待てず、腰を振り始めた。

「やぅっ、あっ、ギル……っ、待って、だめぇ……っ」

「は……っ、ごめん、待てない……っ」

すぐに中をじゅぽじゅぽと擦られ、アンネマリーは淫らに腰を反らす。尻を突き出す恰好になり、ギルバートは蜜口を指の腹で広げた。とろりと中から蜜が溢れ、そのまま男根を根元まで突き立てる。彼女はびくびくと背を震わせ、首を振った。

「……っ、それ、ダメぇ……！」

蜜口を広げて中を抉ると、より最奥を刺激でき、媚肉が蠕動を始めた。すぐにも彼女が達しそうな気配を感じ、ギルバートは自らも最高に感じながら、微笑む。

「ダメなの……？　気持ちよくない……？　いっぱい締めつけてるよ、マリー……っ」

彼女の中はたまらなく心地よく、ギルバートは衣服を剝ぎ取れないのを惜しく感じた。

閨ならドレスもコルセットも脱がし、彼女の美しい体全てに触れられる。しかし執務室ではそれも叶わない。

とはいえ、ドレスを着たままの彼女を犯す様もまた扇情的でそそられ、彼はその首筋に口づけた。

「……マリー、大丈夫？　気持ちいい……？」

悦楽で瞳を濡らした彼女はこちらを振り返る。艶やかな表情に煽られ、ギルバートは唇を重ねた。にゅるにゅると舌を絡め合わせ、舌裏や上顎をくすぐる。

彼女は息を乱し、ギルバートだけをうっとりと見つめた。

「はあ……っ、ギル……っ、ギル……っ、きちゃうの……っ」

言葉通り、彼女の中はギルバートを最奥にのみ込もうと蠢いていた。ギルバートは愛しさに瞳を細め、また口づける。

「……可愛いね、アンネマリー。……早く、君を娶りたい……」

思わず本音が口をつき、アンネマリーが目を瞠った。雄芯が強く締めつけられ、ギルバートは息を詰める。

「……マリー……っ、は……っ、くそ、いい……！」

堪えられず、彼女の腰を掴んで激しく雄芯を抽挿させた。荒い吐息と、ばちゅばちゅと腰を打ちつける卑猥な水音が室内に響き渡り、アンネマリーは艶やかに喘ぐ。

「ああ……っ、きちゃう……っ、ダメぇっ、あっ、あっ、やぁあっ、……ん――！」

絶頂を迎えた彼女の中は、ギルバートの子種をのみ込まんと雄芯を食い締めた。ギルバートは瞬間的に、中に精を注ぎ込みたい衝動を覚える。しかし理性を掻き集め、僅かばかり達した彼女の肉壁を楽しんでから、自らを引き抜いた。胸ポケットから取り出したハンカチーフに白濁を放ち、素早く自身の衣服を整える。そしてぐったりと椅子に崩れ落ちた恋人を、甲斐甲斐しく世話し始めたのだった。

クリスティアンが滞在を始めて二週間と少し――アンネマリーは、西塔近くにある庭園で、姉姫たちとクリスティアンを交え、お茶会をしていた。

クリスティアンの右手にはリーフェが、左手にはアンネマリーがおり、正面にイーリスが座っている。円卓の上に並んだ可愛らしい茶菓子を、姉姫たちは遠慮なく摘まんでは思い思いに話した。

「今日はよい天気ねえ……」

「こんな日は水遊びがしたくなるわね。クリスティアン殿下は水遊びなんてなさったご経験はおありかしら？」

強い日射しを避け、茶席は噴水脇の木陰に設けられていた。蟬の声が鳴り響き、時折通り抜ける風が心地よい。

さらりとイーリスの髪が靡けば光を弾いて煌めき、リーフェからは品のよい香水の香りが漂った。白銀の長髪を持つクリスティアンも二人に負けぬ容貌であり、お茶会はともすれば神々の茶会とでも呼ばれそうなまばゆすぎる光景である。

いつも通り髪をハーフアップにしたアンネマリーは、話しかけられたクリスティアンを見やる。彼は、なぜ自分がこんな目に遭っているのだという顔で、ぼそっと答えた。

「……特にないな」

このお茶会を提案したのは、アルフォンスだった。アンネマリーを嫁がせる気はないが、今のところ毒薬を持ち込んだ様子も、作る気配もない。せっかくだから、今後のためにも仲良くなれと言うのだ。

既に相当生意気に接しているので、今更アンネマリーが気に入られる日は来ないと思う。そう答えたのだけれど、兄は「猫がじゃれ合ってるようにしか見えないから、大丈夫だ」とよくわからない答えを寄越し、お茶会は強制的に実行された。

しかし提案者の兄は忙しくて同席できず、代わりにギルバートが警護に入れられた。

クリスティアンはギルバートの命を狙っていて、できるだけ近づけさせない方がいいのに、なぜこの人選をしたのか。これもまた理解不能だった。

姉姫たちはクリスティアンの不機嫌顔をものともせず、会話を続ける。

「……まあ、子供の頃もされなかったの？」

イーリスが尋ねると、クリスティアンは椅子に背を預け、肩を竦めた。

「しなかった。俺は貴殿たちのように兄弟姉妹がいたわけでもないのでな」

ギルバートがいたじゃない、と思ったが、書類の上で二人は兄弟ではないのだ。それに二人とも気が合わなかったそうだから、遊ぶなどあり得なかったのだろう。

「貴殿らは、兄弟姉妹でよく遊んでいたのか？」

意外にも、クリスティアンの方から質問され、リーフェが頷く。

「ええ、幼い頃は陛下の私室でよく家族一緒に過ごしていました。妃殿下が物語を読み聞かせてくださったり、三対三でチェスをしたり」

「三対三？」

訝しそうに問われ、イーリスがふふっと笑った。

「六人家族なので、一つの板を囲むとなると、三対三になるのです……。三人で話し合って、一つの駒を動かすのですよ。案外に楽しいのです」

正規ルールではないが、家族みんなでそうして遊んでいた。昔を思い出して楽しそうに答えられ、クリスティアンは皮肉げに口の端をつり上げた。

「なるほど。一人の妃を愛する誠実な王のもとに生まれた子供たちは、皆幸福そうで羨ましいものだ。私の家族とはちっとも違う」

　クリスティアンは、ちらっと少し離れた後方に控える騎士――ギルバートを見やり、低い声で呟く。

「俺は今でも、血を分けた兄も父上も、許しがたい……」

「兄……？」

　ギルバートの出生に関する情報は、まだイーリスやリーフェには知らされていなかった。二人に不思議そうに聞き返され、クリスティアンは微笑んで立ち上がる。

「……誠に、貴殿らは大事にされているようだ。この末姫が、最も劣った出来損ないだと罵られている時も、そのようにのうのうと微笑んでいたのか？」

　指を突きつけられたアンネマリーは、ぎょっと彼を見上げた。陰口について、アンネマリーは一度だって兄姉に話したことがなかった。話していたのは、ギルバートだけだ。兄や姉たちも、もちろん耳にしていただろう。けれど誰も敢えて口にしなかった。皆はアンネマリーに愛情深く接することで、彼女の心を守ろうとしてくれていたのだ。

　お茶会の空気がしんと冷え、イーリスが眉尻を下げる。

「……大切な妹ですもの。口さがなく言われて、心が塞がぬはずはありません」

「私たち自身に聞こえる場所で悪く言うような者は、職を解いてきました。王族が民の口を塞いでは、不満を募らせ、のちの憂いに繋がるけれど、時と場所を考えられぬ者は教養が足りないと判断します。漫然と愚かしい陰口を許してきたわけではないわ」

　笑みを消して答えたリーフェは、アンネマリーを見る。

「けれど、本当に意味のない行為よ。容姿なんて、優劣をつけたところでいずれ衰え崩れいくし、教養だって立場に合わせて必要な知識を揃えていればいい。もっとマリーの中身を見てほしいものだわ。この子は家族皆の気持ちまで考えて、いつ何時も不平不満をのみ込んで笑顔を浮かべ続ける、立派な子なのよ」

　アンネマリーは、かあっと頬を染めた。まさか姉たちに自分がどう振る舞っているか見透かされていたとは、今の今まで知らなかった。

　イーリスがにこっと微笑む。

「この子が唯一、本音を言える相手がギルバート様だったのです……。ですからどうぞ、二人を引き離さないでくださると嬉しく思います」

「ええ、憎らしいことに、ギルバートだけがマリーの相談役に選ばれたのよね。本当に憎たらしいことにね」

　リーフェが私怨交じりに重ねて言い、クリスティアンは鼻を鳴らした。

「なんだ、不仲にしてやろうと思ったのに、つまらん姉妹だ。ではいつものように茶会を続けろ。俺は下がる」

　ふいっと顔を背けた彼は、下がると言いながら西塔には向かわなかった。あとを追おうとする自国の護衛を制し、一人で西園奥にある森に入っていく。

そこは足元に小花が咲き乱れる涼やかな庭園で、ギルバートとの逢瀬でよく使っている、人気のない場所だった。

アンネマリーはギルバートをちらっと見てから、姉たちに席を外すといい、クリスティアンのあとを追った。


風が吹き抜け、葉擦れの音が耳に涼しい。当て所なく歩いているらしいクリスティアンは、後ろからアンネマリーがついてきているのに、振り返らずそのままにしていた。しばらく黙ってついていっていたアンネマリーは、森の中程辺りで声をかける。

「……ギルバートのこと、もう殺す気はないの？」

兄が話していた通り、この滞在中、クリスティアンが毒を盛る気配は全くなかった。彼は軽くこちらを振り返り、また視線を前方に戻す。

「……他国では上手く証拠を消せないかもしれないから、手を出さないだけだ」

「……ご自身のお父様にも、毒を盛ったの？」

歯に衣着せぬ問いに、クリスティアンは怒るでもなく失笑した。

「そうだと言ったらどうするんだ？　俺は薬の知識だけは豊富だからな。誰にもそうと気づかせぬよう、ゆっくり時間をかけて殺す毒薬だって、作ろうと思えば作れる」

声音から、なんとなく毒を盛ったわけではないのだと感じ、ほっと息を吐く。

「……お父様が許せなかったのじゃないかしらと思って、聞いてみたの。貴方のお母様がお亡くなりになってすぐ、ギルバートのお母様を召し上げられたと聞いたから」

クリスティアンの肩が、微かに揺れる。

「そんな真似をされたら、自分や自分のお母様より、あとから召し上げられた母子の方が愛されているのだと思うわよね」

「……思うも何も、それが事実だ」

こちらを振り返った彼は、不快そうにアンネマリーを睨み据えた。

「俺の家族は、お前たち一家とは全く違う。母は愛もなく俺を孕ませられ、その後事故死した。死後も悼まれず、あっさり後妻を迎えられた、哀れな女だ。せめて息子の俺くらいは、あの幸福な親子を苦しめねばならない」

アンネマリーは、すうっと息を吸う。ようやく合点がいった。エッシェ王国で、ギルバートは彼に目の前から消えろと言われ、全てを捨てた。それなのになぜ、クリスティアンは彼を探し出したのか。

クリスティアンは、王位継承権を守るために暗殺を試みていたのではない。彼は、実母を蔑ろにした者を苦しめるために毒を盛り、そしてそれでも満足できず、ギルバートを追ってきたのだ。

「……ギルバートは、過去の全てを捨て、一般階級出身の者としてアッシャー侯爵家に入ったわ。お母様と離れざるを得なくなって、辛かったと思う。こちらでは皆に貴族の血を継がぬ者と差別され、とても苦労してきた。これでもまだ、貴方はギルバートに苦しんでほしいの？」

クリスティアンはひくっと頬を引き攣らせる。

「ゼロから始め、今再び頭角を現し、皆に認められる立場となったのだろう？　王宮で共に過ごした頃と、何も変わらぬ。あいつは優秀すぎて、心底反吐が出る思いだ」

「……その大嫌いな人を十年もかけて探し出して、また嫌な気分になっているの？」

アンネマリーが眉尻を下げて言うと、彼は眉間に皺を刻んだ。

「それに気づいている？　貴方が王太子として生まれてお母様を失うまでの間、ギルバートは母子家庭で育ったの。伯爵令嬢が結婚もせず子を産むなんて、相当不遇を舐めたでしょうね。王位継承権を捨てて王宮に上がっても落ち着かず、彼は両親と縁を切って隣国へ移住した。……彼が今の地位にあるのは、全て彼自身の努力の結果よ。ずるい真似なんて一つもしていない。今の彼が貴方に憎まれる筋合いは、一つもないと思うわ」

「……」

「……貴方が許せないのは、お父様お一人じゃない？　ギルバートに毒を盛り続けたのも、彼を探し出して、今度は殺すのではなくその婚約者を取り上げようとしているのも、苦しめられるお父様の〝愛する息子〟を見せつけて、心を痛めつけたいからじゃないの？」

　言ってから、アンネマリーはつけ加える。

「ああ、いいえ。それだけじゃない。きっと全てを捨ててもなお大成したギルバートが、妬ましくもあるのよね。だから私を取り上げて、少しでも自分の劣等感をごまかしたい」

　クリスティアンはカッと目を見開き、勢いよく歩み寄ると、彼女の腕を乱暴に摑んだ。

「きゃ……っ」

「お前は口の減らない女だな……！　もう少し殊勝にしたらどうだ？　たとえ武術が得意でなくとも、お前くらい片手でくびり殺せるんだぞ……っ」

　加減なく力を込められ、痛みに怯みかけるも、アンネマリーは意地を張って彼を睨み返した。

「……貴方こそ、もっと矜持を持ったらどう？　貴方は使者として、国に関わる采配を一任された王太子なのよ。幼い頃の劣等感に惑わされてどうするのよ……！」

「惑わされてなど――」

　この期に及んで否定しようとするのを見て、アンネマリーは眉をつり上げる。

「どこが惑わされていないのよ！　貴方は比較される屈辱を知っているのでしょう？　それは、私と同じように兄弟と比べられ、心ない声を聞いて傷ついてきたからだわ！」

　クリスティアンは言葉をのむ。

「ギルバートさえいなければ、そんな目には遭わなかったのだから、腹も立つわよね。だけど貴方を傷つけたのはギルバートじゃなくて、陰口を叩いた人よ。ギルバートを苦しめたって、意味はないわ！　それに無責任な声に貴方が傷ついてあげる必要だってない。こうして病に伏した王に信頼を置かれ、代わりを頼まれるくらいだもの。貴方は国を負うに足る、優秀な王子のはずなの。今一度冷静になり、何が最善か見定めるべきだわ……！」

真剣な眼差しで糺（ただ）され、彼は頰を強ばらせた。摑んでいた腕を離し、顔を背ける。

「俺が、お前たちの動きを知らぬとでも思うのか？　お前の兄は今、使者である俺を介さず、父に直接、友好条約についての意向を問うている。父は必ず友好条約の締結を約束し、俺は遠からずお役御免だ。……俺たち親子の間に信頼などない。あるのは血筋だけだ」

彼が重苦しくため息を吐くと、アンネマリーの背後から突然、声がかかった。

「……そうでもないと思うが」

びくっと肩を揺らして振り返ると、見慣れた青年が歩み寄っていた。今日の護衛についていた、ギルバートだ。

おそらくアンネマリーの気持ちを読み、しばらく誰にもあとを追わせなかったのだろう。

彼はアンネマリーの傍らに立ち、手にしていた封筒をクリスティアンに見せる。

「今、予定より早くエッシェ王国国王陛下から友好条約に関わる返信が届いた。エッシェ王国国王は、友好条約の締結に関する裁量は使者に一任し、その判断に委ねると答えた」

アンネマリーは驚いて息をのみ、なぜかクリスティアンも目を見開いた。

ギルバートは顔をしかめる。

「なぜ解任されるなどとお考えだったのだろうか？　エッシェ王国国王は、貴方を使者として信認されているご様子だ」

「……そんなはずは……」

友好条約を盾にアンネマリーを奪おうとしていた彼は、明らかに狼狽えていた。まるで最初から全て本気ではなかったような反応に、ギルバートは眉尻を下げる。

「……確かにあの男は、貴方と貴方のお母上への気遣いが足りなかった。……だがあの男の愛情が、俺や俺の母だけに注がれていたとは思わない。王宮で共に過ごした六年しか見てはいないが、あの男は俺にも貴方にも、公平に接していた。笑って話しかけ、頭を撫で、よくできたなと勉強や訓練の成果を褒める。……特に貴方の薬学に関する成果は、手放しで褒めていたように思う」

ギルバートは気配を消して、どこかから二人の会話を全部聞いていたらしかった。クリスティアンは眉根を寄せる。

「……盗み聞きとは、趣味がいいな」

ギルバートは苦笑した。

「申し訳ない。しかし婚約者を掠め取ろうとしている男と二人きりにはさせられない」

「……国を勝利へと導いた武勇の将のわりに、余裕のないことだ」

嫌みにもギルバートは反論せず、クリスティアンに優しげな視線を注いだ。

「もしも周囲が俺を次期国王にしてはと祭り上げていた時期に、貴方が傷ついてしまったならば、心苦しく思う。同時に、貴方はなんら気にする必要はなかったとも申し上げる」

「なんだと……？」

図星を指されて腹立たしいのか、クリスティアンは鋭くギルバートを睨みつける。

だが、ギルバートは陰口に弱音を吐くアンネマリーを慰めていた時と同じ、慈しみ深い笑みを浮かべた。

「……人は往々にして、わかりやすいものを好むのです。あの頃、俺は武術に長け、人の目につくところで鍛錬をしていた。その姿を見て、頼もしく感じたにすぎない。生まれた時から次期国王となるべく教育された貴方よりも、俺が優れていたはずがないでしょう。今こうして、エッシェ王国国王陛下が貴方に裁量を委ねているのが、いい証拠だ。貴方は王が信頼を置くに足る、十分な知性を備えた息子なのです」

クリスティアンは微かに目を瞠り、瞳の奥に喜びの感情を揺らがせた。しかしアンネマリーが見ていると気づくと、さっと表情を不機嫌なそれに戻し、意地悪そうに笑う。

「ふん、俺の気分をよくして、婚約者を取られぬようあがいているのか？　だが残念だったな。使者を解任されないのならば、俺の考えは変わらない——」

ギルバートは彼が最後まで言う前に、目を細めて続けた。

「――クリスティアン殿下。今の私は、ビルケ王国国王に忠誠を誓った、アッシャー侯爵家の長男です。昔の名は捨て、ギルバート・アッシャーとしてここにある。貴方の心を傷つける原因となったルーカスは、もはやこの世にはいないのです。……それでも貴方は、王の信認を得たその裁量でもって、多くの民を巻き込んだ戦を望まれるのか？」

アンネマリーは内心どきっとし、クリスティアンは眉をつり上げる。

ギルバートは、友好条約を盾にアンネマリーを奪うのか？　――とは言わなかった。戦をするのか、と聞いたのだ。

その意味は明白であり、クリスティアンはひくっと頬を痙攣させた。

「戦になろうと、アンネマリーは手放さぬと言うのか……？」

ギルバートはアンネマリーを抱き寄せ、穏やかに答える。

「申し訳ないが、彼女は一生手放さない。貴方が戦を望むのならば、私は彼女を連れてこの国を出る」

クリスティアンは唖然と口を開け、声を荒らげた。

「……国を出て、再びゼロからやり直そうというのか!?　王女として育ったその娘が、耐えられるはずがないだろう……！」

「いいえ。一般階級の生活もできるよう、少しずつ練習をしているの。まだ一人で生きていけるとは言えないけれど戦になるなら、私も彼と一緒に国を出る覚悟はあるわ」

アンネマリーは眉尻を下げ、揺るがぬ想いを宿した笑みで応じた。ギルバートと協力して生活する確かな腹づもりはある。そう言うと、クリスティアンは驚愕の表情でアンネマリーとギルバートを交互に見つめた。しばらく苛立たしげに拳を震わせ、そして不意に、何かが突き抜けたかのように大仰なため息を吐いた。

「……興が削がれる奴らだ……。あの男を苦しめる材料が手に入らぬなら、意味はない。ロートス王国国王でもあるまいに、この俺が国費と人命を無駄に削るわけがないだろう」

ぼそっと呟いた彼に、ギルバートが顔を上げ、やや剣呑に目を眇める。

「……やはり貴殿は、ロートス王国との戦に噛んでいたのか？」

クリスティアンは視線を上げ、にやっと笑った。

「いいや？　国内視察を兼ねてロートス王国を訪れた際に、酒の席で内紛を起こす民の目を逸らす術を冗談半分に話しただけだが。……ああ、我が国の武器を買う方法も教えてやったかな。我が国の武器は高価だが、平時より他国にも販売しているからな」

あくまで他国に戦を仕掛ければいいと話したのは冗談であり、武器の購入方法を教えたのも商売の一環。ロートス王国の後ろ盾にはなっていないと嘯(うそぶ)かれ、ギルバートは眉を顰めた。

「……今後はそのような戯れはやめて頂きたい」

低い声で窘められると、彼は鼻を鳴らす。

「さあ、どうしてやろうか。……あの愚かなロートス王国国王をけしかけたのは、武将に成り上がったお前を戦へと駆り出し、父王の顔を憂いで歪ませるためだったが……」

底光りする眼差しでギルバートを見据え、小気味よさそうに口角をつり上げた。

「――この国の王子は、頭が回るな。此度の戦を防衛ではなく、侵略へと方針を定めたのは意外だった。今後ビルケ王国はエッシェ王国と同等の国力を有し、第一王女が嫁げばリンデン帝国の後ろ盾まで得られ、向こう百年は安泰の国となる」

アンネマリーは背筋に冷たい汗を伝わせる。それではやはり、あの戦は彼の策略だったのだ。またどこかの国と戦をさせられては、たまったものではない。

顔色をなくすアンネマリーをちらっと見て、クリスティアンは首を傾げた。

「……お前は手に入らずとも、今のうちにこの国を潰しておくのも手だろうな、アンネマリー？」

「それは……」

動揺する彼女を楽しそうに見つめ、だが数秒後、またため息を漏らした。

「……まあそうは言っても、恨みのないお前を不幸にしてもつまらん。どうやら父王もこの俺の器は認めているようだし、憎らしい異母兄ももうこの世にいないらしい。……そろそろ次期国王として、まともに生きるのもいいだろう」

彼はそう呟くと背を向けて立ち去ろうとし、アンネマリーは「えっ」と声を漏らす。

「ま、待って！　それは、あの、友好条約を結んでくれるという意味……っ？」

数歩追って尋ねると、彼はこちらを振り返り、つまらなそうに答えた。

「そう言っている。……感謝して、俺のもとへ嫁いでもいいぞ」

アンネマリーはそれは無理だと思い、言葉に詰まる。彼は憎らしげに舌打ちした。

「……全く可愛げのない女だ……。この俺を何度も袖にしおって……」

腰に添えられたギルバートの手に、なぜかぐっと力が籠もった。忌々しそうに呟く彼が本気だとは思わず、アンネマリーは安堵してふふっと笑う。

「女性を口説く時は、脅すのじゃなくて、優しくした方がいいと思うわ、クリスティアン殿下。本当に娶りたい方ができたら、ちゃんとお優しくなさってね」

明るい笑顔で言うと、クリスティアンはアンネマリーをしばし見つめ、背を向け直した。

「……そうだな。つまらぬ恨みなど持ち込まず、優しく口説いておけばよかったよ」

なぜ過去形なのかしらと、アンネマリーはきょとんとする。しかしクリスティアンはもう振り返らなかった。

その後、クリスティアンは予定通り国内を視察して滞在期間を消化し、最終日前日に友好条約に調印した。この条約で、ビルケ王国とエッシェ王国は向こう百年、戦をせぬ約束を取り交わした。

終章

アンネマリーとギルバートの婚姻は、異例の速さで進められた。通常、貴族社会では婚約期間を一年は置く。しかし二人は、エッシェ王国との友好条約が締結された四ヶ月後に結婚式を挙げる運びとなった。

これほど早くなったのは、アルフォンスの意向による。兄はどうも、クリスティアンが本気でアンネマリーに惚れたと判断したようなのだ。クリスティアンと仲良くなれと促しても、嫁には絶対に出せないと言い、慣例を破って早急に結婚の日取りを決めた。

この方針を聞かされたギルバートは、二つ返事で承ると答え、アンネマリーも特に文句はなかった。ずっと一緒に過ごしてきたギルバートと結婚できるのだ、嬉しい以外にない。

二人の式は、王族が婚姻の際に使う、王都中央にあるミッタータ教会で挙げられた。

神に永遠の愛を誓い、式後、教会前に姿を現したアンネマリーは、盛大な歓声を浴びて驚く。教会前の広場には、想像以上の民が集まっていた。

「おめでとうございます、ギルバート閣下――！」

「お美しくあらせられます、アンネマリー様――！」

戦を勝利へと導いた武将を慕う軍部の者だけでも尋常でない数だったが、急に美しさを増したと評判の末姫を一目見ようとする民も大勢集まり、すごい数になっていた。

数多の花吹雪が舞い、それはまるで空一面に花園が広がったかのような光景となる。

アンネマリーは美しい情景にしばし見蕩れ、隣に立つ花婿を嬉しそうに見上げた。

「こんなにたくさんの人に祝福してもらえるなんて、嘘みたいね」

小声で話しかけると、ギルバートは愛情に満ちた目でこちらを見返し、微笑む。

「そう？　俺にとってはとても現実的だよ。……一刻も早く君を娶りたかったから」

情熱的に囁くと、彼は顔を寄せる。

「……今日も美しいよ、アンネマリー。……二度と誰にも、横恋慕させないようにしないといけないね……」

ぼそりと呟かれた最後のセリフに、アンネマリーはきょとんとした。甘く微笑むギルバートは、瞳の奥に隠し切れない恋情を燃やし、彼女の艶やかな唇に視線を注ぐ。

「……え……？　あ、待……っ」

アンネマリーは途中で彼の意図に気づいた。しかし顎先に指を添えて上向かされ、次の

瞬間には空色の瞳が焦点の合わない距離に近づき、唇が重なっていた。

教会内で神聖な口づけを交わした花婿は、民衆の前でも再び花嫁と唇を重ね、熱烈に独占欲を示す。青いキスに、民衆や集まった騎士団の面々はどっと盛り上がり、また祝福の声を上げた。


挙式後、一ヶ月ほどの新婚旅行に出た二人はその日、ビルケ王国の南西にあるフルト州に滞在していた。彼らが宿泊するのは、三代前の王妃が建てた城で、大きな湖の上にあるのが特徴だ。窓からは澄んだ湖面と美しく整えられた花園が見渡せ、大変景色がよい。

しかしアンネマリーは毎夜のようにギルバートに抱かれ、せっかくの景色を楽しめない日も多々あった。

その夜も、彼女のネグリジェは乱され、豊満な胸や下着を剝ぎ取られた下肢が晒されていた。

「……っ、ギル……っ、やぁ……っ、ん……っ」

何度抱いても飽きることを知らぬギルバートは、蜜壺に雄芯を捻じ込み、いやらしく中を搔き混ぜながら甘く尋ねる。

「嫌なの？　ここ、気持ちよくない……？」

シャツを脱ぎ、見事に鍛え上げた胸筋や腹筋を晒したギルバートは、色香たっぷりに微笑み、アンネマリーの弱いところをぐりっと擦る。

「きゃうっ、ああんっ、あっ、あ……っ」

両足を開かされたアンネマリーは、心地よさにびくりと体を震わし、熱い疼きを下腹に集中させた。毎夜抱かれた体は、すっかり快楽を覚え、淫靡に彼の雄芯に絡みつく。ギルバートはたまらなそうに自身の唇を舐め、腰を振る速度を速めた。じゅぽじゅぽと淫らな音が響き渡り、アンネマリーは羞恥心を覚えて頬を染める。しかしそれを上回る心地よさに、彼の首に腕を回し、あえかな声を漏らした。

「……あっ、ギル……っ、ギル……っ、はあ……っ、好き……っ、大好き……っ」

思わず想いを漏らすと、彼は嬉しそうに笑って唇を重ねる。舌を絡め合わせながら、奥を突かれ、アンネマリーはビクビクと震えた。

「……そんなに、しちゃ……っ、あっ、やぅっ、いい……っ」

蜜壺は淫らに彼の肉竿を食い締め、ギルバートも息を乱した。

「は……っ、俺も、いいよ……マリー……っ。たまらない……っ」

堪えられないとばかりに、彼女の腰を掴み、最奥を狙って穿ちだす。腹の底から快感が走り抜け、アンネマリーの中は絶頂を迎えようと蠕動を始めた。獣の眼差しが揺れる乳房に注がれ、アンネマリーはそれにまで感じ、きゅうっと中を収縮させる。

「ああっ、ギル……っ、きちゃう……っ、んっ、あっ、あ……っ」

「いいよ、マリー……っ。何度だって楽しんで……っ」

彼女が達するように、ギルバートは激しく腰を打ちつけた。ぞくぞくと熱い快感の波が迫り上がり、アンネマリーはぎゅうっと足先を丸める。

「きゃああんっ、あっ、あっ、んーーー！」

「マリー……っ、マリー……っ、――く……っ」

ギルバートは雄芯を根元まで突き立て、彼女の絶頂を存分に味わいながら、今夜も子種をたっぷりと注ぎ込んだ。


新婚旅行中、二人の睦まじさは多くの者の目にとまった。

二人で散策している間もギルバートは恋情の籠もった瞳でアンネマリーを見つめ、人目を忍んでキスを交わす。アンネマリーもそんな彼をうっとりと見返し、当初、ギルバートの望まぬ婚約相手として噂されていた第三王女は、時を経るごとに愛されてやまない花嫁として知られるようになっていった。

二人は結婚して一年も経たぬうちに女児に恵まれ、その二年後には男児が誕生。

気難しい性格で知られたアッシャー侯爵も孫には甘く、主人と息子だけの静寂に包まれていたアッシャー侯爵邸は、いつしか明るい家族の笑い声で満ちていった。

あとがき

こんにちは、鬼頭香月です。この度は『ワケあり騎士団長は末っ子王女を手放さない』をお読みくださり、ありがとうございました。

日頃は爽やかで優しい雰囲気ながら、諸々の事情により結婚を頑として受け入れないヒーローと、彼を一生懸命口説き落とすヒロインの恋はいかがでしたでしょうか。

結ばれる前からそうですが、一旦結ばれたら独占欲全開で、閨では結構な獣になるヒーローをお楽しみ頂けていれば幸いです。

イラストはコトハ先生です。とにかく表紙は美麗であり、挿絵は花に溢れた華やかな日常から艶っぽい閨シーン、そして美しいラストまで全てとても魅力的に描いてくださり、感謝の気持ちでいっぱいです。さりげなく描かれたヒーローの腹筋にも、ぜひご注目ください。

今回のお話は、プロット前に三つほど提出したネタ案が諸般の事情で全て通らず、焦りを覚えつつまた新たに考えて作ったという印象深い始まりでした。

とはいえ、本文作業は楽しく取り組めましたので、本書をお読みくださった皆様も少しでもお楽しみ頂けていれば嬉しく思います。

また本書の可愛らしいタイトルは、担当編集様が考えてくださいました。

ティアラ文庫様で刊行頂いた鬼頭香月の書籍はこれで三冊目なのですが、一冊目が『堅物王子はにゃんこな新妻を溺愛したくてたまらない』、二冊目が『百戦錬磨の騎士さまは見初めた令嬢を逃がさない』、三冊目が『ワケあり騎士団長は末っ子王女を手放さない』となり、全て綺麗に語尾が『～ない』で統一されました。

前二作とも大変気に入っている作品ですので、もしも読んだことがなければぜひお手に取って頂けますと幸いです。

最後に、素晴らしいイラストを描いてくださったコトハ先生、ネタからじっくり付き合ってくださる担当編集様、表紙デザインを手がけてくださったデザイナー様や校正担当様など、本書を刊行するにあたり、関わってくださった全ての方に御礼申し上げます。

何より本書をお手に取ってくださった皆様、誠にありがとうございました。

今後もお楽しみ頂ける作品を作れるよう、精進して参ります。

またどこかでお目にかかり、お読み頂ける機会があれば幸甚です。

鬼頭香月

ワケあり騎士団長は末っ子王女を手放さない

ティアラ文庫をお買いあげいただき、ありがとうございます。
この作品を読んでのご意見・ご感想をお待ちしております。

✦ ファンレターの宛先 ✦

〒102-0072　東京都千代田区飯田橋3-3-1
プランタン出版　ティアラ文庫編集部気付
鬼頭香月先生係／コトハ先生係

ティアラ文庫&オパール文庫Webサイト『L'ecrin』
https://www.l-ecrin.jp/

著者――鬼頭香月（きとう こうづき）
挿絵――コトハ
発行――プランタン出版
発売――フランス書院
〒102-0072　東京都千代田区飯田橋3-3-1
電話（営業）03-5226-5744
（編集）03-5226-5742
印刷――誠宏印刷
製本――若林製本工場

ISBN978-4-8296-6942-6 C0193

ティアラ文庫

Tia6906

♥ 好評発売中! ♥

ティアラ文庫
Tiara Label

ティアラ文庫

Tia6915

♥ 好評発売中! ♥

ティアラ文庫

Tia6919

♥ 好評発売中! ♥